碗筷留香

品·味系列

彭忠富 著

花山文艺出版社

图书在版编目（CIP）数据

碗筷留香 / 彭忠富著. -- 石家庄 : 花山文艺出版社，2018.2（2023.9 重印）
ISBN 978-7-5511-3839-0

Ⅰ. ①碗… Ⅱ. ①彭… Ⅲ. ①随笔－作品集－中国－当代 Ⅳ. ① I267.1

中国版本图书馆 CIP 数据核字（2018）第 038221 号

书　　名：碗筷留香
著　　者：彭忠富

责任编辑：梁东方　贺　进
责任校对：李　伟
封面设计：咸　慧
美术编辑：胡彤亮
版式设计：杨梦清
出版发行：花山文艺出版社（邮政编码：050061）
（河北省石家庄市友谊北大街 330 号）
销售热线：0311-88643299/96/17/34
印　　刷：涿州汇美亿浓印刷有限公司
经　　销：新华书店
开　　本：880 毫米 ×1230 毫米　1/32
印　　张：9.5
字　　数：226 千字
版　　次：2018 年 8 月第 1 版
2023 年 9 月第 3 次印刷
书　　号：ISBN 978-7-5511-3839-0
定　　价：49.80 元

人生就是一场觅食

美景让人赏心悦目，美声让人修身养性，美女让人养眼养心，美酒让人放浪形骸，而能把上述几种美丽元素聚合在一起的，就是宴饮了。南唐传世画作《韩熙载夜宴图》中，除了美食美酒，还有琵琶、管乐和舞蹈，进行表演的都是韩熙载蓄养的歌舞伎，个个巧笑倩兮，美目盼兮，环肥燕瘦，秀色可餐。

韩熙载贵为南唐大臣，俸禄丰厚，加之润笔费多，自然得以纵情声色，放浪形骸。据说韩熙载如此，是为规避后主李煜的猜忌，以免带来杀身之祸，但贵族此种奢靡之风，的确是后唐亡国的前兆啊！

四十年来，我一直生活在川西绵竹，中途因为求学或有短暂的离开，但很快地又回到了这里。它以剑南春、绵竹大曲和绵竹年画闻名于世，或许还应该算上三国蜀汉的诸葛瞻、诸葛尚父子，南宋张浚、张轼父子，还有清末维新变法时罹难的杨锐等人，因此此地说是“物华天宝，人杰地灵”也不算浮夸。

汶川特大地震来临时，绵竹城乡瞬间沦为人间炼狱，罹难一万多人，也让绵竹以一种绝望的悲情姿态广为人知。当时余震频繁，城市已经成为站立的废墟，人们根本不敢回家去住，只能在城市的开阔地带搭建窝棚遮风避雨。惊魂稍定时，汽车电台里不断传来邻近县区死人的消息，各种谣言满天飞。我们凑在一起暗自伤怀，大家一个个灰头土脸的，不知道今后日子该怎么办。

绵竹历来水旱从人，风调雨顺，是川西坝子的福窝窝。绵竹人好吃好耍，成都人吃什么穿什么，我们这里基本上都能找到。

在震后的三天里，我们几乎没有吃过一口热饭，全是吃饼干、嚼泡面、喝矿泉水，更别说洗澡了。有些人的食物，甚至是在倒塌的超市废墟里翻拣出来的，这种“讨口子”似的日子大概持续了一两天，所幸的是，各种救援力量陆续进入灾区，政府也开始免费供应饭食，我们才得以稍微拾回些做人的尊严。

民以食为天，当你饿得前胸贴后背时，谁也不敢拍着胸脯说，老子怎么怎么样。

那时候，我们一下子觉得以前的生活太幸福了，隔三岔五喝点小酒，打打麻将唱唱歌，大家嘻嘻哈哈嚯嚯嗨，生活就这样一天天地过去了。虽然我们离韩熙载酒池肉林、丝竹管弦的生活还有很遥远的距离，但至少温饱是没有问题的，甚至绝大多数人已经过上了“老婆孩子热炕头”的小康日子。

不信你学央视记者在街头采访一下绵竹人，“你幸福吗？”相信他们都会用亲切的绵竹话告诉你：“们觉得日子还是过得将就！”“们”就是我们。所谓将就，自然是比上不足比下有余了。这就是绵竹人，懂得知足，懂得享受，当然也就懂得生活了。

身边有一群文朋诗友，聚餐吃转转会是免不了的。不管是火锅还是中餐，如果是在包间里，吃到兴起处，大家总会怂恿个别的一些朋友表演助兴，这已经成为一种惯例。有唱歌的，有伴舞的，也有吟诗的，还有说相声段子的，大家总是玩到尽兴才肯罢休。有时就连餐厅的服务员也会放下手里的活计，跑来站在门边看我们表演，结果往往会招来店长的一顿训斥。

有段日子，一些流浪歌手活跃在城市的各大酒店、饭庄甚至大排档，他们自带电吉他和音响，把歌单递过来让我们随便点播，五元或十元一首曲子。这些曲子自然都是他们的拿手之作，偶尔点之，也算是对流浪艺人的支持。

我在康定吃饭时，也遇到过这种情况，两个魁梧的康巴汉子胸挎弦子，走到你的餐桌边道一声“扎西德勒”后，就开始又唱又跳。铿锵激越的藏语从他们的嘴里流水般地淌出来，配以明亮宽厚的弦子声，透露出一种雪域高原的粗犷劲儿。你还觉得意犹未尽时，他们已经结束了，又是一声“扎西德勒”。等到我将零钱递过去，他们礼貌地鞠一躬，就风也似的溜走了。

在成都一环路某酒吧，我曾见识过大都市的夜生活。绵竹离成都中心城区约一百公里，虽说姐姐就住在成都，但我一年也就去成都两三次，没事干往往不想去给别人打麻烦。某年五一去成都，姐夫带我们去了玉林酒吧一条街。那是我第一次，也是至今唯一一次在成都酒吧消费。

整个夜店内人潮涌动，楼上楼下都是躁动兴奋的男男女女。不知为什么，女人们都将妆化得很浓，似乎就是为寻找刺激而来吧。人人手里都拿着酒杯，里面盛着红酒或啤酒，大家的目光要么停留在酒吧比基尼美女的扭动上，要么就是在暧昧地寻找着什么。黯黑的夜晚、摇曳的酒杯、微醺的男女、骚动的青春，仿佛这里能让人暂时忘却一切烦恼，重拾快乐。而服务员则穿行于食客中间，不停地向我们推销啤酒、卤菜。让我记忆犹新的就是那里的啤酒，因为实在是太贵了，超市里一瓶百威啤酒不到十元，这里却可以卖三四十元，这可是暴利啊！整个酒吧内起码有数百人，他们随着舞者的引领一起挥手扭动，摇头晃脑，疯狂的重金属音乐让我们面对面说话也听不见。

这样的氛围是不适合我的，我喜欢稍微安静一点。相比而言，倒是韩熙载夜宴的民乐歌舞让我乐于接受，至少听起来不觉得吵。成都上千万人口，自然能够承载酒吧的高消费。

但绵竹就不一样了，小县城，个把小时能走个四门丢底，过去也就是个乡镇的规模。开个酒吧谁来消费？成都酒吧几十元钱一瓶的百威啤酒，在本地一次可以买一件，买点卤菜三朋四友可以吃一顿，谁愿意到酒吧里去啊！这就是消费实力的差距了。

食色，性也。我们起早贪黑甚至出生入死，从低层次的追求来说，不就是为了糊口吗？解决了温饱问题，那就得考虑是否隔三岔五地吃上点珍馐美味，也不枉自己到人间来一遭。像韩熙载这样的显贵，自然不用再去追逐什么美食了，只要花重金聘请名厨在家掌勺，那就可以天天吃到珍馐美味了。

不过对于中国这样饮食文化博大精深的国度来说，就算是帝王之家，要想吃遍全国美食也是不可能的，何况美食也是一个动态的过程，说不定哪天某人就发明一道美食来，你连听也没有听说过。这样说来，好吃嘴们要想满足口腹之欲，那就只得觅食了。

四处寻觅，在寻找美食中获得乐趣，真可谓人生一大快事。然而这个“找”又分为两个层次，一个是有目的地去找口耳相传的流行馆子；一个是漫无目的地找寻中意的吃处。这个“找”字重在一个偶然发现，豁然开朗，一下子就对上了当时的心情和感觉。

“众里寻他千百度，蓦然回首，那人却在灯火阑珊处。”觅食的境界，也和辛弃疾这首词里对美女的追求差不多吧。有时候你满世界地找来找去，却蓦然发现，这道美食就在你的身边不远处，甚至你的亲朋好友中，就有人会烹饪这道菜的。

譬如多年前，我在辉哥家里吃的那顿血花汤，至今让我口舌生津。汤里除了一把翠绿的豌豆尖儿，剩下的就是一块块的血花。用筷子将血花夹起来，送进嘴里，血花很嫩，含在嘴里完全不忍咽下去。等到牙齿将血花块切开，那种原汁原味的纯粹血花鲜味儿瞬间充盈着你的五脏六腑，让人不由得暗自赞叹，原来五大三粗的辉哥，还能烹饪出这么好的美食。事实上，最差的“厨师”是破坏食物本身味道的人，他们不懂得烹饪的基本原理是呈现，却误以为是掩饰。

在寻找中发现美食，比蹲在家里吃美食更加有趣。有时为了品尝一道独特佳肴，跑上两三百公里也无怨无悔。如此一来，觅食就成了吃货们的常态。对于这样的吃货们来说，“人生就是一场觅食”这句话可谓恰如其分。单纯地吃东西，那叫胡吃海喝，饱食终日；吃出文化，吃出每道美食中的真味儿来，那才是真正的美食家。

于我们而言，有能力觅食也不过是近年来的事情。觅食意味着挑肥拣瘦，意味着选择取舍。若是某个时候，当我们个个面黄肌瘦，吃了上顿愁下顿，还在为糊口而奔波的时候，哪有资格奢谈觅食呢？

20世纪三年困难时期，绵竹老百姓吃糠咽菜，家家户户都勒紧裤腰带过日子，瓜菜代饭是常事，有些人为了充饥甚至吃难以消化的观音土，结果吃后便秘，就被活活憋死了。

当时成都军区来了一批招兵干部，要选拔一批空军飞行员。飞行员的选拔非常严格，据说让你原地转圈，如果转上两三百圈停下来，你还不会晕倒，那么就算合格了。这当然是笑谈，其实招飞行员有很多细节，岂能这么简单。

父亲说，全公社有两个年轻人选上了。临走那天晚上，武装部长准备了好酒好菜款待这两位幸运儿。满桌的大鱼大肉，就像变戏法似的，呈现在两人面前。部长说："这些菜都是给你们饯行的，好好吃吧！"部长因临时有事，交代完便离开了。

两个小时过后，饭桌上的酒菜全部一扫而光。

可是令部长出乎意料的是，一个准飞行员当场就撑死了。

部长奇怪地问："这个人怎么会死的？各项身体指标都符合的，难得的好苗子。"

另一个幸存者说："他是撑死的，桌上的酒菜他最起码吃掉了一大半，不撑死才怪呢？"

人的胃部就像一条橡皮筋，存在着一定的弹性限度，当你所吃的食物把胃部塞得满满当当的，根本没有时间分泌胃液来消化时，胃就像气球一样，砰的一声就裂开了，造成胃部大出血，不撑死也会让你疼痛难耐。

暴饮暴食居然会带来这样严重的后果，这让武装部长大感意外。从那之后，凡是送新兵时，部长再也不敢给他们弄那么丰盛的菜肴了，够吃就行。而且事先还会再三说明，细嚼慢咽，不要那么贪吃，不要像猪一样吃相难看。

父亲平静地给我讲完这个故事时，问我有什么看法？

我说："不外乎就是要管住自己的嘴巴，不要那么贪吃罢了。"

管住自己的嘴巴，可这句话说来轻巧，但能够做到的又有几人呢？

小时候，我特别贪吃，似乎整天都感觉没有吃饱似的。一大碗锅巴稀饭，我在碗里放点猪油、盐巴一搅和，就可以风卷残云般地将它吃完。

母亲曾经发愁地说："这娃这么能吃，八成是猪八戒投胎的吧。"

娃娃肠胃弱，东西吃得多了，最容易搁在胃子上。肠胃消化不了，浑身都难受。我躺在床上怎么也睡不着，平躺着不行，侧躺着也不行，脑袋开始发晕发烧，天旋地转的，一睁开眼睛，似乎整个房子都在转动，特别恶心，发干呕，时不时就吐出一大摊秽物来，弄得房间里臭气熏天。

这时候，我就会大声地呼喊父亲，让他过来帮忙。

那时没有健胃消食片，也没有藿香正气液之类的东西，父亲就只能帮我按揉肚子，也就是在肚子上按顺时针转圈按揉，帮助消化。呕吐几次过后，经过按揉肚子，再喝上一碗母亲做的焦米粥，第二天饿上一两顿就行了。

按理说吃一堑长一智，可是由于管不住嘴巴，看见好吃的狼吞虎咽一肚子，结果又会迎来新一轮的不消化。

父亲拿我没办法，干脆就给我固定一个瓷碗，每次只能吃那么多。

如果我再想吃，就让我回想一下食物搁在胃子上的难受劲儿，这样一来，我就再也不敢多吃了。吃饭定时定量，再好吃的食物也只是吃个八分饱，反而身体变得越来越健康了。

“好吃的学猪吃，不好吃的学鸡吃，这是不行的，对身体没有好处。”这是儿时每次不消化时，父亲教育我的话。等我成年时，父亲又对我说：“现在你可以喝酒了，但是千万记住，能喝三两时只能喝二两，千万要给自己留些余地。要是喝超量了，就容易醉酒失态，反而让别人瞧不起，会说你没有教养的。”

“饭吃八分饱，酒喝六分醉”，这话虽然简单，却蕴含着中国人朴素的哲学观念。

那就是凡事都要留有余地，切不可吃饭吃得太饱，说话说得太绝，做事不留一点退路，如若不然，就只会让自己在社会上碰得头破血流。

饭吃八分饱，花开九成艳，睡到自然醒，这其实是一种很好的人生状态，古今能够做到的又有几人呢？有些人连美食的诱惑都抵挡不住，更别说看见金钱美女了。

人都是凡夫俗子，当然都会有七情六欲。率性而为是一种生活，谨小慎微也是一种生活。绵竹老辈人爱说，一个人要吃得、跑得、屙得、睡得才好，不要等到自己已经躺到床上快断气了，才后悔还有一种野味没有吃过，哪个地方没有去过，哪种好酒没有喝过。

世界上没有后悔药的，能吃你就吃，能喝你就喝，只要身体能够消受得了。有节制地爱吃爱喝也不是坏事，那我们就放心大胆地享受美食吧。

目录

Part1 吮指谈吃

Part2 川味江湖

Part3 若烹小鲜

Part4 布衣蔬食

Part5 秀色可餐

Part6 茶酒风流

PART 1

×

吮指谈吃

辣椒辣

1976年是中国的多事之秋。

7月28日唐山大地震让我们惊魂未定，8月16日7.2级松潘大地震又接踵而至。

与松潘临近的绵竹自然沦为了地震灾区，所幸那时乡村多为低矮草房。夯土墙，麦草房，居然比现在的砖瓦房还牢靠。夯土墙墙体中有竹片作为墙筋拉扯，墙体又较厚实，自然不会倒塌了。不过农民们却害怕了，按照大队干部要求，纷纷在自留地里用檩子、竹竿和晒垫搭起防震棚避灾，有些人干脆连架子床也搬到了自留地里。

白天倒无所谓，地震来了可以跑。要是学唐山地震那样，半夜来袭，那我们就苦了。因此绵竹人躲地震也奇怪，白天照样该干吗干吗，也可以在厨房里做饭，但晚上肯定睡在自家的防震棚里。地震棚外拴着看家狗，既可以防贼，也可以在地震来临时发出预警。

那时我才两个多月，正是吃奶的时候，就成了小灾民。

我是家里的老三，前面都是哥哥。父母原以为这次一定会生个女孩的，这样两男一女，将来逢年过节时也会有女婿上门送点挂面、白糖和大曲酒什么的。谁知又是男孩，看来这就是上天的安排了。我出生后，生产队还依惯例给母亲特供了鸡蛋、黄糖和醪糟补身子。

那时乡村土地还没有承包到户，大家都在一起集体劳作。父亲是生产队的副业队长，集体的鸡鸭鹅、猪牛兔都归他管，还算有点小影响力。不过一年后，乡村就开始执行计划生育了，那些比我小的超生娃，产妇别说奖励，还得受批评、罚款。而同时，没有指标的孕妇则会被妇女主任动员去刮宫。男人们已经有子女的，则去做了结扎手术。不结扎不行啊，那时乡村没有电视机，家里的电灯照明也常常晦暗不明。农人们天黑以后，如何打发漫漫长夜，除了闺房之乐，貌似也没有其他的耍法了。

我小名三三，邻居们知道父母想要女儿的心思，私下里都叫我彭三女。我至今回老家看父母，还有些老邻居戏谑说："彭三女回来了呢！"

邻居熊叔妹子嫁在富新场周家，接连生了两个女儿，家里老人不高兴，认为香火就要断了，成天在家里使脸色。虽说生男生女上天注定，但毕竟看着老人成天板着一副苦瓜脸，熊姨心里也不自在。周叔夹在父母和熊姨中间，两头受气，谁也不敢得罪。恰好周二女跟我相差前后几天出生，于是就托熊叔前来游说，想把我们俩调一下，这样两家人都圆满了。

父母支支吾吾的，不置可否。男娃调女娃，怎么说都有些吃亏？熊叔又说周家可以给我家补偿些钱，数目不小。这下父亲心动了，征得母亲同意后，当即就约好了换人时间。

谁知婆婆听见了，拄着拐杖颤颤巍巍地撵出来，将熊叔和父亲狠狠数落了一番。

她眼泪哗哗地说："我们彭家还没有穷到卖儿卖女的地步。如果你们不要三三了，我就将这把老骨头豁出去了，带着三三去成都讨口。"婆婆说完，就一把鼻涕一把泪地哭开了。

婆婆那时已经七十多岁了，前清小脚女人，走路不便。爷爷过世早，是她独自拉扯大父亲三姊妹的，其中艰辛可想而知。婆婆态度坚决，父亲自然不敢造次，而这件事情自然也就搁下了。

母亲要在集体田里劳作挣工分，要么就将我背在背上，要么就把我放在箩兜里，由婆婆照看着。婆婆走路已经得拄拐杖，只能待在家里做做杂活。母亲估摸着我饿了，就和组长请假，飞快地跑回来给我喂奶，然后又拖着疲倦的身子继续去上工。那时候家里都有三四个孩子，大家习以为常，因此对哺乳期妇女都会从宽对待，不会克扣工分。

我之所以反复提到母亲，那是因为每个人的饮食习惯，都是由母亲决定的。我们最爱吃的，实际上是妈妈的味道。我们出生在哪里并不重要，但是我们的母亲成天围着锅边转，她喜欢吃什么，给家人做什么吃，却可以决定我们一生的饮食嗜好。

譬如我生在四川，母亲也是地道四川人，因此我是从小就逐渐培养出了吃辣椒的习惯。母亲爱吃辣椒，不怕辣在亲戚中是出了名的。家里做醋汤面，她碗里熟油辣子总是要放一大勺，把面条这么一搅和，红彤彤的，看着就让人啧啧害怕。面条捞完了，母亲还会将面汤咻溜溜地喝干净。

我也曾经试过放那么多辣子，虽说当时嘴里吃着有味儿，可第二天肚子就开始疼了，如厕时肛门处火烧火燎的，难受极了。但因为家里的餐桌上长年累月地与辣椒为伴，所以我们对辣椒的耐受性当然也就提高了。

火锅底料不是有微辣、中辣和麻辣吗，只要我们家出去吃火锅，那肯定都是麻辣咯，还得上干碟子蘸着辣椒面吃。这可不是夸口，我们个个确实都是吃辣椒的高手。

据说我过半岁时，外公提着一块盐板肉从富新场过来，要给我开荤。那时候大人们都很少吃肉，因为肉难买，就算有钱也不一定买得到。这块盐板肉，还是外公托关系从供销社搞到的，他要给母亲补补身子。外公虽说是亲戚不必见外，但大人们都很讲究礼尚往来，到亲戚家串门总是要带点礼品，打空手是不行的。

这块盐板肉又肥又咸，看不见一点瘦肉星子，却是那时的美味。母亲把它打整干净，切成小块，放在锅里煮熟捞起来，然后将就肉汤煮了一大锅白萝卜。又用自留地里的辣椒、豇豆，坛子里的咸菜做了几个菜。这就是我的开荤宴了，其实也就是亲戚们聚在一起打牙祭，顺便由长辈送给孩子一些祝福。

外公嘴里一边念念有词，一边用筷子夹起一些菜让我舔一舔。当他把辣椒炒肉送进我嘴边时，我一下子辣得眼泪直流，当场就哇哇大哭起来。母亲赶紧给我喂奶，这才让我安静下来。其实外公是很赞成给我用辣椒肉开荤的，他说："男娃娃嘛，多吃点辣椒才有脾气，免得将来在社会上受人欺负。"看来母亲爱吃辣椒，也是外公熏陶出来的。

这是我儿时开荤的场景，当然我是没法记得。这都是母亲闲暇时分，经常跟我们在一起分享过去时，反复提及才被我记住的。

一个人多吃辣椒就会变得泼辣，似乎有些道理。泼辣的女人是受欢迎的，正如宋祖英在《辣妹子》里面所唱的，“辣妹子说话泼辣辣，辣妹子做事泼辣辣，辣妹子待人热辣辣，辣椒帮她走天下”。

但也不一定适合所有人，譬如母亲爱吃辣椒吧，可却是个慢性子，不喜欢跟人吵架。小时候家里孩子多，我们如果做错事触怒了邻居，母亲就会带着我们上门去给伯伯婶婶道歉。如果遇到不讲理的邻居一顿乱骂，母亲也不生气，她把我们关在家里不许我们出去申辩，“错了就错了，让她们去骂吧！反正骂高风吹，骂低脚踏，等她们这口气出了，就没事了！”这是一种典型的鸵鸟对策，母亲高挂免战牌，但这反而在邻居中赢得了好名声。老人们都说：“彭家媳妇脾气好，让得人，大人碎娃都喜欢。”

但母亲也有发脾气的时候，我记得有次自己不知做错了什么事，邻居找上门来大闹，母亲将我吊在树上，用牛鞭子狠狠抽了一顿。婆婆在旁边看见了，心痛得眼泪直流，可是却又拦不住。

事后母亲又开导我说：“妈妈打你是为你好，将来你再犯错，就不是打你这么简单了。黄荆条子出好人，不打不成才呢。”于是挨过那顿打后，每每想到屁股上留下的鞭痕，我就再也没有犯什么大错。

其实我们爱吃辣椒是有原因的，四川盆地气候潮湿，多阴雨，正需要辣椒的刚猛热烈。四川女人热情似火，精明能干，尤善烹饪，不会炒来也会烧。譬如那些辣椒，她们就可以做出泡辣椒、铡辣椒、虎皮海椒、烧椒茄子、煎辣椒等菜品来。她们就算日子过得紧紧巴巴，也不会让家人吃鼓眼白饭，从而影响家人食欲。

儿时家家户户都有五六分自留地，为了让我们能吃得营养一些，也为了省些菜金，母亲从来没有让自留地闲着。藿香、韭菜、分葱必不可少，而那些莴笋、芹菜、黄瓜、苦瓜、四季豆则轮番在菜地里各展风姿。有时候自家吃不完，母亲还会把蔬菜带到乡场上卖掉，换些油盐钱。

每年三月前后，母亲会从集市上买回二荆条辣椒苗，一次就栽两三分自留地。浇水、施肥、捉虫，辣椒苗茁壮成长。开花、挂果，看着辣椒树上逐渐挂满了绿油油的长条辣椒，母亲额头的皱纹就逐渐舒展开来。

星期天一家人聚齐了，父亲从乡场上买回猪肉来，母亲从菜地里摘来半筲箕辣椒，就开始做我们最爱吃的青椒回锅肉。猪肉煮熟待凉冷后切片入锅爆炒，青椒洗净去蒂切丝，与熬成灯盏窝状似的肉片一起翻炒，须臾之间，一大碗咸香微辣、肥而不腻的青椒回锅肉就端上桌来。或许是儿时油荤少，也或许是乡村土灶火力猛，总之，儿时的青椒回锅肉，我觉得那真是人间美味。

每年三伏天，是四川本地辣椒大量上市的时节，大小城镇的菜市场，都堆满了鲜红的辣椒。别看辣椒很多，可不到半个月，这些辣椒就被销售一空。每家每户，都要购买几十上百斤的红辣椒，用来制作红酱或豆瓣酱。至今在城里，还有大量人家愿意亲自动手做酱吃。她们每天忙着晒酱，像亲人一样照料着它们。这既是一种生活情趣，也是一种传统的延续。

我家自留地里的辣椒，在一个个日头的暴晒下，也迅速地由细变粗，由青变红了。这时母亲一声令下，我们一起上阵，赶紧把地里的辣椒摘下来。我们戴着草帽，提着篮子，顶着烈日走进菜地里摘辣椒。摘辣椒得用指甲使劲掐，将辣椒蒂把和辣椒树分开，最省事的方法自然是用剪刀。但家里没有那么多剪刀，用指甲也是因地制宜吧。只不过手上沾了辣椒味，千万不能揉眼睛，否则那滋味够你受的。

辣椒树的生长期较长，我们就算把辣椒全部摘掉了，那些后期开花的，也会在秋天长出辣椒来，只不过品相就没有丰果期好了，我们称其为秋辣椒。

辣椒摘回家，倒在大竹匾里，这时就需要给辣椒分类了。那些乌红辣椒，是做泡椒的好材料。在绵竹城乡，若家家户户来了客人，在喜庆的餐桌上，当然少不得有鱼，而家常酸菜鱼常常唱主角。主妇们总会挽起袖子，将手伸进自制的泡菜坛子里捞出几把泡椒和一两块泡青菜，切成小块。烧鱼时，另加一点老干妈香辣酱，厨房里氤氲着一股扑鼻的香味，让人神清气爽。此风味的功臣就是泡辣椒。

泡辣椒是腌制品，川菜的酸辣味，它是主角。泡辣椒色泽红亮，咸味适当，辣中浸香，香中带辣。在川菜中，以泡辣椒为主要调料烹制的鱼香味菜肴，色香味俱全，咸甜带辣微酸，广为食客所喜欢。

母亲曾教给我传统的泡辣椒制法，把活鲫鱼放在清水里养一天后，放进淘米水内，加入少许醋，待鱼换肚一小时后，捞出擦干水，连同鲜红辣椒、盐水、红糖、白酒、花椒和老姜一同装入坛中，浸泡数天即可。

记得当时我问母亲，把鲫鱼放在坛里有什么作用。母亲琢磨半天也没有说个所以然，只知道外婆泡辣椒就是这样做的。可见有些手艺就是口耳相传，人们并没有去探寻为什么，反正照着父辈的做法完成那肯定是不会错的。

那些红艳艳的辣椒，自然就是做辣椒酱了。首先将红椒蒂把剪掉，另外，把那些有虫眼的、烂掉的辣椒去掉，然后用清水洗净几遍，晾干水分，带到打米房把辣椒打碎成粉末状。打辣椒时很少加水，即便有水，也是最后洗磨面机时，从漏斗里倒进去的一两瓢清水。打米房平时都是打米磨面的，顶多就是灰尘多一些。到了打辣椒的时候，整个打米房都是一股刺鼻的辣椒味，老远就呛得人不停地咳嗽，不戴口罩简直受不了。

如果住家附近没有打米房，那也不要紧，就把辣椒放在大竹匾里，垫上菜板，用菜刀细细地切碎。辣椒打碎后，要按照 25% 左右的比例在辣椒里加盐，用特制的长竹片搅拌均匀，然后装在坛子里，注意不要装得过满，因为辣椒酱有个发酵过程。坛子就是泡菜坛，坛沿上仍然要加满水，使辣椒酱跟空气隔绝。大约 18 天后，辣椒酱就可以使用了。

这样的辣椒酱，每家人按习惯得用一年。如果不够用，也可以在市场上购买甜面酱或者豆瓣酱来做菜。母亲喜欢做辣椒酱，而岳母因为住在城里，喜欢做剁椒酱，但两者之间其实差不多，只不过加工方式不一样罢了。不知什么原因，她们都不喜欢做豆瓣酱，也许是豆瓣酱的做法更加复杂吧！

辣椒上市时节，集市上堆满了商贩运来的各种辣椒。最辣的自然是朝天辣，果实细长，辣味极强；其次是那种扁长的牛角椒，辣味较强；最不济的自然是甜椒了，肉厚汁多，稍有甜味，几乎无辣味。如今有种太空辣椒，长着辣椒的样子却毫无辣味，洗净之后完全可以生吃，据说这就是水果辣椒。

朝天辣可制干红辣椒、辣椒面，牛角椒可做辣椒酱、泡辣椒，而甜椒就只能用来做配菜了。把鲜红的朝天辣买回来后，用稻草绳像扎辫子一样编在一起，挂在屋檐下风干，不留一点水分，这就是干红辣椒，质干且脆，多用于制作宫保鸡丁、炝黄瓜等。要做辣椒面时，把干红辣椒在油锅里用文火慢慢煸炒，以炒至深红色为宜，这时就能达到酥香。接着把煸炒好的辣椒放在蒜窝里反复地舂，直到干辣椒变成辣椒面。

我家就有这样一个蒜窝，它和石磨一样，算是石器时代的遗存了。既然是蒜窝，自然是用来捣蒜的，当然也可以用来舂辣椒面。舂辣椒面的过程是痛苦的，一阵阵呛人的辣味随着辣椒的变形而释放出来，那真是一把鼻涕一把泪啊。木杵上下翻飞，干辣椒逐渐变成粉状，这就是又香又辣的辣椒面了。

吃火锅时，对于那些味大的食客，会提供干碟子。干碟子和油碟子不同，油碟子由香油、蒜蓉、花椒面、葱花、芹菜粒、食盐等组成。干碟子由辣椒面、花椒面、炒白芝麻和碎花生粒组成。把串串香在干碟子上蘸一下，裹上一些辣椒面再送进嘴里咀嚼，那种麻辣的味道会更加真切而浓烈。

我们一边不时地伸出舌头说好辣啊，一边却又下意识地再次将食物伸向干碟子，四川人不怕辣由此可见一斑。但我们在乎的是片刻的味觉享受，至于身体能否适应，那已经是餐后的事情了。

辣椒也可单独成菜，较著名的家常风味就是“虎皮青椒”。川菜菜名就是这样，如果望文生义，肯定会闹大笑话。譬如虎皮青椒没有虎皮、鱼香茄子没有鱼等。“虎皮”是指青椒成菜后的外形，青椒表皮略微焦煳，斑驳的焦煳点如同虎皮上的斑纹一样，因而得此美名。选择中等个头的鲜嫩肉厚的大角青椒，去蒂洗净，放入热锅中用锅铲压住煸炒，压破了也问题不大，让青椒表皮焦点密布后起锅、洗锅，然后放油，将青椒再次投入，放豆豉酱略焖片刻，直到将青椒焖至微黄。最后装碗，放鸡精、酱油少许，醋适量搅拌均匀即可。虎皮青椒色泽美观，软嫩酸辣，特别下饭。

乡村土菜“煎辣椒”与此类似。有时候母亲把米饭做好了，却发现没有准备下饭菜，于是就吩咐我到自留地里去摘点青椒回来做“煎辣椒”。做煎辣椒，一定要选择那些嫩辣椒，可以直接在辣椒植株顶端采摘那些嫩绿色的辣椒，也可以用手捏一下，比较软和的可用。采摘三四十个嫩辣椒，洗净去蒂，直接在热锅中用锅铲压住煸炒约四五分钟，然后起锅倒入碗中，加适量醋、盐巴、葱花、香油和鸡精搅拌即可。

辣椒作为一种植物，也是有生长期的。为了一年四季经常吃到辣椒，除了晾晒干辣椒、做辣椒酱、泡辣椒外，四川人还总结了一些其他吃法。在乡村，过去家庭主妇都喜欢做“铡辣椒”。端午节前后，辣椒开始大量上市，家家户户自留地都会种辣椒的，因为辣椒成了基本的生活物资。这么多的辣椒，肯定吃不完，于是农妇们将那些个大的辣椒去蒂洗净，切成约两厘米长的辣椒节，用适量盐巴拌好，装入竹匾里，放在阳光下暴晒。连续几个大太阳天气，辣椒节就脱水了。然后将半干辣椒节和炒过的米粉在盆子里不断地搅拌，使米粉钻进辣椒节里去，边搅拌边撒适量温热水，这样米粉就可以固定在辣椒节里了。搅拌完后就可以装进坛子储存起来。

到了十冬腊月蔬菜淡季，抓点铡辣椒出来，用油锅爆炒，香味扑鼻，吃稀饭时佐餐最佳。与此类似的还有香脆椒，不过用的是干红辣椒节，仍然需要搅拌炒米粉，爆炒龙虾、大闸蟹时作为配料出现，整个成菜都红鲜鲜的，既好吃又好看。

四川盆地，生活着中国最闲适的人群，他们对于味道的追求尤为独特，对辣椒的理解也各有心得。譬如我家的老邻居熊叔，明明家里很殷实，早已是小康之家了，可他却喜欢吃烧辣椒。而这种吃法看起来也是很寒碜的，就是将十多个青辣椒穿在钢丝上，用咬钳夹住钢丝一端，放在柴火上翻烤，直到青椒出现焦点，变软为止。取下青椒切成段，加蒜泥、白糖、香菜、葱花、白醋、麻油，跟蒸熟的茄条拌在一起，这就是烧椒茄子。

另外将烧椒用于醋汤面，据说也特别好吃。辣椒是川菜的灵魂，除了老人和幼童，我想绝大多数四川人经过数十年的锻炼，早就不把辣椒当回事了，他们的身体早已经跟辣椒达成了妥协。像我这种在成都平原生活了四十年的土著，一天不吃辣椒就难受，如果今天的菜肴过于清淡，我会打开一瓶老干妈辣椒酱，直接弄一些拌在米饭里，那胃口一下子就开了。

如今住在逼仄的楼群，成天为了糊口而东奔西走，想再拥有一块自留地种植辣椒，享受辣椒由绿变红的过程，已经不太可能。但是上天眷顾，我们可以利用花盆来种植朝天椒，放在阳台或客厅均可。

朝天椒是一种最辣的小辣椒，呈圆锥状，椒果个个朝天，青枝绿叶间，一片火红分外引人注目。看着它们那昂扬的姿态，一种潜伏的奋斗劲儿不禁从心底油然而生。其实做人也是如此，要像朝天椒一样，擦亮我们的标签，那么定会给自己在社会上谋得一席之地。

泡菜坛

1995年7月我师范毕业，几十个同学转眼各奔东西。还没有找到工作，就听某同学说女生珍服农药自杀了。

珍读书时就坐在我的后排，一手漂亮的钢笔字，一头自然卷发，挺精神的一个女娃。下课后爱吃点泡椒鸡爪，弄得满教室的酸味儿。估计胃不好，上课老打嗝，有时候一连串，扯得人提心吊胆。老师满脸懊恼但又不便发火，只得说："别着急，我们等你打完嗝再上课。"话音一落，全班同学哄堂大笑，把珍也弄得极为尴尬。

可没想到的是，珍的如花生命刚刚开始绽放，就瞬间凋谢了。

有人说珍是为情所困，才服毒自杀的。

上师范时珍就在邻校处了个男友，比她大几岁，但珍不在乎年龄上的差距，也不在乎这些闲言碎语的，还经常跑出去跟此人幽会。那时我们都懵里懵懂的，只知道唯有在学校里学好专业技能，将来才能找个好工作。然而一些懂事早的女生，已经在外面轰轰烈烈地享受人间欢乐了。

我记得珍在校园里走过时，经常有男生在后面指指戳戳，脸上充满鄙夷之色。有时候偶尔听之，居然说的是，"这女生走路一岔一岔的，八成在外面找对象了。”也有人说：“珍的屁股瘪瘪的，已经不是处子之身了。”相马还要掰开牙口看一看呢，由女生屁股的干瘪或浑圆来判断是不是处子，我觉得这就是无稽之谈。

但事实证明，我的确错了，社会远比我们想象的更为复杂。我们师范毕业才几天，珍的男友就移情别恋了，坚决要求跟珍分手。珍苦苦哀求，都无力挽回，瞬间觉得自己的世界一片灰暗，于是以惨烈的方式向世人告别。其实这又何苦呢，有心有情才有爱，恋人分手也算正常，重新再找不就行了。

都说爱吃泡椒鸡爪的女生大部分都爱吃醋，看来女人的醋坛子一旦打开，那可真是不得了。

醋坛子，原指装醋的坛子，在四川话中也可代指泡菜坛子。到各家各户的厨房去看看，我们找不到醋坛子，保宁醋也好，老陈醋也罢，都装在瓶子里。醋是佐料，除了凉拌菜所费较多外，其他的菜品都很少放醋。而泡菜坛子，却是居家过日子的必备之物。

在绵竹城乡，几乎家家置有泡菜坛。少者两三个，多者七八个。小者高不及尺，大者超越人腰，排列齐整，形若站队。泡菜坛多为陶瓷制品，也有玻璃坛子，一般都放在厨房的显眼处，一眼就能看到坛子里的泡椒、泡姜和萝卜，花花绿绿的，分外养眼。

揭开泡菜坛子，一股带着丝丝酸味的醇香霎时弥漫在整个厨房里。这时候，你就会发现，经营好自家的泡菜坛，也是一件挺有成就感的事儿。更别说，当你从泡菜坛里随便捞出一些萝卜，切成丁块，拌以熟油辣子请客人品尝。当他们交口称赞时，主人家肯定会觉得特有面子。

珍服药自杀的确让我们伤感了一阵子，但生活还得继续。

我的人事关系回到了县教育局，按理说可以双向选择的，也就是让我们自己找工作。可我家祖祖辈辈都是农民，亲朋好友中也没有能帮上忙的，只有等待分配。人事科长说，要么上山去天池乡，但上去了就很难调下来。要么去太平，虽说是边远乡镇，但还算平坝，吃大米是没有问题的。

我自小在平坝长大，不习惯爬坡上坎，自然不愿意上山去与玉米棒子、猴子、黑熊为伴，于是我打起铺盖卷去了离县城三十多公里远的太平。这里四县杂处，按理说应该是通衢之地，可是因为江河的阻隔，竟然非常落后。县城到太平的公车只有早晚两趟，想离开此地，只有坐砰砰砰响的火山轮。

这跟我当时在学校时给自己制定的人生规划相差太远了，可是有什么办法呢，一切都只能认命了。

在学校报到后，就给我分了工作和宿舍，而我将要独自面对接下来的生活了。

宿舍就在教学区后面，平房，一室一厅，还带个小院子，把门一关，这就是我的世界了。

中午学校人多，可以在伙食团吃食堂，但早晚如何充饥却是个大问题。工资只有三百块左右，不抽烟不喝酒不打牌不处女朋友，这钱还是花不完的。我早就暗下决心，上班后一定要学会攒钱，不然将来娶妻生子买房子怎么办？要离开这里，需要打点关系，更得花钱。家里是指望不上的，只有那点家底子，一切都得靠自己。

学校宿舍就在乡场上，早晚吃馆子很不现实，看来还得学父母辈口攒肚落。这时我才觉得，母亲是把过日子的好手。家里三个男孩，吃饭穿衣，上学学手艺，个个都得花钱，但母亲硬是把我们一个个供出来了，我还幸运地跳出了农门，找到了一份相对来说较轻松的工作。

这一切，都跟家里的泡菜坛有关呢。家里六个坛子，其中就有三个泡菜坛，还有两个装咸菜豆豉，一个装红酱。泡菜坛里泡椒、泡姜、泡萝卜、泡青菜等是少不了的。我自小泡菜可没少吃，特别是老酸萝卜，泡制时间太久，切成丁块，佐以熟油辣子拌之。将其含在嘴里，上下牙轻轻触碰，一股酸水瞬间充溢整个口腔，那酸味儿劲道，酸得你浑身打尿颤，一辈子都难以忘怀。其实这也说明，泡菜要现泡现吃，特别是萝卜类的，泡一天捞出来切成筷头粗萝卜丝，用刀口辣椒、蒜苗段爆炒，香脆可口。

记得读书时，每天清晨，我们都还在睡梦中，母亲就起床为我们准备早餐，杂粮粥配泡菜。母亲换着花样做杂粮粥，红薯、萝卜、莴笋叶子稀饭，或者玉米糊、面疙瘩稀饭。稀饭做好后，母亲给我们每人盛上一碗，放在冷水盆里降温，这样我们吃饭时就不烫了。

但泡菜确实没有太大的变化，直接捞出来拌熟油辣子最省事，也可以切成丝，用刀口辣子爆炒，但切记不能炒得太久，否则酸得你跳。

我最喜欢吃的是泡菜土豆丝，提神开胃又下饭。

有次我抱怨母亲，天天吃酸菜，酸得人都成醋坛子了。

母亲也不生气，她安慰我说：“姜开胃口蒜打毒，老酸萝卜吃了壮筋骨。酸菜是个好东西，我们可不能挑食啊！”其实母亲何尝不想给我们顿顿吃肉，然而家里条件只有那样。收入小，开支大，完全一个无底洞。如果不是母亲精于算计，我看日子还会过得更闹心呢。

开学初，学校开教工大会，有些老教师发牢骚，说教育局和乡政府克扣、挪用教师工资。

校长一脸无奈，说：“现在经济不景气，我的工资也跟大家一样，被挪用了。但这是大环境使然，要支持学校工作，家里困难的，不妨像我一样，每天多在泡菜坛子里捞几道。”

众人议论纷纷，但又能怎么办呢？有些人就趁势在会场上交流起做泡菜的经验来。

校长说捞泡菜本来是玩笑话，谁知大家不知趣却当真了。校长很不高兴，就宣布散会了。

其实我倒觉得校长的话未尝不可，于是赶紧就到乡场上杂货铺去买电炒锅、电饭煲和泡菜坛。泡菜坛是一种椭圆形的陶器制品，中间大，两头小，上面有盖，坛口周围有坛沿。加盖掺上坛沿水后，可以密闭，使之与外界空气隔绝，避免污染。

选购泡菜坛也有学问，自然应该选择火候老、釉子好，无砂眼、裂纹而又形体美观的。选定泡菜坛后，还要当场检验：在坛沿上掺入一半清水，将草纸一卷燃烧后放入坛内，迅速盖上坛盖。如果能把坛沿水吸入内壁，则证明泡菜坛质量较好，反之则差。

我对杂货店老板说，给我挑选个质量好的泡菜坛，你再帮我试一试。

老板见我是新主顾，于是就耐心地挑了一个。当着我的面用手指关节敲坛壁，让我听，声音很清脆，又在坛内烧纸。我不动声色，知道这是一个好坛子，于是欣然付钱了。这个坛子我家里至今还在用，已经二十多年了，泡酸菜特别好吃。

这些生活常识，于我来说早已谙熟于胸。打小起，父母赶场就喜欢带着我，到了中午时，看着我不愿挪动脚步，他们知道我饿了，就会主动买一块油糕或烧饼，让我先吃着。

别以为小孩跟着大人是累赘，我们其实也在观察，也在学习。

父母赶场，不外乎买或卖，这些事情等我们成年后也会经历。看他们跟商贩或主顾谈价，看他们选购泡菜坛这些琐事，实际上无形中就把生活的技能传授给我们了。

父母常说，做人要有“眼水”，特别是学手艺。所谓眼水，就是要眼观六路耳听八方，最关键还要动脑筋琢磨，这样我们才能在生活的点滴中真正成长起来。

泡菜坛带回宿舍，清洗干净，当然接下来应该是准备盐水了。泡菜最重要的是盐水，这不是普通的盐水，大多时间比较长，有的泡菜坛的盐水已经有几年甚至几十年了。

过去乡村人家为了省点油盐钱，就在泡菜盐水上做文章。比如下醋汤面，他们不放盐也不放醋，就在碗里放上泡菜盐水，味道也差不多。

泡菜盐水还是乡村制作“激胡豆”的主料，当然胡豆也可以换成黄豆。将豆子炒熟，迅速倒进装有泡菜盐水的品碗里，最好是盐水淹过豆子，然后盖上盖子捂着，炒豆子表皮一会儿就变得皱起来了，豆子软硬适中，而且沾染了盐水的酸辣味。最后按照普通凉拌菜那样加上葱花、蒜粒、香油、辣椒油和鸡精，激胡豆就做成了。

这道家常小菜，曾经是父亲佐酒解乏的常用菜。父亲是家里的顶梁柱，他在那里浅斟慢饮，我们自然也跟着沾光。做新盐水当然是可以的，但如果能够弄到老盐水，那就可以省不少事了。

学校伙食团也有泡菜坛，味道还不错。我跟厨师说了说，他非常乐意，送给我两三斤老盐水，那盐水看上去像菜油般黄金亮色的，连那浓稠度也和菜油一样，无丝毫杂质，且很干净。最重要的，还散发出一股醇香。

于是，我在太平镇的泡菜日子就此开始了。

春天泡青菜，夏天泡豇豆，秋天泡甜椒，冬天泡萝卜。

以泡青菜为例，此菜色泽橙黄，咸香带酸，嫩脆适口，经年不衰。既可就食本味，也可加花椒末、熟油辣椒、味精拌食，还可开片成丝加猪肉炒为酸菜肉丝，既是佐餐佳肴，又是风味面臊。特别是在盛夏酷暑，用泡青菜煮酸汤，清热解暑，让人胃口大开。

有了泡菜坛、电炒锅和电饭煲，我的早晚两餐就算解决了，而且还顺带学会了炒家常菜。原本我是不会炒菜的，在家里时都是母亲炒菜，而我经常是负责给柴灶添火。所以耳濡目染，竟然也学会了一手厨艺。

母亲的烹饪技术不赖，逢年过节家里三四桌菜品，母亲可以一个人鼓捣出来。会炒菜、会泡菜、懂生活，无不良嗜好，我这个单身男人很快就有长辈关心了。他们问我愿意找对象不？

这是好事啊。学校下午五点放学后就变得空落落的，要到第二天早上学生陆续到校，才会逐渐变得热闹起来。但这漫漫长夜，我总得找个人说说话吧！

听收音机，看书写字，这都不是长久之计。如果有了对象，那不就是我们在孤寂青春里的一道彩虹吗？我赶紧一口答应下来。经过短暂的相亲，大家彼此也还算投缘，于是，我在太平镇就开始了这辈子的第一次恋情。

每天女孩下班，就会到我这里来吃饭、聊天。或者我时常也会去她的单位去，那边也是单身宿舍，也可以做饭，我们相处还算融洽，尽管这段恋情维持了两年时间就出现裂痕，尽管后来我们没有走到一起，但那些一起吃泡菜、压马路、放风筝、数星星、看日出的日子，还是温馨可人的。

行走在巴蜀大地，不论是繁华喧嚣的都市，还是荒僻幽远的乡村，都可以见到泡菜的踪影。而泡菜却是四川人生活中不可或缺的一道美食。三朋四友在饭馆聚餐，酒至半酣，开始进入结束阶段，吃点饭喝点汤的时候，老板总会端上一碟泡菜来杀杀油腻还很下饭。如果没有端来，食客就会不依不饶地叫起来："老板，来盘泡菜哦！"

如果是在别人家里做客，也有人会用牙签边剔牙齿边嚷："你们家里有没有泡菜抓点来？"这是对主人家最后的考验，也是这顿饭最后的高潮，就像指挥家在音乐结束前在空中划出的弧线，只有美味的泡菜才能为之画上一个圆满的句号。如果主人家面有难色或者端出的泡菜见不得客，那么肯定会受到朋友们的嘲笑。

一盘泡菜，在某种程度上来说体现了这个家庭过日子的水准。

别看泡菜制作简单，但是却很有讲究。每家每户，经管泡菜坛子的都会固定一个人，但一般都是家庭主妇居多。要定时换坛沿水，要添置新鲜蔬菜。只有责任到人，泡菜坛才不会扯拐，盐水才不会生花。

前段日子，有专家说泡菜最好不吃或少吃，因为泡菜中会产生亚硝酸盐。我一听就慌神了，原来我们念兹在兹的泡菜居然还有这些副作用，这可真是闻所未闻呀！

于是，我和妻约定，尽量少吃泡菜，我家泡菜坛自此之后也减少新鲜蔬菜的投入。

可是没过一个月，我就发现自己不适应了。

姜开胃口蒜打毒，早晨稀饭馒头，照例是要来点酸姜、泡大蒜或藠头的，没有还真是不习惯。

要做酸菜鱼、酸萝卜老鸭汤、酸辣鸭血这些家常菜，离开了泡菜更是想都别想。

妻说：“你这下明白我们四川人离不开泡菜了吧。泡菜坛是我的地盘，我的地盘我做主，泡菜该吃还得吃，老祖宗吃了上千年，也没见谁吃泡菜中毒吧！专家的有些话我们可以听，但有些话却没法听，而这和我们的饮食习惯息息相关，如果按照专家的要求去办，那我们就啥都别吃了。”

没想到，妻还说得头头是道。其实我觉得，这应该是众多亲友夸奖我家泡菜好吃的缘故吧，妻对别人的评价那是很在乎的，她怎么能容忍我家取缔泡菜呢。

蕨菜肥

“绿阴门巷掩柴扉，五月江南笋蕨肥。”笋是竹笋，蕨是蕨菜，它们来自山野荒林，采日月之精华，集天地之灵气，没想到，如此不起眼的植物反而成为人们餐桌上的美味。

在风和日丽的成都平原，哪里需要等到五月，一刷子淅淅沥沥的春雨，一阵阵暖烘烘的太阳，一声声春天来了的呼唤，就足以让它们按捺不住蛰伏一冬的等待，“嗖嗖嗖”地从土里冒出来了。

红的桃花、白的梨花、粉的杏花在明处花枝招展，享尽人间赞誉。而竹笋和蕨菜则默默无闻地等候在那里，需要人们低下身子，耐心寻找，才能发现它们的影踪。

跟竹笋相比，蕨菜更加低调。有人采摘，那就化作主妇锅里的山珍；没人采摘也罢，那就迎着春风茁壮成长，成为染绿荒郊山林的一分子。蕨菜属于蕨类植物，它们通常生长在阴暗潮湿的林地角落里，是最低级的高等植物，繁盛于石炭纪时代。

最初认识蕨，是在自家院子里的一口水井边，井口高出地面，砌着花岗岩条石。井口不大，直径也就一米多点，但井水很深，丢颗小石子半天也不能到底。井内除了一汪蓝莹莹的水，就是井壁上那些不知名的植物。它们跟房前屋后那些花枝招展的植物不太一样，居然生长在井壁的缝隙间。那上面除了一层苔藓，就是这些生机勃勃的植物。其叶柄长而粗壮，叶片呈三角形或披针形，羽状复叶，颜色碧绿，让人心醉，也让人心疼。这是何等顽强的生命力啊！

有一次，我正趴在井口观察这些叶子，把父亲吓得够呛。

他一把拽起我说：“当心，井口危险！”

我着急地说：“爸爸，我正在观察植物呢。对了，这种野草叫什么呀？”

父亲把我放下来，首先告诫我再也不允许趴在井口淘气，接着告诉我说这是蕨菜，在荒地堰埂山坡上到处都是，极少数会长在井壁、墙头甚至陈年老屋的屋顶上。

后来我四处观察了一番，果真如父亲所言，这种野生蕨菜实在是极为普遍的。

年长识字，喜欢《诗经》，蓦然读到“陟彼南山，言采其蕨。未见君子，忧心惙惙。亦既见止，亦既觏止，我心则说”的句子，顿时有似曾相识的感觉。

原来在先秦时期，那些妇人就喜欢登上高高的南山头，一边思念意中人，一边采摘肥嫩的蕨菜叶。“桃花三月蕨菜肥”，三月春回大地，正是蕨菜油汪汪的生发时节。而蓬勃的春意，则催发了男女之间的春情。

这是一个美妙的季节，代表着一片生命繁衍生息的旺盛土地，代表着为激情所搭建的自然界里最美不过的一方舞台，代表着两情相悦的一种自始至终的沉默欢喜的见证。

《本草纲目》上说："蕨，处处山中有之。二三月生芽，拳曲状如小儿拳，长则展开如凤尾，高三四尺。其茎嫩时采取，以灰汤煮去涎滑，晒干作蔬，味甘滑，亦可醋食。其根紫色，皮内有白粉，捣烂，再三洗澄，取粉作粔籹，荡皮作线食之，色淡紫而甚滑美也。"可见蕨菜不仅可鲜食，也可做干菜。而蕨根可以入药，也可以制成蕨根粉。

儿时在乡村生活，家家户户都有自留地，一年四季蔬菜不断，我们根本没有动过吃蕨菜的念头。乡村有大片大片的油菜地，主妇们将肥嫩的油菜苔用背篼成筐成筐地背回家。一家人吃不完，还带到集市上去卖给城里人。

如今住在城里，大家吃惯了大鱼大肉，总想换换口味，像蕨苔、折耳根、狗地芽、鹿耳韭、荠菜等野菜就成了大家追捧的对象。兴之所至，我们还可以趁着一家人去山上踏青的时候，顺便采摘一些回来。

岳母最喜欢去山上采摘蕨苔，经常邀约我们一起去。

一场春雨过后，在绵竹龙门山的山坡上、树林里、草丛中，嫩嫩的、浅紫色的、一掐就出水的蕨苔冒出了好多好多，像那初生的婴孩，粉嫩可爱。

看准了，伸出手去，轻轻一掐，蕨苔就到了手中，一会儿就是一大把。

我们将背篓放下，将大把大把的蕨苔小心翼翼地放进去，然后抬起身来，揉了揉腰又弯下身子，继续采摘蕨苔，不到一会儿就已经收获满满。

那时节，漫山遍野都是挖野菜的城里人，简直就是大兵团作战呢。

有一次，岳母正在专心致志地采蕨苔，突然踩在一条菜花蛇身上。

岳母突然觉得脚下滑溜溜的，一看顿时吓得魂飞魄散，大声惊呼：“有蛇啊！有蛇啊！”

菜花蛇无毒，它也吓得不轻，岳母刚把脚抬起来，它就哧溜一声滑进草丛里不见了。

以后岳母采蕨苔学聪明了，手上拿着一根一米多长的木棍，先在四周方圆五六米内“打草惊蛇”，看看没有什么异动，这才放心地采摘蕨苔。

城里人喜欢吃蕨苔，价格自然看涨，山民们瞅准商机，开始收买蕨苔，几块钱就能买到一大把，而且挑一选二，能选到上品。

我对岳母说：“我们何必这么辛苦呢，要亲自去摘蕨苔，直接买就行了。”

岳母回答说：“采蕨苔是一种乐趣，让我回忆起当初在农村做知青插队的日子，算是对过去的一种缅怀吧！”

早在三千年前，我们的祖先就用蕨菜做菜了。《诗经》里有“陟彼南山，言采其蕨”，明代黄裳的《采蕨诗》中有“皇无养民山有蕨”，康熙皇帝把蕨菜称作“长寿菜”，可见国人吃蕨菜也不是一天两天了。

在那些青黄不接的饥荒岁月，像蕨苔这一类野菜，说不定还救过大家的命呢。

蕨苔采撷回家，再摘取出嫩脆部分，用清水淘洗净，晾干。待锅中水沸，将其放入沸水中煮八分熟后捞出晾干。此时即可取用。

倘若凉拌，便将其切成一寸长的蕨苔丁，加入辣椒、麻油、花椒油、酱油、味精等作料拌匀即成嫩脆爽滑的佳肴；倘若油炒，将其和肉类混炒，其味油而不腻，清香满口，可冲淡油脂腻味。

倘若采撷太多，一次食用不完可用清水泡着，几天后食用仍然新鲜；也可晾晒或烘干作蕨菜干，今后同腊猪脚一道炖煮，其味更是可口。

吃蕨菜一定要讲究时节，宋朝诗人黄庭坚有诗曰“嫩芽初长小儿拳”，春天三四月份，蕨菜嫩叶蜷曲尚未展开之时，犹如紧握的小儿拳头，此时采摘食用效果最佳。

如果等叶子放开，那就老了，不仅口感不好，而且营养价值也大大降低。

阳春三月，草长莺飞，到处是生机盎然、欣欣向荣的景色。漫步春天，看着这田野、地头、河岸处的点点嫩绿，又有多少人能抵制住舌尖上蠢蠢欲动的味蕾呢？

采摘蕨苔等野菜，满足的不仅仅是我们的口腹之欲，更是让舌头和身体适应自然的步调，这也算是我们拥抱春天的一种古典方式吧！

椿芽香

三月初，从菜市场路过，蓦然看见菜贩的摊位上摆着几十把椿芽，整整齐齐的，每一把都用一两根稻草捆着。拿起一把来看看，椿芽叶厚芽嫩，绿叶红边，犹如玛瑙、翡翠一般，煞是好看，还散发出一股浓郁的香味。

菜贩大婶说："买点吧，我在遵道棚花村，这是我家椿芽树上摘下来的，又新鲜又好吃！"

大婶的话我信，但看着她胖胖的身子，真不知道她是如何从树上摘下这些椿芽的。

我说："棚花村是遵道沿山旅游区，你完全可以直接在路边支个摊或者摆在地上就可以卖嘛，还可以照顾家里。"

大婶回答："梨花节还有十多天才开幕，现在周末来山边的人不多，城里人流量大，卖得快些。"

想想也是，椿芽如果不及时采摘，很快就变老了，还是卖了好，时令不等人。

于是我买了两三把椿芽，回家后用清水洗净，开水里焯过，一部分细细切碎跟鸡蛋液拌在一起，做了盘椿芽炒蛋；一部分直接裹上面粉糊，炸成椿芽鱼。端上桌子，一家人吃得格外开心。椿芽嚼在嘴里，那股香味就在口腔里扩散开来，眼前就似乎呈现出一派草长莺飞的大好春光来。

椿芽是春天的使者。虽然春寒料峭，阴晴不定，大家还裹着厚厚的冬衣，但是当你拿着椿芽，吃着椿芽，你还能否认春天已经悄然来临了吗？

树的嫩茎、嫩叶或嫩芽能够走上餐桌的，我知道的不多，嫩桑叶可以用来烧汤，口感细腻；嫩榆树叶俗称榆钱，可以蒸熟吃或者混合面粉糊摊饼子，可惜我没有吃过；我吃得最多的，就是椿芽，因为我家老屋后院就有几棵椿芽树。

说来话长，这几棵椿芽树居然是父亲为应付缺粮而种下的，已经有几十年了，个个都有碗口粗，两三层楼那么高。每年春节后，青黄不接，乡下很多人家都会缺粮，过去我们这里也是这样。大家除了找亲朋借粮外，还需要采摘野菜搭配着充饥，来度过春荒。这几棵椿芽树，就成了我家的守护神。

除了自己吃些外，父亲把大部分椿芽采下来，一小把一小把地用稻草扎好，放在背篼里，背着椿芽去县城卖。椿芽属于季节性野菜，一年就只有春天才能吃上，市民们都争着尝鲜。这几棵树的椿芽卖完后，可以买回两三百斤粮食，我们就可以顺利地度过那段缺吃少喝的日子。

每年摘椿芽，都是父亲的惯例。稍长得矮一点的枝条，我们可以站在高凳上，把枝条拉下来，然后掰掉椿芽。可是那些长在高处的椿芽，就只有踩着梯子爬上树去。父亲背着夹背，把椿芽慢慢地采下来，然后放到夹背里去。

这是个要命的差使，有一年父亲在使劲地拉前方的枝条时，一脚踩空，从树上摔了下来，把我们都吓坏了。好在椿芽树的下面堆着厚厚的稻草，好在父亲摔下来的时候，身后的夹背起到了很大的缓冲作用，尽管这样，父亲还是老半天才从稻草堆上爬起来。他拍拍身上的草屑，望着吓呆住了的母亲，若无其事地说："没事，我刚才踩滑了，哪儿也没有摔着。"

母亲哭了，冲上去就擂了父亲几拳："叫你中午不要喝酒你不听，喝了酒你还上树采椿芽。你简直不要命了，你要是有个三长两短的，我们这些人怎么办？"

父亲没有辩解，只是掏出手绢边给母亲抹眼泪边说："你哭啥？我不是好好的吗？没事！"

父亲说完，甩甩胳膊踢踢腿，做出很轻松的样子来。母亲看了，这才破涕为笑。

但那天后，母亲强迫父亲将几棵椿芽树锯倒了，说是为了消除安全隐患。

第二年春天，香椿树桩上又发出了新的枝条，如今已经有一人多高了。我们伸手就可以摘到椿芽，再也不用像父亲当年那样辛苦地搭梯子上树了。

母亲说，只要椿芽树的茎干超过三米高，她就要将树锯掉，让它们来年再次从树桩上发芽生枝。

起初我们都不理解，认为母亲这是在搞破坏，是杞人忧天。后来随着年龄的增长，我渐渐地理解了母亲，因为在她心中，家人永远比树重要。

椿芽树锯掉后，只要没有挖根，来年还可以发芽，几年后又是一棵椿芽树；而父亲和我们在内，却出不得一点问题。如果父亲上次从椿芽树上掉下来，摔断了腿，那将是我们最大的遗憾。父亲就是家里的参天大树，而我们都是背靠大树乘凉的人哪！

五月初，又上棚花村，在幺妹子农家乐，老板端上来一盘椿芽回锅肉。想不到这时节还能吃上椿芽，这应该是老板保存在冰箱里的，真是大饱口福了。

香椿原产中国，用椿芽做菜，大约始于唐代，确认于宋时。宋代苏颂的《图经本草》指明：“椿木实而叶香，可口取。”明代徐光启《农政全书》亦说：“其叶自发芽及嫩时，皆香甜，生熟盐腌皆可茹。”

看来国人对于如何烹饪椿芽颇有心得，是谁首先发现椿芽可以食用已无法查证，但我们的确应该感谢他。不然，我们又得与一道美味佳肴失之交臂了。

毛血旺

初中同学洪，大学毕业后在重庆安家，一晃多年不见。读初中时，我们住在一个寝室，上下铺。大家都来自乡村，其外婆又是我的远房亲戚，因此我们特别亲，平时经常在一起聊天。

那时候，学校两节课后做操，食堂还会供应包子。洪是独子，家里条件好些，他买包子时，总会给我分一个。三年初中同学，实在是受其不少恩惠呢。

初中毕业二十年后的聚会时，洪因为在外地出差，没有回来相聚，大家都觉得颇为遗憾。于是我和另外一个同学军约定，利用公休假，一起去重庆看洪。

老友相见甚欢，大家似乎都有说不完的话。一晃二十年没有见面，转眼少年已白头。得知我们两人都是第一次来重庆，洪放下手头工作，特意陪我们去了沙坪坝嘉陵江畔的磁器口。

磁器口原名龙隐镇，始建于宋代，拥有“一江两溪三山四街”的独特地貌，形成天然良港，是嘉陵江边重要的水陆码头。

据说明建文四年，建文帝朱允炆被其四叔朱棣篡位，从地道仓皇逃出皇宫后削发为僧，浪迹天涯。当他流落到巴蜀一带时，曾在宝轮寺隐匿长达四五年。后来，世人知道事件真相，就以皇帝真龙天子曾经隐居在此而将宝轮寺改名为龙隐寺，本地也由白岩镇改称为龙隐镇。

1918 年，本地商绅集资在镇中青草坡创建了新工艺制瓷的蜀瓷厂，产量高，质地也好，远销蜀外。后来，随着工艺的进步，瓷器的品种也不断增多，名气也骤然扩大了起来。龙隐镇里，瓷器业最发达时有七十多家，镇里的街道上忙里忙外的几乎全是外地驾船来装运瓷器的货商。这些商人渐渐为龙隐镇改口，叫成了瓷器口，缘由是这样更贴切、顺口。

后来，因为“瓷”字与“磁”相通，又被叫成磁器口。时光如嘉陵江的流水，打磁器口缓缓经过，却又留下了自己的印记。因为水运方便，磁器口成为嘉陵江中上游各个州、县和沿江支流的农副土特产的集散之地，重庆城里的一些大商贩干脆在磁器口开设分店收购货物。

重庆成陪都后，据统计磁器口每天有三百多艘（船均载重十吨）货船进出码头。码头河坝中搭建起临时街道，有上河街、中河街、下河街。还有专业性的木竹街、铁货街、陶瓷街和猪市、米市，各有一地，各为其市。磁器口码头上从早到晚，过往商旅川流不息。站在码头观望，船来船往，装卸搬运，每日不绝。这种繁荣，至今还深深地留在老重庆人的脑海中。

时人赞誉，“白日里千人拱手，入夜后万盏明灯”。“千人拱手”是形容每天上千只船向码头停靠。“万盏明灯”是指码头上商贾云集，入夜后各自点亮油壶、电石灯或汽灯，经江水一漾，亮光炅炅，如星辰闪烁。1997 年重庆直辖时发行了一套《最后的回忆》地方磁卡，与解放碑、通远门、临江门并列的就是磁器口码头，它有“小重庆”之称。

“一条石板路，千年磁器口。”这里是重庆古城的缩影和象征。磁器口在重庆市区近郊，公交车方便，民居主调黛黑色，给人陌生新奇感。石板路坎坎坷坷，一直延伸嘉陵江边。洪在重庆安家十多年，媳妇也是重庆人，俨然已经融入当地，成为地道的重庆崽儿。磁器口这样的景点，肯定是洪经常造访之处。这是什么，那是什么，有什么来历，本地有哪些好吃的，洪都能如数家珍，正好我们也把请导游的费用给省下来。

巷子老屋尽头，一不注意就能看到怀旧的铜雕，那童子“小雀雀”不断有清水流出的尿童像，喻示明建文帝隐匿宝轮寺时，仙人托梦让童子尿治好了他的病。古镇有古朴粗犷的巴渝遗风，有古风犹存的茶馆，有历史传承的码头文化；有佛、道、儒三教并存的九宫十八庙；有正气凛然的红岩志士抗战遗址；有独具特色的川剧清唱、火龙表演；有工艺独特、品种繁多的传统旅游产品等。

磁器口最有特色的是随处可见的茶馆，当年的水手、袍哥大爷、闲杂人等都喜爱出入此间，茶馆成了龙蛇混杂之地。在陪都期间，这样的一个小镇，茶馆却已达一百多家。其特色是书场茶馆，又称艺人茶馆，是品茗兼欣赏民间艺术的地方。书场茶馆戏曲品种不少：有川剧坐唱、四川清音、四川竹琴、荷叶清唱，最多的是评书。茶客络绎不绝，座无虚席。报童在茶馆里穿梭，“卖报，卖报”之声不绝于耳。还有卖南瓜子、葵瓜子、盐花生的小贩也穿行在茶客之间，演绎着底层生活的辛酸。

那些登台说书的艺人全部挂牌说书，谁有绝技高招，谁就能争取更多的茶客，也就说明，谁就能得到老板的红包。哪一位说书人讲得好，茶馆的生意必定会更加兴隆，老板自然高兴，说书人得的红包就越丰厚。

直到如今，茶馆仍是磁器口一景，百来米长的老街便有十三家茶馆，家家茶客满座，古风犹存。

在瓷器口转了一圈，眼看已是晌午，洪带我们去吃毛血旺。毛血旺系重庆特色小吃，乃磁器口名特三绝之一，是将毛肚、鳝鱼、鸭血旺一起煮。民间有“到磁器口不吃毛血旺，等于没到磁器口”的说法，只有在磁器口才能吃到地道的毛血旺。

据传 20 世纪 40 年代，沙坪坝磁器口古镇水码头有一王姓屠夫每天把卖肉剩下的杂碎，以低价处理。王的媳妇张氏觉得可惜，于是当街支起卖杂碎汤的小摊，用猪头肉、猪骨入老姜、花椒、料酒用小火煨制，加豌豆熬成汤，加入猪肺叶、肥肠，味道鲜美，价钱公道，广受引车卖浆者流欢迎。

一个偶然机会，张氏在杂碎汤里直接放入鲜生猪血旺，发现血旺越煮越嫩，味道更鲜。这道菜便是将生血旺现烫现吃，遂取名“毛血旺”。“毛”是重庆方言，就是粗犷、马虎的意思。譬如毛手毛脚，就指人做事不仔细，粗枝大叶。

在电视剧《重庆棒棒军》里，有个棒棒就叫“毛子”，属于脑壳里缺根筋的人物。再加之这道汤菜有毛肚、百叶等杂碎为主料，所以“毛血旺”菜名广为流传，是重庆江湖菜的鼻祖之一。

又据说毛血旺最早深受船工们的最爱，因为没钱，吃不起肉，只好吃这种杂碎。由于毛血旺麻辣鲜香四味俱全，汤汁红亮、味浓独特，逐渐流行开来，成了社会各阶层都喜欢的脍炙人口的巴蜀名菜。

猪血又称液体肉、血豆腐和血花等，味甘、苦，性温，有解毒清肠、补血美容之效。鸭血味咸，性寒，能补血、解毒。用于失血血虚，或小儿白痢似鱼冻者，可以取鲜血趁热饮，或冲入热酒服。猪血吃多了容易上火，跟猪血相比，鸭血属于温性，有滋补去火之效，可见现在毛血旺选择鸭血而不是猪血，还是有过考量。只是鸭血量小，一些不法商贩就利用猪血来冒充鸭血，因此我们在菜市场选购时一定要注意区分。

毛血旺实则是一种小火锅，是磁器口七星岗一家火锅店在传统火锅的基础上发展起来的，汤汁红亮，麻辣烫嫩鲜，味浓味厚。其实不难理解，毛血旺本来就是给上班族中午吃火锅量身打造的。上班族中午时间紧，又想节约时间又想过过火锅瘾，于是聪明的厨师就煮出了一份以鸭血块为主，加少许鳝鱼、泥鳅、午餐肉、黄豆芽、土豆、冬瓜片等的小火锅，一个人吃足够了。

这就像冒菜一样，食材多，量不大，恰好能满足好吃嘴儿的需要。这其实说明，餐饮是需要与时俱进的，要善于揣摩食客的心理，不断推陈出新，说不定就可以一炮打响，成为餐饮界的翘楚。

毛血旺所需主料为鸭血，以白鸭血为佳，可清理肺部，打灰尘。辅料为黄豆芽，味香味浓，垫底。毛肚不是植物，是指新鲜的牛百叶，表面是黑色的；而白色的牛百叶是漂过的，还是冷冻食品，所以在这里，还是得区分开来。

首先将血旺氽水，去掉异味或血腥味，捞起来晾，放在一边待用。其次是烧油，在炒锅中倒入菜油，待五六成热时，将火锅底料、姜蒜粒倒入翻炒，再加入清水，熬成汤汁，渣滓捞起去掉。三是调味，加入少许川盐、酱油，咸鲜香辣四味俱全。再加入少许白糖，通过白糖将各种不同的味道充分融合在一起，达到味浓味厚有层次感的目的，但是又不能吃到甜味。四是放黄豆芽入沸腾的汤汁中，赶紧捞起来，放在汤盆中垫底。接着是下毛肚，一开锅就捞起来，放在黄豆芽上面，记住毛肚不能久煮。然后是鸭血旺，烫熟捞起来倒入盆中。五是原汤汁中加入花椒油，汤汁入盆。最后是烧油烧至六成热，加干红辣椒炸呈棕红色，下花椒炸出香味后，再倒入盆中，撒入少许葱花，这份毛血旺就大功告成了。

通过以上步骤可见，烹制毛血旺还是跟烫火锅一样，需要掌握每种食材的特性，只不过火锅是食客自己烫，而毛血旺则由厨师操作完成。

毛血旺麻辣浓烈，那滋味一上来，食客上下嘴唇不由自主地似乎在弹琴一般。我们嘴里虽然不断发出“咝咝咝”对麻辣的敬畏声，可是手里的筷子却不会停下来，这就是毛血旺的诱惑。一盆毛血旺吃完，浑身大汗淋漓，对于身处江边饱受湿气之苦的重庆人来说，这就是祛风除湿的偏方。特别是那些整日在江河上讨生活的船家、水手们，曾经是毛血旺的忠实粉丝，这也许是毛血旺诞生在磁器口的原因吧！

毛血旺可丰可俭，鸭血旺当然少不了，区别就在于配料，除了黄豆芽、毛肚外，还可以适当加入鳝鱼、海参、黄喉片、猪肉、火腿肠、水发鱿鱼、黄花菜、木耳、莴笋等。正宗的毛血旺，盆内的红油不会少于一半，而且油滑透亮，不浑不浊。油少不仅影响味道和口感，也不利于保温。

在顺序上，建议先吃肉类后再吃白菜、粉丝等物，菜叶易“挂油”，吃起来更辣。因此吃毛血旺，需要循序渐进，先从不太辣的吃起。

酸菜鱼

“鱼羊为鲜，羊大为美。”仓颉造字时，就意识到鲜美的感受离不开鱼和羊。可是鱼儿悠游于江河湖泊之中，要想随时吃鱼，还真不容易。“江头渔家结茆庐，青山当门画不如。江烟淡淡雨疏疏，老翁破浪行捕鱼。”要说吃鱼，吃出花样，还得数这些渔家。

巴蜀大地，河网密布，堰塘沟渠众多，按理说吃鱼也不是什么难事。可事实上，一般农家也只能过年时奢侈一回，全家人在年夜饭时吃顿鱼，以讨“连年有余”的口彩。如今水产养殖兴盛，物流便利，菜市场上每天都能买到草鱼、鲤鱼、鲢鱼或江团等，就看你舍不舍得吃了。

到重庆出差，顺便拜访老友洪。大家拉些家常，聊工作，谈美食，不亦快哉。洪说这次就不吃重庆火锅了，毕竟发源于重庆的火锅连锁店到处都是，味道大同小异。这次我们去江津双福镇吃酸菜鱼，那是风靡全国的酸菜鱼的发源地，老板叫邹开喜，分店遍布大江南北。而专程到邹开喜酸菜鱼总店的食客每天络绎不绝，毕竟这是源头，肯定味道还会正宗些。运气好的，邹开喜还会亲自下厨，那简直就是一种荣耀了。

还未到中午，邹开喜酸菜鱼店门口就停了不少汽车，看这阵势都是慕名而来吃鱼的。老板看有客人来，挨个儿发中华烟，热情着呢。酸菜鱼够鲜，辣椒鱼够辣，青椒鸡色味俱全。十个人，个个埋头猛吃，只听碗筷响，不闻言语声。我也毫不客气地把半斤白酒灌下去，为贪那酸菜鱼汤泡饭，又吃了两碗饭，够味儿。

津者，渡水的地方也，多用于地名。江津，以地处长江要津而得名。四面高山环抱，境内丘陵纵横，长江横贯东西并绕城而过，呈“几”字形。江津河流众多，除长江外，还有临江河、璧南河、塘河、驴子溪、綦江河、笋溪河等。正因为这些大小河流的存在，自然给鱼类提供了绝佳的繁衍生息地，酸菜鱼诞生于江津也就不足为奇了。

酸菜鱼也称酸汤鱼，酸字打头，可见没有酸菜（泡菜）就做不成。酸菜和泡菜是一回事，只不过取名的角度不一样。酸菜是取其味道，泡菜则是按制作工艺。地处巴渝的江津民间，向来有泡青菜、泡辣椒、腌酸菜的习俗，不论城镇百姓、乡村人家，大都离不开泡菜坛子。夏日的一天，天气奇热，过路到邹开喜餐馆吃饭的司机们均想吃开胃解暑的汤菜。善动脑筋的邹开喜突发奇想，把泡菜坛子中的陈年老萝卜捞起，切成丝后与鲫鱼同煮，哪想，这不经意的一招，竟让走南闯北的司机们吃后大呼过瘾！

然而，由于陈年泡萝卜浸泡太久，酸而软，且不脆，多数吃客轻易不敢尝吃，只能起到作料的作用。邹开喜苦思良久，反复实践，决定改泡萝卜为青菜，再把鲫鱼换成草鱼，使鱼片更滑嫩又无剔鱼刺之烦忧。常言道：“鸡吃叫，鱼吃跳。”江津酸菜鱼选用的鱼讲究的就是活蹦乱跳，绝不用“翻肚”的死鱼，邹开喜深知其中之道。他烹制酸菜鱼时，专挑两三斤重的鲜活草鱼，既肥而不腻，又嫩而不散。酸菜则以陈年腌制的青菜为主，确保酸味地道醇正，色泽泛金，口感清脆绵长，再辅之泡姜、泡辣椒、大蒜、熟猪油、花椒、精盐、蛋清、料酒等调料，在选材、刀功、火候、勾兑、搭配上既保留了川菜酸、辣、嫩、鲜、烫的传统风味，又注入了醇、厚、香浓的现代口感。如此一来，邹开喜的酸菜鱼终于名声大振，风靡一时，逐渐成为能与重庆火锅相媲美的民间美味佳肴。

“船尾寒风不满旗，江边丛祠常掩扉。行人畏虎少晨起，舟子捕鱼多夜归。”从宋代诗人陆游的《初寒》可见渔家江河上捕鱼多在晚上。因为多数鱼都不喜欢刺眼的亮光，反而是柔和的月光、暗淡的渔火能够将鱼群聚拢，这样渔家一网下去，就能增加收成。“月落乌啼霜满天，江枫渔火对愁眠”，这样的句子在世人看来也许充满着诗情画意，但对渔家来说，则是无休无止的乏累。一年四季，为了养家糊口都得在江上奔波，春夏气温适宜尚可，到了秋冬季节明知收获不大，可是还得驾船撒网去。他们何尝不想老婆孩子热炕头，何尝不想三杯两盏，一醉方休。

可是，从古至今，那些渔家有多少最终大富大贵呢。他们所得，不过是温饱而已。夜晚上的江面，寒风瑟瑟，别说打鱼撒网，就是站在那里一动不动，那种饥寒交迫的滋味也是分外难受。于是，渔家肯定需要补充能量，而那些捕捞上来的渔获，则是他们因地制宜的最佳食材。泡椒烧鱼、剁椒鱼头、酸菜鱼、辣锅鱼，无论是整鱼、鱼块，还是鱼片，都在辣中见鲜，都是利用辣椒来把鱼的鲜美彻底地激发出来。船家久在水上，需要辛辣火热的东西驱寒祛湿。而江河中的鲜鱼活吃，也需要辣椒姜蒜来压住水腥泥臊，生存的需要与饮食的奥秘天然融合，这正是烹饪的不二法门。

酸菜是乡野人家的重要食材，特别是秋冬季节，绝少时令蔬菜，从泡菜坛里捞出一些酸青菜、酸萝卜或泡豇豆等，切成条段，佐以熟油辣子拌之，就可下饭。对渔家来说，泡菜除了直接下饭，还是最好的烹鱼作料。

泡菜坛中的盐水，自然是江河中的活水腌泡而成。泡菜坛整日里随着渔船而晃荡，泡菜自然也会在坛中做同步运动，一坛活气，泡菜鲜香，滋味更加地道。至于常备的干红辣椒、姜、蒜这些配料，每家每户都会储备一些，船家当然也不例外。江湖上穿梭捕鱼，看似轻松，实则是体力活。要解乏，要舒筋活血，江津老白干之类的白酒自然是少不了的。江津白酒酒液清澈透明，纯净无杂，醇厚芳香，回味甘爽。《蜀海纵谈》记载："全省酒税收入，以江津、泸州、什邡、绵竹等地产酒之区，收数为最。"江津名列榜首，可见酿酒业之兴盛。

其时以白沙烧酒为著名。白沙镇西驴溪河，溪水清澈，少矿物质，以溪水与高粱酿的干酒，味甘美，有"要吃烧酒中白沙"之谚。之所以要反复谈到江津白酒，是因为烹鱼时先要用料酒给鱼肉码味，去除鱼肉的腥膻味，增加菜肴的香气，有利于咸甜各味充分渗入菜肴中。但寻常人家没有那么讲究，用白酒替代料酒码味，也可以起到大致的功效。

一切准备就绪，劳累了半夜的渔家们是时候加餐了。看着活蹦乱跳的渔获，他们一边盘算着今天晚上的收入，一边从渔获里挑选出三四条鲤鱼或草鱼来，按住鱼头用刀背使劲儿一拍，鱼儿尾巴摇摆了几下，就不再动弹了。拍一下并不是无关紧要，如果省略了这一步，鱼儿就算剖开肚腹还是活的，那就有违人道了。刮鳞，剪腮，剖肚，洗净血水，整治干净。特别是鱼腹肉壁上的黑膜，一定要清洗干净。船家做酸菜鱼，因为调料所限，自然粗枝大叶，但并不影响其风味。

我们在家里做酸菜鱼，当然就可以做得精致些。把鱼去头尾，剖成两半，用刀斜着把鱼肉切成半厘米厚的鱼片。将老姜拍破，和鱼片一起放入瓷盆倒入料酒（或白酒）、蛋清、葱用手抓匀，码味。大蒜切成蒜米待用，干辣椒去籽剪成段。把炒锅放在灶上点火，把色拉油（或菜油）倒入锅中烧至五成热，放入蒜米、酸菜过油，待酸菜、蒜米炒香，放入冷的骨头汤、料酒一茶匙、野山椒、花椒、干辣椒，往码好味的鱼片中撒少许盐抓匀，然后一并倒入锅中煮至汤色呈黄绿色，即可放入鸡精、化猪油、胡椒粉，装入汤碗中即大功告成。酸菜鱼鱼肉鲜嫩，酸辣可口，可吃肉喝汤，还可用鱼汤下面条，就是风味绝佳的鱼汤面。

一锅酸菜鱼，半瓶老白干，鱼肉的鲜嫩酸辣与白酒的醇香甘洌一起咽下去，让身子暖和起来，让脸庞红润起来， 让咱渔家的渔歌吼起来：“百里呀河水哦桃花浪，江上呀渔船哦穿梭忙咯！哥撒网呀来妹摇桨哦，一网一网哦兜春光咯！”

当我们在菜市场里面对着一条条新鲜的鱼儿挑肥拣瘦时，当我们在饭店里品尝着鲜美无比的各类鱼菜时，当我们彼此调侃治大国若烹小鲜时，有谁知道在那些月黑风高的晚上，长江边的渔民，为了生活，为了让我们能吃上源源不断的河鲜，还在用生命的力量在江河上劳作。他们撒出去的是一家人的希望，是祖辈以水为家的传统，更是我们民族繁衍至今、生生不息的奋斗精神。

鳝鱼鲜

1983年初，乡村包产到户，大集体时代宣告结束。首先就是分田，土地是农民的命根子，是最重要的生产资料。生产队专门组织了人力用皮尺测量每块田的大小，然后一一登记造册。分田那天，生产队的晒坝里围满了人，大部分都是户主出来抓阄。有些人用肥皂把手洗了一遍又一遍，以为这样能洗掉霉运。一些人则抱着自己的小孩来抓阄，他们说小孩手气好。

我们家的责任田就全部是我去抓阄的，那时我还不到七岁。我的手气不错，我们家的责任田都挨在一起，都是方方正正、稳产高产的肥田，而且离家也很近，种田时播种、施肥、收割都很方便。那天晚上回家，母亲特意给我煮了一碗醪糟蛋作为奖励。

接下来就是分集体的农具，拍卖生产队的保管室这些房产以及分集体的树木。其实树木大可不必分的，有些树有俩人合抱之围，树冠散开很宽，树龄已经上百年了，留在今天就是乡村最好的一道风景线。分树的时候很乱，简直一团糟，这是当年最大的失误。

有些人并没有按集体的意见执行，比如一个叫XXX的，他从外地喊来很多亲戚，只要是能用的树木他们就全部砍掉了，然后剔光枝丫用夹夹车拉回家里去。他把属于别人的树木拉回去后，乡亲们到他家里去要，他却耍无赖，拿出菜刀来要与别人拼命，简直成了一场闹剧。后来有人告到派出所，公安来调查了一番，也没说出个所以然，所以这事到最后也就不了了之了。

再也没有组长每天打锣通知农人出工了，再也不必寒冬腊月杵在地里劳作了，再也不用站在地里闲聊磨洋工了。想吃就吃，想睡就睡，没有人来管你了。你大可一觉睡到自然醒，然后慢悠悠地去地里劳作，只要你地里的小麦、油菜或者水稻长势好就行。但农人们闲不住啊，他们在地里辛苦了几十年，成天不跟土地较劲儿，总觉得心里空落落的。

于是，在早晨五点过，你就会发现那些老农已经在围着责任田闲转了。要么下田去扯一扯地里的稗子，要么把田埂上的野草收拾下，要么背着背篼割草，总之不得闲着。如果遇上暴雨，男人们更是在家里坐不住。瓦房草房若是漏雨，可以让女人用盆啊桶啊先接着。最要命的是地里的庄稼，旱不得涝不得，关系着一家人的温饱问题呢。他们戴上斗篷，披上蓑衣，扛着锄头就心急火燎地出门了。田里可不能积水啊，要不然庄稼会被泡死，得挖开田埂缺，让积水流到沟渠里淌走。

日子就这样不咸不淡地过着。等到秋收时节，整个龙门山脚下平坝地区一片金黄，稻浪此起彼伏，好像它们在冲着农人喊着："来收割吧，我成熟了，我要回家！"农人们在这时候，就三天两头地往地里跑，他们把沉甸甸的稻穗捧在手里，看了又看，闻了又闻，似乎在欣赏一件绝美的艺术品。有些人还会摘下一粒稻子来，放进嘴里用牙齿感知一下软硬度，试试稻米的香味。

大家猛然发现，种田事实上很快乐，人勤地不懒，只要你舍得付出，那么土地定会长出丰硕的成果。而那些离开大集体后，仍然饱食终日的懒汉，则会发现自己的日子更不好过了。这是包产到户的必然结果，也是上天给出的考勤记录。

我们蓦然发现，其实种田也就农忙时忙一下，农闲时干什么，不可能用来喝酒打牌摆龙门阵吧。一些有手艺的木匠、泥工们已经试着在乡场上、县城里找事干，而另外还有些头脑活泛地开始骑着自行车自己做起小本生意。

可父亲没有技术，他当了十多年的生产队副业队长，就只学会了和家畜家禽打交道。

据说最开始父亲要去学开拖拉机，但婆婆不让他去开，说："机械东西复杂，你文化不高，要是开拖拉机不小心把人给撞了咋办？"

这种事情不是没有发生过。生产队的拖拉机手蒋某，有次中午在饭馆喝了点大曲酒，开车穿过县城时，把电线杆子撞倒了，当场就被警察扣留了。所幸没有撞到人，但生产队照样赔了一大笔钱，蒋某这才得以回家。

父亲已经四十多岁了，再学技术不太现实，毕竟年龄大了，脑子没有年轻人好使。

母亲说："你们父亲在生产队养过鸭子，一次养几千只，我们还是养鸭子吧，轻车熟路，照样可以赚钱。"而这事也就这么定了下来。

开春，父亲从富新场上买回来五百只小鸭子，一身嫩黄的绒毛，走路颤颤巍巍的，甚是可爱。我们将小麦煮熟，作为鸭饲料。鸭子喜欢吃活食，我们就将鸭子赶到稻田里去。田里一直有水，稻子拔节生长，各色昆虫、鱼虾、青蛙悠游其间，这简直就是小鸭子的乐园。

每天早晨，将它们赶进咱家的稻田里去，它们就在田里“嘎嘎嘎”地忙活开了。估摸着它们玩够了，父亲站在田边吼一声“啊——哦——”，再敲一阵葫芦瓢，鸭子们知道这是主人要给自己加餐了，就会“嘎嘎嘎”地应答几声，然后屁颠屁颠地跑出来，吃父亲带给它们的玉米、小麦等粮食。等到傍晚，父亲再把鸭儿赶回家里，关在鸭圈里就行了。

鸭儿越长越大，自然对活食的需求量也越来越高了。父亲带着我们在肥田里挖曲蟮，沟渠里捉鱼捞虾逮泥鳅，给鸭子补充营养。

那时的沟渠还有两米来宽，泥土埂子，埂子上长着芭茅、竹节草、淡竹叶等花花草草，而沟渠里长年累月都可以见到泥鳅、尖嘴巴鱼，端着撮箕下水去，对着流水缓慢的地方一撮箕下去，就能逮住不少的泥鳅、螃蟹等。

庄稼地里用的还是农家肥，犁田时翻开稻田表层土，满田都是曲蟮，挂面似的，一抓就是一大把，这是喂养鸡鸭的好饲料。

最刺激的自然是透黄鳝了，黄鳝白天很少活动，夜间才出穴觅食。它是以各种小动物为食的杂食性鱼类，性贪，夏季摄食最为旺盛，寒冷季节可长期不食，也不至死亡。在没有实现人工养殖之前，鳝鱼都是野生的，正如《蜀本草·图经》所云：鳝鱼似鳗鲡鱼而细长，亦似蛇而无鳞，有青黄二色，生水岸泥窟中，所在皆有之。“水岸泥窟”，四川不是有很多沟渠堰塘嘛，特别是水稻田，更是符合“泥窟”这一描述。

用鳝鱼血拌饭喂食小鸭子，可以增强它们的抵抗力，而鳝鱼自然也成了我们的美味。父亲抓黄鳝的本事真不是吹牛。第一次到水田里抓黄鳝还是父亲带我的。我们走在刚刚春耕耘平的水田埂上，突然父亲指着田里清浅的水底下两个相邻一米左右的洞口，对我说："这就是黄鳝洞，而且里面就有一条黄鳝，有二三两重。"

见我将信将疑，父亲又说："小一点的是进口，因为是新田，泥土松软，黄鳝进去后，尾巴在后面搅动，泥土收缩挤压，使得洞口几乎堵住；出口因为黄鳝经常探出头去觅食而变得比较粗大。"

这边说着，那边父亲已经下到田里，右手握虚拳，只伸出中指，从大洞口徐徐进入，忽然他手臂快速向前，同时手掌猛地将泥土犁翻过来，一条黄隆隆的黄鳝立马在泥水里翻腾起来，说时迟那时快，父亲的右手往下一插再提起，那条黄鳝已经乖乖地被夹在他的中指上了。

父亲说："一定要迎头探入，一旦碰到黄鳝头，它回缩的速度比较慢，你这时要加速跟进，兜底连同黄鳝和泥土一并抄翻过来，让黄鳝暴露在视线之内，然后就容易控制了。如果从小洞进去，你一碰到黄鳝的尾巴，它就会快速地钻到烂泥里，让你摸不着方向，你只能无功而返。手抓黄鳝也有窍门，一定要用中指去夹，这样中指和食指无名指形成三点钳制，黄鳝无论如何都滑不掉了。否则你用再大的力气抓它，它都能轻松地从你手里滑逃出去。"听完这席话，我再看那条黄鳝，有三四十厘米长，三四两重，你说父亲神不神？

"今天星期三，老师教我们透黄鳝"，那时每周上六天课，星期三下午照例是第二课堂，老师可以自由安排，譬如教学生下棋，带学生去河坝里放风筝，翻螃蟹，当然也可以透黄鳝。儿时民谣充分证明，抓黄鳝应该是一项农人擅长的技术活，但也是儿童乐于参加的。

但事实上，并不是所有人都擅长抓黄鳝。黄鳝藏于洞中，而且还能分泌出非常油滑的黏液，一不小心，它就能从你手中溜之大吉。

抓黄鳝不在用力，而在得法。赤手空拳，不借助工具在水田中捉黄鳝，没有一点真本领是不行的。眼要疾，分得清哪个是黄鳝洞，哪个是蛇洞，一般情况下洞口呈浑水状的是黄鳝洞，洞口呈清水状的是蛇洞，有时遇到整个水田都是浑水，若洞口周围的泥巴很清凉的就是蛇洞。手要轻，抓得要紧，用右手的中指慢慢入洞，在悄无声息中紧紧地将黄鳝从洞里抓入“卡篓”（一种专门装黄鳝的竹编器具）中，尤其是在入洞口的瞬间，不可造成水响，否则会惊动黄鳝，跑得无影无踪。

除了在水田抓黄鳝，也可以钓黄鳝。可它和钓鱼却不一样，主要是洞穴垂钓，其钓法有两种。

一是钓者将短竹竿插在洞穴口边的泥土中，把线、钩、饵投入洞穴中。钓者将钓饵投入洞穴然后把钓竿插好后就可以在周围来回走动，边走边用手把每个窝的线钩提提，只要发现洞穴内的鳝鱼咬了死口，即可提竿。

二是单钩钓法，钓者用手握住长柄钢丝条钓钩，装上蚯蚓或蛆虫，直接插入有鳝鱼藏身的洞穴。动作要轻，缓缓地上下抖动，诱引鳝鱼咬钩。黄鳝吃东西是靠嗅觉的，所以要上下慢慢地多提竿挑逗它。当感觉中了之后，切勿猛提。因为长柄钢丝条钩没有弹性，如果用力过猛，到手的鸭子就飞咯。

抓黄鳝难，杀黄鳝也难。最好先把头部用刀背拍一下，这样比较容易宰杀。但一般都是在大缸内放上适量的盐和醋，将鳝鱼放入，再倒入开水，立即盖上缸盖，待鳝鱼都张开嘴时，即可取出剖腹洗净。宰杀鳝鱼一般是用左手的食指、中指和无名指，勾住鱼的颈部，右手持尖刃刀，将刀尖刺入鱼腹面的颈部，并向尾部顺长划割，剖开腹部，洗净待用。

在菜市场，摊贩会用钉子将鳝鱼头部钉在案板上，再剖腹划割，看起来比较血腥。而现在也有很多人工黄鳝养殖场，能够很方便地吃到黄鳝了。干煸鳝片是一道非常有名的川菜，鳝肉软烂鲜香，汤汁清爽味酽，具有补中益气，生津润燥之功效，可见鳝鱼还是一种药食两用的食材。因此干煸鳝片好吃，但鳝鱼这种野味却难寻，故而这道菜就更加显得弥足珍贵。

干煸鳝片堪称干煸类的代表之一。所需主料为鳝鱼片，配料为芹菜，调料为姜丝、蒜丝、葱丝、绍酒、郫县豆瓣等。先将鳝鱼宰杀洗净，切片；大蒜切片；芹菜洗净，切段；葱洗净切葱花。接着锅内放油烧热后，将鳝片反复煸炒至干香亮油为止。然后锅中留油少许，爆炒姜丝、蒜片、豆瓣酱、干辣椒节，再放入鳝片、芹菜节、酱油、糖、味精同炒。翻炒均匀后注入高汤续煮，汤汁渐渐收干时加入少许醋、香油、葱花煸炒即可装盘。

我们从野外带回那些鱼虾泥鳅鳝鱼后，小一些的都留给鸭子吃了，而大一点则自己享用了。母亲擅做干煸鳝片，而且在亲朋中也是好评如潮。其实对于一个厨娘来说，自己的菜品能够得到众多食客的赞誉，那是一种莫大的荣耀。

其实这也说明，包括川菜在内的中国菜简直就是一座富矿，就算我们穷其一生，也不可能吃遍所有的中国菜。因为随着时代的变迁，那些菜品由于食材、烹饪方法甚至刀工、火候的变化，都不尽相同。

我们吃过的每一份菜品，都可能是独一无二的，这正如我们不可能两次踏进同一条河流一样。这应该就是中国菜跟欧美快餐式菜品最大的区别所在，也是我们引以为傲的地方。

卤菜美

那天在北辰宾馆聚餐。李哥得知我们在这里消费，说什么也要过来敬杯酒略表地主之谊。

李哥先在教育局任办公室主任，后又在学校任职副校长，是县内公认的才子之一。当初他本来有机会到市报社去当编辑，调令都下来了，可是教育局不放，这事也就不了了之了。

我们都替他感到遗憾。谁知李哥却说，凡事祸福相依，以他当年的才情和人脉，说不定能在市里混个一官半职，但权力往往伴随着风险，假若一时没管住自己，肯定锒铛入狱了。如今时过境迁，还是觉得现在安稳，看看闲书练练字，写点理论文章，日子倒也过得惬意。

前辈蓝翁曾告诫我说："做人不要太认真，但也不要太不认真！"太认真，你会活得很累，成为单位上的另类；太不认真，则说明你不学无术，混日子都混不下去。看来生活这碗陈酿，我们还得浅斟慢饮，才能品出些许真味儿。

大家寒暄一番，话题转到今天的菜品上来，都对桌上的卤肉赞不绝口。那半肥半瘦的卤肉，蘸点卤汁放进特制的白面锅盔里，送进嘴里一口咬下去，一股醇香似乎瞬间从你的每个毛孔钻出来，浑身通泰无比。卤肉锅盔外酥内嫩，荤素搭配，实在是人间美味啊！

李哥得意地说："这卤肉是宾馆的招牌菜。卤肉用的卤汤来自于20世纪60年代，一直沿用到现在。试问，其他地方有这么陈的卤汤吗？"

白酒是陈的好，卤汤也是陈的好，二者之间似乎有相同之处。陈放越久，那么卤汤中的各种香料所释放的香味就越加纯正。再加上卤汤都是常年反复使用，那么陈年卤汤除了香料味外，还吸收了各种肉食的鲜味，二者之间相得益彰，这陈年卤汤就显得格外珍贵了。

看来卤菜味道的好坏，全在于卤汤的配制和保管，怪不得有些厨师说起自己的卤菜配料，总是顾左右而言他，现在细细想来，原来是怕自己的独家配方流传出去，被别人抢了饭碗啊！可惜这里锅盔太小，一人只有一个，一次只能夹一片卤肉，多了装不下。

我最喜欢吃卤肉锅盔，每次去成都春熙路逛街，逛得累了，妻女必定会吵着去吃肯德基。我便说："洋快餐有啥吃的，炸鸡腿、汉堡包、炸薯条或者可乐，味道千篇一律，走遍全世界都差不多。譬如炸薯条这些，早就是营养学家认定的垃圾食品，吃多了对身体有害而无益。"

"不如我们去吃卤肉锅盔吧。如果你不喜欢卤肉，还有卤肥肠、拌三丝、拌耳片等其他选择。锅盔夹卤肉吃一个也就饱了。"在我的影响下，妻女去快餐店的次数也就逐渐地少了。

前段时间，同事们在讨论如何自己在家里卤制食物。在超市里购买现成卤料来配制卤汤当然是最顺当的，不过老罗说："我直接用酱油、盐巴、花椒等调料配制简易卤汤，照样做出了卤菜，只不过没有卤肉摊的那么美味罢了。”

其实卤汤里根本不能加酱油的，加酱油的卤水，时间越长，色泽就会越黑，卤菜便没有了看相。我们所见的卤菜均是金黄色，其实这种色泽的呈现是来自于黄糖。这就是学问了，看来做任何事情，都不能不懂装懂，不然会闹出笑话的。

回家跟岳母说了，她说：“如果你们爱吃卤菜，我也可以给你们卤。”

岳母退休了，有的是大把时间挥霍。她从超市里买回来鸡翅、凤爪、鸭掌、豆腐干等，用香料包、食盐、黄糖、鸡精等熬好卤水，就开始做卤菜了。毕竟卤水是新制的，口味肯定没有腌腊摊的卤菜好，但也聊胜于无了。

其实除了美食实践者外，我们根本没有必要亲自去做卤菜。社会分工越来越细化，若事事都亲力亲为，倒显得不合时宜了。

在四川城乡，大至成都这样的都市，小到老家村口的鸡毛店，都能够找到卤菜摊的影踪，只不过摊位装修档次有高有低罢了。

卤菜摊，又称为腌腊摊子，除了卖卤菜以外，还会卖凉拌类、腌腊类、泡制类、油炸类菜品，鸡鸭鹅兔猪牛鱼，凡是乡村常见的家畜家禽，都可以登上腌腊摊子。以卤菜为例，常见的有卤猪蹄、卤猪脸、卤鸭翅、卤鸭脖、卤郡肝、卤鸭掌、卤鸡翅、卤牛肉等，只要是能够下锅的肉食，经过卤制之后都可以变成一道五味俱全的美味佳肴。

家里来了客人，大家为了让场面上好看些，除了在家里炒菜以外，都会在卤菜摊上去买点方便肉食回来，凉拌菜、卤菜配搭使用，既可以佐酒，又适合下饭。说卤菜是方便食品，这是有原因的。拉开卤菜摊的纱窗，满眼都是琳琅满目的美味，散发出诱人的香味来，撩拨着你的味蕾，让你口水直流。

有人说，那些卤菜摊老板，肯定在卤汤里加入了罂粟壳，不然卤汤怎么那么香，吃了又怎会上瘾呢？谁知道呢，我们又没有证据，也不是工商局的，我们只管享受卤菜的美味儿就好了。

刚一拉开纱窗，老板就递过来一张笑脸：“帅哥，今天吃点啥？”于是我对着那些美食一番指指点点，老板已经麻利地过秤报价了。卤菜很贵，现如今若只消费十块钱都不好意思说了，再怎么节约也得消费三十块以上。

“笃笃笃”老板在菜板上一顿忙活，那些大块的卤菜比如卤牛肉、卤猪脸就变成片状了，而鸡翅、鸭掌之类的杂件则直接过秤就好，买卤菜前后绝对不会超过五分钟。

那些卤菜摊子，都是十多年以上的历史，有些还是爷爷传给父亲，父亲又传给儿子的。你想两三代人长年累月地做卤菜，就算是榆木疙瘩脑袋不中用，他们也会总结出制作卤菜的诀窍来。能够生存下来，而且坚持十多年不倒闭，那么他们的卤菜口感再怎么差，也不会差到哪里去。

有些卤菜摊，还逐渐闯出了名号，比如本地的陶猪脸、周板鸭、向牛肉等，生意都不差。大家都这么喊，久而久之老板的真名反而忘记了。其实这些名字，无形中已经成了这些卤菜摊的商标，只不过没有正式在工商局注册罢了。他们的卤菜摊，抓住了一大批回头客，有些人认准了这家的卤菜，甚至不惜走几里路去买。

在阆中古城闲逛的时候，正巧有家卤菜摊卤菜刚做好摆出来，主顾们就已经很自觉地排好队了。这样的生意，不火都不行，一个毫不起眼的卤菜摊，其月收入绝对超过大城市的白领们。

卤菜摊事实上以外卖为主，没见过谁坐在卤菜摊边吃东西的，再说他们也不提供桌凳。但是大多数餐馆也有卤菜摊，没有卤菜摊餐馆还搞不转。你想想吧，每天中午十二点，大量零散食客陆续赶来，人喊马叫的，这个也点菜，那个也点菜，立灶的厨师绝对忙不过来。这时候有经验的服务员，就会首先推荐客人先点一些卤菜、凉拌菜、炖菜、蒸菜吃着。蒸菜、炖菜都是现成的，端上桌就行。卤菜、凉拌菜两三分钟就可以上桌，要命的就是炒菜，起码四五分钟，有的甚至要十来分钟才可以起锅。如果大家都点炒菜，厨师得累死。而有些食客等不及，就会上别家消费去了。

卤菜里面，我最喜欢吃的是卤鸭掌。虽说鸭掌肉少骨头多，但是当你从鸭掌尖一直吃到鸭腿骨时，一种成就感却油然而生。因为啃鸭掌，不仅要用到牙齿，还需要用手指去撕那些依附在骨头上的鸭肉，这样反而平添了许多乐趣。越是得不到的，越会让人产生强烈的征服欲望，而吃鸭掌的乐趣就在于此。

在绵竹乡村，过去也有骑自行车、摩托车转乡卖卤菜的。特别是每年抢收抢种时节，他们知道农民忙不过来，又想吃点好东西慰劳自己，就上门提供卤菜。每天下午五点半左右，在乡村机耕道上，就会传来一个男人沙哑的声音："汃猪脸，稀溜汃的汃猪脸！"那年月没有电喇叭，全靠嗓子吼，男人吼得有气无力的，这钱挣得实在辛苦。

有时候如果父亲想给我们改善伙食，又懒得上乡场去买，就会照顾男人的生意。

老板的自行车行李架上，固定着一个一米来长、一尺来宽的大竹篮，用纱布搭着，里面就是油浸浸的汎猪脸了。猪脸鲜美醇香，柔而带刚，滋味悠长，父亲最喜欢用它来下酒。夹起一片猪脸来，放在嘴里慢慢地咀嚼一番，让那股鲜香味儿在全身游走，实在是美事一桩。

儿时跟父母去赶富新场，在篾货市的拐弯处，看见三四家摆摊卖卤肉的，一些老年人最喜欢打上二三两白酒，切三四块钱卤肉，就坐在那里有滋有味地喝起。当然，老板会提供小板凳，因为这就相当于活广告了。

那里的卤肉价格特别便宜，但父亲却从不在那里买。他说这些人卖的都是病死猪肉，吃了对身体不好。那年月乡村肥猪经常氢氰酸中毒，一百多斤的猪肉埋了可惜，能换回点损失农民当然乐意了。这就给那些做卤肉的提供了廉价食材，这些病死猪肉很有可能也进入了正规饭馆，只不过我们不知道而已。但篾货市的零散卤菜摊，买卖双方其实心照不宣，都知道这是瘟猪儿肉，不然价格怎会如此亲民。

没有买，就没有卖。只要有人买，说明就有市场。何况瞎子买，瞎子买，还有一个瞎子在等待。如果不是囊中羞涩，又有谁愿意去吃那些病死的猪肉来解馋呢？

PART 2

×

川味江湖

水煮肉片

今年七月，我生平第一次来川南盐都自贡，此地上坡下坎，犹如山城重庆一般。平原城市的自行车，在这里踪影全无，这是自然选择的结果，也造就了自贡独特的城市景观。

更奇特的是，街心花园中到处都是闲庭信步的恐龙雕塑，恐龙已然成为自贡的城市名片。在自贡大山铺镇的周围，分布着众多的恐龙化石。大自然如此眷顾自贡，让它成为世界恐龙种群的聚居地，这真是自贡的福气啊！

自贡恐龙博物馆的广场上，有一个“生命之泉”的雕塑。一只小恐龙刚破壳而出，伸着小脑袋四处张望着四周，似乎对周围的世界充满了好奇。其实我们人类不就像那只小恐龙吗？对于恐龙成为世界主宰的那个时代，虽然我们通过古生物化石找到了一些门道，但是这其中还有多少奥秘等待着我们去破译啊！

那个时代到底是怎样的呢？博物馆内利用声光电和恐龙化石骨架专门营造了一个远古场景，展示了形态各异、大小不一的恐龙化石：有一家三口相依相伴的天伦之乐，有舐犊情深的母亲喂儿图，有奋起反击的恐龙恶战图，也有卓然挺立、顶天立地的孤独客。

至于恐龙的名字，就各不相同了，鸿鹤盐都龙、和平永川龙、甘氏四川龙、多齿灵龙等，各有各的名字，也各有各的形态。

化石是没有生命的，但是博物馆却独具匠心地留下了一块恐龙化石发掘现场。一些工人正在那些石头上忙忙碌碌地敲打着，在他们漫不经心的敲击下，恐龙的一些化石骨架若隐若现，而这叮叮当当的敲击声让寂静的博物馆多了许多生气！

这虽然是一种表演，却在无形中又让我们增添了不少知识：原来恐龙化石就是这样一块块地发掘出来，最后组装成了那些千姿百态的化石骨架，科学家们功不可没啊！如果没有恐龙博物馆，自贡的魅力应该会大打折扣的！

走进自贡的恐龙世界，看一代霸主在地球上如何慢慢消亡。在心灵的震撼之余，你会发现，再强势的王者，也会在时间的舞台上落幕。那么，我们又该如何度过自己的人生呢？人生苦短，善待他人、善待自己，更要善待周围的万事万物，这就是我们的选择！

走出恐龙博物馆，天色已晚，当地文友老周带我们去吃盐帮菜。盐帮菜，自然跟自贡井盐有关。这里的井盐业，肇始于东汉时期，唐宋时已闻名全川。史籍称此地“衍沃饶润”“过于他郡”“商旅辐辏”“邦赋弥崇”。清代咸丰同治年间，自贡已成为四川井盐中心产场，独执四川盐业之牛耳。本地年产盐三百多万担，销售川、滇、黔等地二百余州县，供全国十分之一人口食用，成为“富庶甲于蜀中”的“川省精华之地”。

经济的繁荣，人口的聚集，文化的昌盛，使这里的川剧、灯会、饮食渐次成为川南乃至整个四川的首善之区。清中叶时的自贡盐场，火旺水丰的井盐业，不仅吸引了来自晋、陕等省的投资者、经营者来这里开设井灶、钱庄、票号，而且还吸引了周边及贵州、云南的劳动者来这里作直接或间接的劳工。

当时常年聚集在盐都的盐商与盐工即达 20 万人左右，按不同的社会分工被称为各种行帮。盐商有井帮、灶帮、笕帮、银钱帮、竹木油麻帮；盐工有山匠帮、锉井帮、辊子帮、烧盐帮、屠宰帮、车水帮、橹船帮等。百里盐场，市井繁华，酒肆林立，会馆密布。不同层面的饮食消费和嗜好，不同地域的饮食文化交融，使自贡逐步形成了独具风味的盐帮菜系。

自贡如果不出盐或者量太小，那么盐帮菜就无从谈起。既然称为盐帮，那么说明依附于食盐产业链上的人员就非常之多，这其中有盐工，也就是那些下苦力的人群；当然还有盐商，就是通过招募工人制盐或者贩卖食盐而得以跻身于富豪之列的人士。

历朝历代，食盐作为特殊商品都是纳入政府专卖管制的，因此直接取得食盐的专营开采权和贩卖权，想不发财都难。盐商富甲一方，自然得讲究排场，珍馐美味吃腻了，就别出心裁地开发出许多怪异的吃法来，如小碟田鸡肚，得用上百只青蛙，剖其腹，取其肚，先后用猪油、麻油爆炒而成，尤需注意掌握火候，非做到鲜脆不可。吃空心菜，也只要每根顶端两片似雀舌大小的嫩叶，若干斤空心菜才能做上那么一碟，用麻油炒，鸡汤烹，称之为“鸦雀嘴”。

盐商们的阔气那是有经济实力在支撑，盐工们只能望洋兴叹，但是他们也会因地制宜，也因此烹制出了许多盐工特色菜来。会馆菜是指出自自贡各种帮会会馆的菜。自贡的井盐生产使自贡的帮会众多，会馆林立，从而产生了盐帮会馆菜。这些外埠人士在发财致富后为款叙乡情、沟通信息、议决会事，纷纷建立起自己的组织和活动场所——同乡会馆，如陕西人的西秦会馆，广东人的南华宫等。

因此盐帮菜，大致可分为盐商菜、盐工菜和会馆菜。盐帮菜善用椒、姜，料广量重，选材精到，煎、煸、烧、炒，自成一格；煮、炖、炸、熘，各有章法。盐帮菜尤擅水煮，比如水煮牛肉、水煮肉片、水煮鱼、水煮大虾、水煮豆腐等，形成了区别于其他菜系的鲜明风味和品位。

水煮菜，然而就是一种氽煮菜，但是又不能归结为汤菜。水煮肉片是水煮菜中的代表菜。按照传统做法，水煮菜的配料有三种，一是莴笋尖切成片；二是蒜苗切成段，将蒜苗头拍破；三是芹菜切成段。三样配料中，蒜苗、芹菜都自带芳香味。猪肉要选里脊肉，切成薄片，放在加有苏打的清水里浸泡三四分钟，然后把肉捞起来，码味码芡，码芡要厚一点，多余的芡粉可以把汤汁收浓一些。

做水煮肉片时，先把锅里放点油烧热，将莴笋尖这些配料煸炒一下，铲起来。锅里再放点菜油烧热后紧接着炒豆瓣，炒出颜色和香味后，把莴笋尖等重新倒进锅里，混合着炒一下再掺汤煮。因为莴笋尖等煸炒过，故而煮的时间不能过长，然后把它们盛起来装进碗里做垫底。待汤再烧开时，把码好味、码好芡的肉片抓进锅里，稍微烫一下，用筷子把肉片拨散。因为肉片码芡后，多余的芡粉便起了扯芡的作用。把带稀糊浆的汤汁舀起来倒在垫底蔬菜上，依次撒上葱花、刀口辣椒、花椒，分层次淋热油上去，一阵阵香味扑鼻而来，水煮肉片就这样做成了。

水煮肉片菜烫，麻辣味重。菜烫，是芡汁护温的结果。水煮肉片越吃越清，吃到最后，剩下的就是一碗汤。做水煮肉片关键在掌握火候，氽煮肉片的时间不能过长，肉片一滑散，汤汁一收浓，菜就要起锅。

当一盆水煮肉片摆在我们面前时，禁不住让人眼前一亮。汤汤水水的，分量很足，中间撒着一撮绿色的芹菜段、葱段，簇拥在周围的则是大量红色的辣椒段和花椒粒，颜色稍浅的就是这道菜的主角肉片，粉粉嫩嫩的样子。

还好我们是四川人，早就见识了辣椒的厉害，因此就算放了那么多的辣椒并没有把我们吓到。如果平时不喜欢吃辣椒的，看见这道菜肯定会吓得不敢动筷子，这也敢吃吗？不辣死才怪呢！

用筷子在盆里轻轻地搅拌一下，原来水煮肉片里面还有许多的配菜，例如白菜叶、豆芽和蒜苗。我们点了几瓶冰镇啤酒，边吃水煮肉片边喝啤酒，倒还可以缓解一下这道菜麻辣烫的猛劲儿。

水煮肉片其实菜多肉少，味道近似于麻辣火锅，吃完之后全身冒汗，颇有酣畅淋漓之感。水煮肉片肉嫩菜鲜，汤红油亮，麻辣味浓，最宜下饭，为冬季家常美食之一。

东坡肉

去眉山旅游，三苏祠自然不容错过。三苏祠位于眉山市中心城区纱縠行南街，是北宋著名文学家苏洵、苏轼、苏辙的故居，明代洪武元年改宅为祠，祭祀三苏，明末毁于兵燹，清康熙四年（1665 年）在原址模拟重建，现成为占地 104 亩的古典园林。

三苏祠庭院一直是文人墨客和广大民众拜祭圣贤的聚集场所。经数百年的营造，周围红墙环抱，绿水萦绕，荷池相通，古木扶疏，小桥频架，堂馆亭榭掩映在翠竹浓荫之中，错落有致，形成“三分水，二分竹”的岛居特色。南大门门楣上悬挂黑底金字横匾，上镌清代大书法家何绍基所书“三苏祠”三字。门柱对联“北宋高文名父子，南州胜迹古祠堂。”走进三苏祠，只见祠内红墙环抱，绿水萦绕，古木扶疏，翠竹掩映。屋宇典雅，堂廊相接，匾额对联，缤纷耀彩。

现存的三苏祠建筑，大多数是清朝修建的。前厅为悬山式屋顶，抬梁式梁架，三楹四柱二室。前厅之后是一四合小庭院，穿庭院正中石权路，上三级垂带式台阶进入正殿。正殿又名飨殿，大殿内塑有三苏父子像，正中悬挂一匾“养气”。正殿前廊两侧，置放有铁铸钟一口，大鼓一架；

殿两侧各有一方墙门道，西为“文渊”，东为“学薮”。

绕正殿后房廊，下三级踏道，顺石板路前行十余步即到启贤堂，启贤堂原是苏家供奉祖先，神位的祭堂。堂前有正殿，东厢房和快雨亭三间构成不规则的四合庭院，正值八月中秋时节，园内金银月桂争艳吐蕊，香溢满园。

启贤堂后为木假山堂，据说，苏洵偶得木假三峰，购置于家中，并撰写《木假山记》，叹其：“不幸而为风之所拔……漂沉汩没于湍沙之间……然后可以拖泥沙而远斧斤”之幸者。赞其“予见中峰，魁岸踞肆，意气端重，若有以服其旁之二峰。二峰者，庄栗刻削，凛乎不可犯，虽其势服于中峰，而岌然决无阿附意”，木假山峰昭示着不朽的道德精神和高风亮节。

整个祠堂并不大，而建筑颇不少，如抱月亭、木假山房、百坡亭、启贤堂等，但给人的感觉并无壅塞。因为已被古木竹石间隔包围，反倒显得古意盎然。看过木假山堂、来凤轩，转向披风榭，此处有东坡石像。只见溪畔石上，苏东坡斜倚散坐，头戴学士帽，胸前蓬蓬然长髯自然飘逸，神情悠远而略带沉思。

楼台亭榭，古朴典雅；匾额对联，词意隽永。祠内有苏洵、苏轼、苏辙和程夫人、任采莲、苏八娘、王弗、王闰之、王朝云、史夫人及苏家六公子等十余人的塑像，还供奉有眉山始祖苏味道画像和列代先祖牌位；有木假山堂、古井、洗砚池、荔枝树等苏家遗迹；有三苏祠沿革展、碑廊苏轼手迹刻石八十多通，宋、明、清、民国碑约三十通。

除此而外，馆内还收藏有上万件有关三苏的文献资料和文物，是蜀中最负盛名的人文景观。清代宰相张鹏翮撰大门联赞三苏“一门父子三词客，千古文章四大家”，最为大雅。

从古色古香的三苏祠里踱步出来，我们旁若无人地吟诵着“大江东去，浪淘尽，千古风流人物……”，惹得路人都侧目而视。说实话，中国古代的文人中，我最佩服的就是苏轼。在群星闪耀的唐宋时期，苏轼在诗词和书画等方面，均取得了登峰造极的成就，是中国历史上少有的文学和艺术天才。

不仅如此，苏轼还是一个伟大的美食家。他不仅爱吃，喜欢记录与食物相遇的美妙，其一生还自创过很多菜肴。

苏轼的家庭说不上富有，但也衣食无忧，即便如此，苏轼小时候和他的弟弟苏辙常吃的也是“三白”之饭，即一餐只有一碗米饭、一碟白萝卜、一碟盐，但这样仅可聊以充饥的食物却滋养了两位文学大师。

四川自古就是天府之国，以丰富的物产成为历朝历代的粮仓，而物产的丰富也带动了美食的发展。那时候，辣椒还没有传入中国，因此那时的川菜并不像今天这样麻辣，但鲜嫩肥腻的风格已初露端倪，尤以淡水鱼和猪肉的做法天下闻名。而苏轼的母亲不仅是一位能读懂《汉书》的才女，更是一位厨艺高手，川人尚食的传统与母亲的熏陶，使苏轼也逐渐成了一位烹饪高手。

苏轼酿过蜜酒，配方为绵竹道士杨世昌所赠。《赤壁赋》中曾提到“客有吹洞箫者，倚歌而和之”，这里的吹洞箫者就是苏轼好友杨世昌。杨世昌，字子京，是西蜀绵竹武都山的道士。杨世昌善画山水，能鼓琴，通晓星历，又精通黄白之术，多才多艺。他经常云游四方，寻访名山胜迹，因此也结识了不少学者、名流。太常博士、诗人文同，曾在《杨山人归绵竹》一诗中写道：“一别江梅十度花，相逢重为讲胡麻。……青骡不肯留归驭，又入平芜咽晚霞。”杨世昌，骑一青骡，云游四方，浪迹天涯的生活，可见一斑。

苏东坡与杨世昌，是老乡，更是好友。他们经常在一起，饮酒作诗，流连山水。杨世昌善酿酒，而且是一种“蜜酒”。唐宋以来绵竹就是酿酒大县，宋史食货志有绵竹设酒务监官的记载。酒是专卖品，官府设置酒务，管理酒的酿造、销售和课税收入。

酒的酿造，分官酿和民酿两种。官酿即为官府自酿自卖，民酿则由官府规定课税，征收酒税，允许酒商有开坊置铺、酿酒卖酒的专利权。酒税不仅是四川财政的主要来源，而且在全国的酒税中，四川也独占鳌头。据统计，宋高宗末年，全国酒税收入1400万缗，四川占全国的49%。

杨世昌将蜜酒酿酒配方献于好友苏东坡后，东坡大喜，在其《蜜酒歌／序》中写道：“西蜀道人杨世昌，善作蜜酒，绝醇酽，余既得此方，做此歌以遗之。”诗曰：“珍珠为浆玉为醴，六月田夫汗流泚。不如春瓮自生香，蜂为耕耘花作米。一日小沸鱼吐沫，二日眩转清光活。三日开瓮香满城，快泻银瓶不须拨。百钱一斗浓无声，甘露微浊醍醐清。君不见南园采花蜂似雨，天教酿酒醉先生。先生年来穷到骨，问人乞米何曾得。世间万事真悠悠，蜜蜂大胜监河侯。”用蜂蜜所造蜜酒“香满城”，“百钱一斗”甘香味浓，可谓酒中珍品。绵竹蜜酒能得苏东坡如此赞誉，也是诗歌史、酿酒史上的佳话。

苏东坡还亲手制作过许多糕点和小吃，并将这些方法和制作心得集结成文。而世人皆知的东坡肉据说就是苏东坡创制出来的，现在已经成为川菜中的一道名菜，味道肥而不腻，深受食客青睐。要吃地道的东坡肉，当然要在苏轼的老家眉山来品尝。不论是豪华的酒店，或是逼仄的大排档，都能吃到眉山人引以为豪的东坡肉。

原料简单，就是平常的猪五花肉、老姜、葱结、花椒和精盐，另外还需绍酒、冰糖和熟菜油。烧制东坡肉也不复杂，一是刮去猪肉皮上的细毛，洗净，切成正方形块，放在清水锅内，用旺火煮约五分钟，捞出用清水洗净，竹笋切条备用。二是锅内放清水一千克，将肉加入，加葱结、姜块、黄酒，用文火烧一小时，肉约五成熟时，加竹笋、黄酒、花椒、茴香、盐巴、酱油、白糖、鸡精，连续用文火焖煮半小时至肉质酥糯。三是盛起，装入小砂锅内，每只锅内放三四块肉，皮朝上，加一点原卤，加盖后，上蒸笼半小时即成。

东坡肉菜色红亮，软和鲜香。用筷子夹起一块颤巍巍的东坡肉放进嘴里，不待咀嚼，那肉块似乎就能自己游走于肚肠之间，唇齿间留下的就是永恒的醇香。

苏东坡写过一篇《猪肉颂》：“黄州好猪肉，价贱如粪土。富者不肯吃，贫者不解煮。慢着火，少着水，火候足时它自美。每日起来打一碗，饱得自家君莫管。”在这首诗里，苏东坡介绍了东坡肉的制作过程，强调了火候和煨法。这首诗在坊间广为传诵，黄州的老百姓都学会了东坡肉的制法。

后来苏轼到杭州任知州，组织民工疏浚西湖，筑堤建桥，使西湖旧貌变新颜。杭州的老百姓很感激苏东坡做的这件好事，听说他在徐州及黄州时最喜欢吃红烧肉，于是许多人上门送猪肉。

苏东坡收到后，便指点家人将肉切成方块，然后烧制成熟肉，分送给参加疏浚西湖的民工们吃。他送来的红烧肉，民工们都亲切地称之为“东坡肉”。

当时，杭州有家大菜馆的老板，听说人们都夸“东坡肉”好吃，也按照苏东坡的方法烧制，挂牌写上“东坡肉”出售。这道新菜一应市，那家菜馆的生意很快兴隆起来，门庭若市。一时间，杭州不论大小菜馆都有“东坡肉”。从此，东坡肉成为汉族地区的传统名菜，一直流传至今。

川菜洋洋大观，以地名命名的不少，以人名命名的却寥若晨星。东坡肉，算是其中的一个特例吧。看上去形状方正、红亮剔透，闻起来荤香扑鼻，吃起来糯而不腻，咸甜适中，香酥而软烂可口。能攀上苏学士的盛名，这真是那些五花肉的荣幸了。

至于东坡肘子，也和东坡肉的做法类似。先将猪肘子用热水浸泡一小时，然后煮半小时后加入花椒、干辣椒、姜块、葱结、白酒在锅里慢炖两个半小时，当筷子能捅过肉皮站立时，就说明肘子已经熟了。做浇汁也不容马虎，用姜末、豆瓣酱、辣椒、白糖、酱油等，调出色香味美的浇汁儿，让姜的辛辣和豆瓣酱的香浓沁入肘子，最后撒上青葱粒和香菜末即可。吃东坡肘子，如果能够佐以酸爽可口的开胃泡菜当然最好不过了。肘子的醇香，泡菜的酸辣，混合成一股美妙的复合滋味，在舌尖上恣意奔放，让人浑身畅快舒坦，这就是美食的魅力。

东坡肉是如今宴席上的常客，但年轻姑娘们囿于身材压力，只敢远观不敢动筷子。而中老年男士们无所顾忌，自然对东坡肉是青睐有加。

吃着东坡肉或东坡肘子，我们就会想起那位多才多艺却又怀才不遇的北宋名士，想起那些脍炙人口的诗文，就会不自觉地吟诵起：“明月几时有？把酒问青天。不知天上宫阙，今昔是何年……”

麻婆豆腐

国庆节我们在云南丽江旅游，中午走累了，信步踱进路边的一间大排档吃饭。老板一听我们的口音，就兴奋地说肯定是四川人。原来老板是眉山的，举家在此开餐馆已经几年了。太太张嘴就点了一份素菜：先来份麻婆豆腐！老板端详我们半晌，迟疑地说："你们这几个四川人不地道哦，麻婆豆腐是川菜名肴，是荤菜，麻辣豆腐才是素菜！"

我一时有些尴尬，就随机应变说："那就来份麻婆豆腐吧！"其实至于"麻婆豆腐"和"麻辣豆腐"有什么区别，我自己也说不清楚。反正平时做家常豆腐，我都没有放肉，把锅烧热后打油汤，等油汤煮沸时，放下豆腐块，起锅时勾芡就行。现在想来，自己所做的应该是麻辣豆腐了。

老板很快就端来了一盘麻婆豆腐。雪白细嫩的豆腐上，点缀着棕红色的牛肉末和油绿的青蒜苗，外围是一圈透亮的红油，香气腾腾，让人食欲大增。用调羹舀起一勺放进嘴里，豆腐麻辣烫、鲜酥嫩，形整而不烂，牛肉酥香鲜美，真不愧为巴蜀名菜，比我在家烹制的麻辣豆腐好吃多了。

一字之差，口味却大相径庭，我们真是贻笑大方了。要说起麻婆豆腐，其来历可不小，已经有一百多年历史了。清朝同治元年，成都外北万福桥边有个小饭店，店主是陈姓妇女，面微麻，人称陈麻婆。

当年的万福桥是一道横跨府河，虽不长但却相当宽的木桥，桥上常有贩夫走卒，推车抬轿等下苦力的老乡在此歇息吃饭。光顾麻婆饭店的主要是挑油的脚夫，这些人经常买点牛肉和豆腐，再从油篓子里舀些菜油要求老板代为加工。

日子长了，陈麻婆逐渐在烹制豆腐上形成了自己的风格，她烧出的豆腐色泽红亮，麻辣鲜香，让脚夫们交口称赞。可是脚夫们毕竟是下苦力的，所得有限，饭店要想发展，还得吸引更多人来消费才是。

陈麻婆将自己的苦恼说了，大家当然赞成饭店扩大客源。分析来分析去，人们说是招牌不响亮，于是陈麻婆就求助一位姓张的打油诗人。

张打油一本正经地对麻脸老太太说："你晓得我这个人特损，口无遮拦，不知你受得了受不了？"

麻脸老太太还挺宽容，说："只要让我这豆腐庄有名气，再怎么损我也受得。我一个老太婆，还怕你损不成！"

于是，张打油一边吃豆腐，一边看着麻脸老太太做起打油诗来。他那副专注的神情，令老太太多少有些不自然，问："张先生，我这张麻脸有啥好看的！"

张打油道："就你这张脸有文章可做！"

说着信口拈出一首打油诗来："羡君满面好文章，圈圈点点不成章。春来莫向花间坐，免得蜜蜂入错房。"意思是，老太太，我羡慕你这张脸啦，长在那儿天生就是一篇千古奇文。您老不仅麻子多，而且麻坑硕大，密密麻麻像个大蜂巢。

陈麻婆有些愠怒，心想：你张打油也太出格太伤人自尊了。正待发作之时，但见张打油已提笔写下四个大字："麻婆豆腐。"

陈麻婆这才恍然大悟，敢情刚才吟诗，原是在抓招牌的特点。

后来，张打油在文人圈子里一番介绍，麻婆豆腐很快名扬蓉城，墨客骚人纷纷赶来凑热闹，麻婆豆腐庄从此门庭若市。

顾客一是想核实打油诗中的圈圈点点，二是想品尝豆腐庄的麻麻杂杂，因此食客总是络绎不绝。陈麻婆索性将饭馆改名为"陈麻婆豆腐"，扩大了门面，生意越来越火爆，麻婆豆腐一直流传至今。

据《成都通览》记载，陈麻婆豆腐在清朝末年便被列为成都著名食品，成为川菜当中的一道招牌菜，名扬海内外。

其实只要多加练习，人人都可做出麻婆豆腐来。从丽江回来后，我按照菜谱专门练习麻婆豆腐，竟然也可以和川菜馆的相媲美了。

不过做麻婆豆腐，也要注意一些细节，比如：最好用嫩豆腐做这道菜，因为滑嫩爽口。豆腐切成菱形小块，以求美观。此外，要预先汆水，尤其老豆腐，更要略煮片刻，以除黄豆腥味。

麻婆豆腐的特色是"麻、辣、烫"，"麻"来自花椒，"辣"自来辣椒酱，"烫"来自火候。花椒末如不够细，吃时总觉如沙。如果磨成粉状，则会影响色泽。因此可用花椒油代替。至于郫县豆瓣酱，味道确实独特鲜美，广为一般川菜师傅所乐用。至于"烫"，是很重要的一环，豆腐需用文火慢烧。如果大火快烧，就会外烫内凉，这道菜就完全失败了。最后当豆腐起锅前，千万别忘了勾薄芡，豆腐易出水，如果忽略了这道手续，烧出来的豆腐就会有汤汤卤卤之弊。

宫保鸡丁

去陕南汉中游玩。陕南的地貌和关中地区却截然不同，看不到沟壑纵横的黄土高坡，目之所及，青山巍峨，溪流潺潺，似乎我们还停留在天府之国。公路两边，集镇前后，可以看见很多“正宗川菜”的招牌，让人倍感亲切。想不到翻过秦岭，还能吃到麻辣鲜香的正宗川菜，真是惬意啊！

陕南北靠秦岭，南倚巴山，汉江自西向东川流而过。从西往东依次是汉中、安康、商洛三地。陕南的汉中、安康自然条件方面具有明显的南方地区特征，该地区的人主食是大米，主要栽种水稻，盛产橘子、茶叶。汉中、安康尤其是汉中方言已接近巴蜀方言。该区域古属梁州，自秦立汉中郡（整个陕南）以来一直为一级行政区，直到元朝为了让四川“无险可守”才并入以关中为主体的陕西。

在漫长的历史中陕南地区与四川关系紧密，特别是汉中市，其次是安康市，至今风俗极似川北。看来历史上，陕南和四川本属一家，直到元代才各奔东西，怪不得三国争雄时刘备首先在汉中称王呢！

中午到达宁强县城，我们走进路旁一家名为“汉源川菜馆”吃饭。

老板一听我们的口音，就知道我们是四川人，赶紧报上一些招牌川菜让我们选择。

我点了“宫保鸡丁”等一些家常菜，就坐在餐桌边喝茶聊天。

不经意间，我发现菜单上居然写的是“宫爆鸡丁”，这就有点问题了。

我把老板叫过来说：“你们菜单上的菜名写错了，应该是宫保鸡丁，这可是四川的一道文化名菜。”

我用手指蘸着茶水在餐桌上写了一个“保”字，老板仍然疑惑不解的样子，认为我在开玩笑。

老板说他是本地人，书读得少，“宫爆鸡丁”在菜单上写了五六年，从来没有人说写错了。

于是我只得解释了一番：宫保是明、清各级官员的虚衔，有太子太师、太子太傅、太子太保等，源于大臣加衔或死后赠官，通称宫衔。宫保鸡丁和晚清名臣太子太保丁宝桢有关，水有源树有根，乱改经典菜名无异于荒腔走板，让方家笑话。

丁宝桢是个出名的美食家。他小时候喜欢吃鸡，家里的厨师时常做清蒸鸡给他吃。有一次，他去拜访兄长小勤，小勤杀鸡来款待他，因忙，来不及炖，小勤便将鸡肉切成丁块。家中无油，便用鸡油爆炒丁块，而后加上切成小节的干辣椒、橄榄菜、蒜苗等，再加水煮熟。丁宝桢食之觉得香味非常，比家中厨师做得更为好吃。

丁宝桢任四川总督后，接王小勤到住所。一日大宴群僚。席间摆上此菜，众僚吃了均称赞美味佳肴。不想席上的抚台突然问到这菜的名字。丁宝桢虽喜欢食此菜十年，却没有命个名，一时答不上来，只好请教王小勤。

那王小勤本是目不识丁之人，一时也寻不出个菜名来。

这时，席间的丁宝桢义子王藕丰不假思索，说道：“各位大人，愚以为凡菜之名皆因味、色、形、技等，各地均有不同。其实此菜义父早已命名为‘宫保鸡’，不知是否确切，还得请教众位大人斧正。”

众人一听，拍手叫好！因丁宝桢已领太子少保衔，人名“宫保”。从此，宫保鸡这道菜随着丁宝桢的声誉而出名。

丁宝桢去世后不久，宫保鸡丁就被四川当地官员作为贡菜献给皇帝，以至于后来发展成为御用名菜之一。

宫保鸡丁选用鸡肉为主料，佐以花生米、黄瓜、辣椒等辅料烹制而成。成菜辣中有甜，甜中有辣，鸡肉的鲜嫩配合花生的香脆，入口鲜辣酥香，红而不辣，辣而不猛，肉质滑脆，早已成为闻名中外的特色传统川菜。宫保鸡丁选用鸡脯肉，由于鸡脯肉不容易入味，炒出来鸡肉容易嫩滑不足，需要在码味上浆之前，用刀背将鸡肉拍打几下，或者放入一只蛋白，这样使鸡肉会更加嫩滑。其原料中必须使用油酥花生米和干辣椒节，味必须是辣型荔枝味。辣椒节炸香，突出煳辣味。

在烹饪过程中，很多人掌握不好油酥花生米的火候，往往炒出焦苦味，让人难以下咽。其实很简单，冷锅冷油花生米，搅拌均匀后开中火，听到锅里发出“哔哔噗噗”的声音，就可以关火装盘了。等到花生米冷却以后，就会变得酥脆，更不会外煳里不熟。

老板听了“宫保鸡丁”的来历后，觉得大有裨益，居然慷慨地再三说这份宫保鸡丁就送给我们免费品尝，让我们多提意见。

其实老板的宫保鸡丁还是很地道的，鸡丁鲜香细嫩，辣而不燥，略带甜酸味道，特别是此菜中的花生米，点缀在鸡丁、黄瓜片和青辣椒节之间，让人赏心悦目，不忍动筷。用调羹舀起几粒花生米丢进嘴里，又香又脆，真是佐酒下饭的一道好菜。

吃菜就是吃文化，一道普通的川菜，如果能跟某个名人结合起来，那一定能促进这道菜的推广。这就正如宫保鸡丁，如果没有丁宝桢的名头，说不定它就叫香辣鸡丁了，而转眼间就会消失在川菜的汪洋大海中。

滋味烧白

打牙祭这样的称呼，稍微年长的人听来非常亲切。可惜这样的牙祭，这样吃肉的机会，过去只能在初一、十五才有，因为这两天要祭祀祖先，必须吃肉。

我们只能期待着，十冬腊月，庄稼地里的活儿都做上坎了，农人们就开始给子女们操办婚事起来，流水席就开始一个个地多起来。亲朋好友、左邻右舍办大事，大家都得凑热闹。大人们得送上红包，我们小孩子可不管这些，两个肩膀抬张嘴就去吃酒席了。

这样的日子，就是村子里最热闹的时候。主家的晒坝里，用晒垫搭起了能容纳几十桌客人的简易帐篷，到处都贴着大红的喜字。门上的对联也焕然一新，写上了百年好合、龙凤呈祥之类的吉利话。大门口坐着唢呐手，老远看见客人来了，他们就呜啦呜啦地吹起来，要么是《百鸟朝凤》，要么是《喜相逢》。孩子们在院坝里穿梭似的跑来跑去，男人们聚在一起抽烟聊天，女人们则帮着择菜、洗碗、打下手。

乡村厨师早就来了，微驼着筲箕背，常年在案桌前忙碌的厨子都这样。红白喜事，那就是厨子们的舞台，也许平时他就是你身边的邻居，其貌不扬，你根本不会正眼瞧他。但是一到下半年，厨子们就炙手可热了，两边耳朵上都夹着纸烟，那都是别人发的。厨子得预先打招呼挂号，不然方圆十里八村的，说不定遇上好日子，办事的也就机缘巧合地撞上了。“对不起，请你改时间。”但是时间都是请乡场上的算命先生根据八字算过的，不能轻易更改，主家这时可就痛苦了。

因此厨子们就得赶时间，当然工钱就不一样了。厨子们骄傲是有理由的，几十桌的菜品，都得从他手上出来，光切菜就够他忙活半天的。厨房里那就是食物博览会，门板搭建的桌案上，一长溜地摆放着不同的菜品，码得整整齐齐。厨子忙得不可开交，蒸炒炖煮凉，乡村宴席的名堂可多着呢。但是他们再忙，也得装出若无其事的样子，以显示出自己早就经历过这样的大阵仗。要是手忙脚乱的，在菜里多放了盐巴，那就自己砸自己招牌了。

在晒坝的角落里，通常会用砖块临时砌两三个简易土灶，灶膛里的块子柴燃得旺旺的，上面架着直径一米左右的铁锅，铁锅上一层一层地码放着竹蒸笼。蒸笼上弥漫着一股股诱人的香气，那些粉蒸肉、烧白、东坡肉都在里面，让我们这些馋嘴的孩子口水直冒。

而这时母亲们就会厉声尖叫着呵斥自己的孩子：“蒸菜还没有上桌子，你就在那里候着。你是喉咙里生枣子了吗？赶紧离蒸笼远一点，小心烫着。”

小孩子大都这样，没上席桌之前饿得慌，而当满桌子都堆满了那些珍馐美味时，却又没有胃口了。我从来就不愿意跟那些伙伴们坐在一起，他们吃得快走得快，等你想吃啥菜时，他们已经散完了。我喜欢跟父辈们坐在一起，这样可以慢悠悠地坐到宴席完毕，吃到最后一道菜上桌为止。

大人们都讲礼仪，喝酒夹菜聊天抽烟，全部得劝得说“请”，如果谁接二连三地夹菜吃，会被认为是饿痨鬼投胎，丢脸不懂礼节。但是小孩子就不一样了，我们饿啊，平时吃肉少。大人们会用慈爱的眼神看着你：“吃吧吃吧！吃得、跑得、睡得、屙得，个子长高些，将来才有出息。”

而父亲也会象征性地拍拍我的肩膀说：“别光顾着自己吃，这些人是谁还记得不？来来来，我教你，要记住了。”

于是我嘴里就一边含着食物，一边七大姑八大姨含混不清地叫着。大人们频频点头，说上这娃娃真乖之类的客套话，于是话题就会转移到各家各户的孩子身上去，谁有出息啊，谁成绩好啦，谁懂礼貌啊，等等。

乡村都是竹根亲，亲连亲，亲挽亲，平时走动少，也就办大事聚会一下，当然有些人我就搞不明白怎么称呼了。

我管不了这些，等到吃到八成饱的时候，我就给父亲说：“爸爸，我先下去了，等蒸菜上来时叫我。”

父亲就会借着酒劲说：“你啊，我晓得，一辈子吃不够酒米饭。去吧去吧，别跑远了。”

其实我很喜欢吃烧白，特别是烧白垫底的酒米饭，软软的，糯糯的，那不就是我儿时的美味吗？

烧白有咸烧白，咸菜垫底，酱色的五花肉码在上面，酥软可口，老人们最爱吃。夹沙烧白，是一片肋条肉，从中间片成两半，但肉皮还连在一起，中间填上洗沙心子。龙眼烧白，是一片薄薄的肋条肉卷成筒状，里面塞上颗红枣就行。这些烧白油而不腻，垫底沾些甜味，这应该就是我们喜欢吃的原因吧。

蒸肉烧白一上桌，院子里到处都是呼儿唤女的叫喊声，于是恍惚之间，所有的孩子都立刻不知从哪里钻了出来，一双双筷子伸向那些龙眼烧白去。不到一分钟的工夫，土红碗里就只剩下酒米饭了。用筷子把酒米饭搅拌均匀，那就跟粽子味道差不多了，于是我们又三刨两咽，大快朵颐一番。

大人们看着这一切，也只能无可奈何，孩子们吃完龙眼烧白，就又都作鸟兽散了，只留下他们还在那里浅斟慢饮，聊着田里庄稼的收成，来年的打算，甚至某天在哪里看见了一个俊俏的小媳妇儿等，直到最后的泡菜上桌。男人们知道宴席已经结束了，于是有的打着酒嗝剔着牙齿，晃悠悠地离开餐桌。

有还想吃饭的，又懒起身，或者想绷面子的，干脆对着站在远处聊天的婆娘说道：“老婆子，我喝醉了，给我打碗饭来哈！”这时候，再强势的女人也是不会拒绝的。男人的脾气她们知道，在外面应酬，还是得给户主们一点面子。

于是她们就会嘟嘟囔囔地端着一碗饭来，送到男人手边：“搞快吃，家里还有事！”其实家里有啥事呢，不外乎希望男人早些下桌子罢了！

烧白作为乡村宴席的压轴菜品，曾经一度受到大家的追捧。可是现在，即便在乡村的红白喜事上，烧白也不再如当初那样风光了。

孩子们对于烧白可谓兴趣索然，大闸蟹、基围虾、龙虾，他们可能会尝一些。但也因此，他们的嘴巴也越吃越刁了，不合胃口的可能连筷子也不会动一下。

女儿连饺子里有点肥肉都要吐出来，说是油腻，吃多了要长胖。她根本不明白，为什么我们小时候就那么爱吃烧白，爱吃酒米饭。

其实，这都是时代的必然。曾经的烧白，就是我们肠胃最好的润滑剂，除了走人户能吃到，也就只有乡场上饭店里才有，平时谁家又会舍得吃烧白呀！

粉蒸肉

在四川乡村，红白喜事都是在家里办。各家各户都有一个三合土晒坝，至少一分田宽。收割季节时用来晾晒稻谷、小麦或油菜籽，而农闲时就成了我们小孩子的乐园。到了下半年，结婚嫁女的多了，晒坝就开始热闹起来了。主人家撑起立柱，搭上晒垫，放上方桌，晒坝就变成了人头攒动的宴会大厅，这样的坝坝筵我还吃过不少。

厨子都是在乡村跑码头的，手艺咋样，工钱咋样，大家都心知肚明。在我们那一带，大家都请的是临乡的“彭驼子”，因为他算是本家叔叔了。“彭驼子”个不高，也就一米六左右，但背却弓着。

问其原因，据说长年累月在案板前面耍菜刀，就熬成了筲箕背。谁家要办事了，只需通知“彭驼子”一声，时间只要错得开，他肯定不会拒绝。一般“彭驼子”都会带上一个帮手，是专门负责切菜配菜的，而洗菜择菜这些琐事，就需要主人家自己出人手了。

坝坝筵都是九斗碗，上席的菜肴以蒸扣为主，习惯称为“三蒸九扣”或“九斗碗”。一般多用猪、鸡、鸭、鱼和自产的蔬菜瓜果为原料，烹制成丰盛而朴素实惠的菜肴。清蒸杂烩、攒丝杂烩、肉、扣肉、扣鸡、粉蒸肉、甜烧白、咸烧白、夹沙肉、酥肉和清蒸肘子等，都是坝坝筵上的熟面孔。

这样的坝坝筵，在食物匮乏的时代，简直就是一场乡村的饕餮盛宴，我们小孩子都是敞开肚皮吃。常常一盘菜刚刚端上来，大人还没有动筷子，我们这些孩子们就已经虎视眈眈地盯上了。

父辈们都是很讲客套的，喝酒要一起喝，吃菜要一起吃，嘴里还要客气地说两句："主多客不便，我们就自己照顾自己吧！来来来，喝起喝起！"

如果谁吃菜的间隙把筷子搁在桌子上，席上的长者就会说："你莫拘束嘛，不要客气！"

可是我们能不客气吗？父亲在家里就给我打了预防针："要是饿痨饿虾的，不懂规矩嗨起吃，回家我要收拾你！"

于是，我也只得耐着性子，和大人们在那里小心翼翼地吃着。小孩的饭量有限，坝坝筵经常还没有上完，我便胀鼓鼓地翘着肚皮离席了。

这时，父亲就会悄悄地嘱咐我："你先去耍两转，莫走远了，蒸菜来了我会喊你！"

蒸菜是"彭驼子"的拿手菜，龙眼烧白、夹沙烧白、咸烧白和粉蒸肉这些蒸菜一上桌，最后就是点素汤或者泡菜，坝坝筵也就接近尾声了。

我最爱吃的就是粉蒸肉，色泽红亮、咸鲜微辣、软糯适口，实在是老少咸宜的美食。一个浅浅的土红碗端上来，立刻就让我喉咙口伸爪子了，清口水咽了又咽，那是馋虫一起酝酿的结果。十来片粉蒸肉整整齐齐地码在红碗里面，微微拱起呈半球状，上面撒着些许葱花或者芹菜粒，下面自然是垫底的红苕。粉蒸肉既要有肉香又要有米粉香，还有要垫底红苕味，这三种味道杂糅在一起，形成了 1+1+1>3 的效果。

粉蒸肉都是刚从笼屉里端出来的，还冒着热气，香味四处飘散，让人食欲大振。只等长者筷子一指说大家快吃吧，我马上就迫不及待地夹起一片粉蒸肉放进嘴里嚼起来。

为什么要等长者说快吃呢，这应该是本地的餐饮礼仪了。一道菜品端上来，只能由老人开盘，小孩子是不能动的，否则会被视为没有家教、没有涵养。

一张八仙桌只能坐八个人，也即是大多数人只能吃一片粉蒸肉，多余的粉蒸肉都让给在座的老年人了。人老先从牙齿老，他们牙齿不济，吃点粉蒸肉正合适，这几乎是约定俗成的。

于是，我们只能把红碗中的垫底红苕分而食之，也算沾点粉蒸肉的美味。

父亲知道我爱吃粉蒸肉，往往会把他那一片交给我吃，可是我仍然觉得意犹未尽，看着空荡荡的红碗出神，这都是粉蒸肉害的。

我的馋嘴相把父亲气得直摇头，回家就说："你既然爱吃粉蒸肉，我就天天给你做！"

父亲说到做到，在"彭驼子"那里学会了做粉蒸肉的技术。天天做粉蒸肉自然是气话，每个月做一次还是能办到的。

月月耳濡目染，我居然也学会了。粉蒸肉，顾名思义就需要米粉和带皮五花猪肉，这是主要原料。所用的米粉，现在市场上大多都已经有卖的了。以前用的米粉都是自己炒，自己打粉子，在炒的同时，加一点香料进去，以前餐厅的蒸肉牌子上要写米粉蒸肉或者粉蒸肉，有的还打出五香蒸肉的招牌，因为菜里面加了香料。五香蒸肉是吃五香味，是咸鲜味略微带一点甜，以咸鲜味为主，突出五香味。

现在一些人又把它弄成家常粉蒸肉，其实二者是有区别的。家常粉蒸肉是在粉蒸肉的基础上加豆瓣，把豆瓣炒一下，和着肉一起拌，然后将肉蒸熟，吃起来有点辣味，故称为家常粉蒸肉。其他的配料包括土豆、料酒、精盐、鸡精、豆瓣酱、八角和高汤。

制作步骤是：大米倒入锅中炒至金黄色，倒在案板上，用擀面杖碾碎成米粉后装入碗中。接着将肉切成三厘米见方的块，煮至八成熟后，带皮切成厚片，将带皮的一面朝下码入碗中，中间撒入米粉。然后土豆去皮切成块，平整地码在肉块周围，再撒上一些米粉。最后将米酒、八角、豆瓣酱、精盐、鸡精加高汤搅拌均匀后倒入码好土豆和肉块的碗中，入味后上锅蒸 40 分钟，将碗取出倒扣在盘中即可。

与粉蒸肉类似的，还有荷叶蒸肉。它是用荷叶包裹，用的猪肉要求肥瘦肉都有，一片肥肉搭一片瘦肉，而且肥肉必须带皮，蒸肉不带皮也不好吃。

其做法是，先把肉拌好，再把荷叶切成片，一片大荷叶大约切八片，在荷叶片上，先放一片肥肉，接着抓几颗拌好的青豆放在肥肉上，用一片瘦肉盖上去，然后像包东西一样把肉包起来。记住，是包不是裹。每个荷叶肉包的荷叶包口向下，一个个依次摆放在蒸碗里，然后将蒸碗放进蒸笼里蒸。肉蒸熟了该走菜时，才将荷叶包捡入盘中。

至于坝坝筵上其他的蒸菜，比如龙眼烧白、夹沙烧白等，我都不大中意，总觉得过于油腻。我所喜欢的不外乎烧白下面的酒米饭。酒米就是糯米，酒米饭黏性很强，带点甜味，小孩子都爱吃，那时的我自然也不会例外。

回锅肉

儿时住在乡村，家里守着几亩薄田度日。父亲使出浑身解数挣钱，家里的光景也没有多大起色。这也难怪，我们弟兄三个，正是要吃要穿的年龄，读书上学，穿衣吃饭都得花钱。父亲每月打短工挣的零星收入像是投进了无底洞，东支西划就没有了。还好母亲有计划，口攒肚落，勉强让我们混个温饱。

平时餐桌上的主打菜就是泡菜和咸菜，吃得人肚肠都快生锈了。那时我们最盼望的，莫过于吃上母亲做的回锅肉。回锅肉又称熬锅肉，是四川最大众化、人气最旺的一道菜品。当地主妇人人会炒，家家能做，且咸淡甜浓，各有所长。

回锅肉的源头可以追溯到北宋，明代基本定型，有道菜品油爆猪已经清晰地呈现出回锅肉的基本特征。明人宋翊《竹屿房杂部》这样记载："油爆猪，取熟肉细切脍（切片），投热油中爆香，以少酱油、酒浇，加花椒、葱，宜和生竹笋丝、茭白丝同爆之。"清末郫县豆瓣的创制，大大提升了回锅肉的口感和品质，使回锅肉成为川菜中的当家花旦。

回锅肉通常做法是，选"二刀肉"，即半肥瘦带皮猪腿肉，清水煮至八成熟后，晾凉，切片，将锅内加入适当菜油和猪油烧热倒入肉片，慢火将肥肉熬出油，可用锅铲按压肉片，使其卷曲呈灯窝状，即民间所谓的“灯盏窝”，之后加入少许盐、郫县豆瓣酱、甜面酱炒出香味，再加入适量青蒜苗合炒，稍时即可。入盘上桌时，肉汁的浓香和蒜苗的清香使得满屋飘香。

一家人炒蒜苗回锅肉，整个单元楼的住户都口舌生津，这绝不是夸张。将蒜苗回锅肉送入口中，肥而不腻，细嫩化渣，是佐酒、下饭皆宜的好菜。曾经，四川许多普通家庭都以回锅肉作为家人改善伙食的主要菜肴，俗称“打牙祭”。每周一次或每月二次，割上几斤肉，买来一捆青蒜苗和一堆萝卜，用萝卜熬汤，用蒜苗炒肉，红的肉片、绿的蒜苗、白的萝卜，既营养又美味。

母亲对于回锅肉，颇有心得，蒜苗、辣椒甚至饼子这些普通的材料经她巧手烹调，都会变成风格各异的回锅肉来。要吃回锅肉，须得等到每月的农历初一和十五。这两天，即便是再困难的家庭，也要咬紧牙关从集市上买回一块二刀肉来祭祀家神。农历初一、十五敬祖先，这是乡村历年来的风俗，我家自然也不例外。

母亲把二刀肉放在已置有花椒、生姜、葱白的开水锅中，煮到七八分熟时，也就是用筷子能捅破猪皮了，然后捞起来晾干水汽，放到神龛上敬祖先。约莫半小时，祭祀结束，这块肉已经冷了，母亲将它切成大而薄的肉片备用。

母亲炒菜，父亲烧火，这是他们多年来的分工。乡村都是那种土灶，灶膛又宽又大，灶口上方有个茶壶，悬在从房梁垂下来的铁钩上。父亲把铁锅烧得红红的，母亲在锅里倒入菜籽油，再加入一坨炼猪油制成混合油后再倒入肉片。

那时的肥猪都是农家自养的，吃的是粮食和青饲料，得喂一年才能出栏，不像现在的猪肉都是三月肥。肉贩也诚实，乡里乡亲的，不懂也不会搞注水猪肉。因此猪肉肥，母亲每次在锅里把猪肉爆炒一阵后，还要用铲子压一压，肉片四周最后都微卷，形似灯盏窝。片刻之后再下豆瓣酱、红酱油和蒜苗，亮油后起锅。亮晶晶、油汪汪的肉片夹在蒜苗之间，扑鼻的香味能让满院子的人都能闻到。

回锅肉还在锅里炒，我们就忙着擦桌子、摆碗筷，给父亲把酒倒好。我们只有一个目的，那就是尽快把回锅肉吃到嘴里好解解馋，因为那味道实在是太诱人了。说来也怪，如果是辣椒回锅肉，放一顿后再热着吃，味道还要香些。

我百思不得其解，后来父亲告诉我，炒回锅肉的二荆条辣椒特别辣，哪怕你在锅里爆炒过也一样。但是只要放一放，辣味就会被肥肉吸收了，而肥肉也不腻了，细细想来，真是一举两得。

四川人把回锅肉又叫作“熬锅肉”。烹饪技艺中，没有“熬”法，它是将炒、爆、煸、炸四法融为一体，使烹制的菜具有由四法而得的风味特点。四川的回锅肉也有创出品牌的，那就是广汉连山回锅肉。

连山位于四川盆地腹地，是广汉市下辖的一个镇乡。连山回锅肉，是连山供销社餐馆代木儿在原来四川回锅肉基础上，通过精心研究，取其精华，照顾“南甜北淡”的饮食习惯，特别在作料和调味上进行了改进，以适应八方来客的口味，故得名“连山回锅肉”。连山回锅肉切片大且薄，大如成人手掌，宽三寸有余，其厚度不过两毫米。半肥半瘦，口感相宜，且肥而不腻，略带辣味，咸中有甜。

连山回锅肉的配料也有别具一格的地方，除了香蒜苗、青椒、郫县豆瓣、永川豆豉、德阳酱油这些常用料，加入炸锅盔则是独出心裁，有别于其他回锅肉。炸锅盔香酥清脆，平添别样味道。一道菜品，多种滋味，美哉口福。

吃连山回锅肉还会派生一些别的妙处，首先它会令人精神愉快。啖下一块巴掌大、香味四溢的连山回锅肉，美美地大饱口福后，那种古人大碗喝酒、大块吃肉的痛快豪爽随之产生，勇气和潇洒同时表现出来，实在令人倍感快意，精神也为之焕发。

正宗的回锅肉，应该选用香蒜苗作配料，但四川人因地制宜，通过选用干豇豆、红椒、蕨菜等不同的配料，让回锅肉呈现出万千变化。

譬如我们利用自家腌制的盐菜，即将卷心菜洗净加入盐和花椒腌制而成，作为配料加入回锅肉，味道也不错；还有用农家自制家常豆豉以及将锅盔或馒头切成片块作为回锅肉配料，而后种做法，是既解了馋，又填了肚，很受劳作者们喜爱。甚至，我们也可以用面粉先做出锅毯子，然后将其切成丁块，照样可以配炒回锅肉。

国画大师张大千因为年轻时曾遭土匪劫持，被迫给人当过厨子，练就了一手烹饪技巧。逃离虎口后，虽然谈匪色变，却喜欢时不时地吃点自己亲手做的好东西，而且算得上一位业余的高级厨师。其回锅肉、红烧狮子头、一品豆腐等，都称得上他的拿手菜。

张大千是四川内江人，擅长烹调川菜，有口皆碑。在台湾生活期间，大家很难吃到正宗的川菜，张大千就会应邀给大家露一手，让大家解解馋。有四川人的地方就有回锅肉，回锅肉成了贴在四川人身上的一道文化标签，是四川人之间沟通的一条纽带。

白果烧鸡

青城天下幽，果然名不虚传。八月的青城山，在登山路上行走，阳光居然只能漏下点点光斑。到处都是参天大树，遮天蔽日。树下是绿意盎然的藤萝，点缀着一些星星点点的野花，让人心情格外舒畅。

路边还匠心独具地放置着一些音响，有着石头的色彩和质地。如果不是有舒缓的道教音乐从音响里流出来，你还真以为那是一块块石头呢。

每隔二三里远，就有一些风格各异的道教建筑在迎接着我们。从天然图画到五洞天、天师洞，处处都是雕梁画栋的古道观。它们依山势而建，多为木结构建筑，红墙碧瓦，宝相庄严，香火旺盛。

青城山可真是块风水宝地，历史上这些道家在选择修行场所的时候，竞争也很激烈。正是因为历代道家都垂青于青城山，不断地在山上修房造屋，才形成青城山今天的规模，从而使它兼具自然和人文风光，成为大家向往的旅游胜地。

青城山看似山道舒缓，其实爬山也挺费力的。在险峻的九弯十八拐，一边是陡峭的山体，一边是山梯边的钢管栏杆和铁链。山路窄得只能两个人侧身而过，我们都是后背紧贴着山体，用登山杖在下一级山梯试探稳当之后，才敢迈步。

走到半路，我回头一看后面跟着的那些游客，战战兢兢的，似乎马上就要从山梯上滚下去，让人心惊胆战。就这样走走停停，好不容易才走到山顶的上清宫歇息。这里地势稍微开阔些，有一些小贩在一边贩卖黄瓜和矿泉水，两块钱一根，洗净可以生吃。他们都是附近的山民，清晨六点一过就上山来了，卖完就回家，天天如此。

我说："你们可真辛苦啊，要背着这么多东西上山，我们两手空空地上山，也累得人腰酸背痛的，爬山真是受罪。"

老板说："我们不辛苦，你看那些背山工才辛苦。青城山这么多道观和游客，每天要消耗多少东西，从米面蔬菜、香蜡纸钱到砖头瓦块，都是他们背上来的。"

其他的交通工具都不行，只有靠人力，他们一个人每天要往返五六趟，甚至十几趟，偌大的青城山就是他们用背篼一点点地背出来的。

老板说的背山工我见过。他们有男有女，都是四五十岁的中年人。脚下穿着解放鞋，裤腿挽到膝盖上，小腿肌肉特别发达。手里拄着一根丁字形的登山杖，有锅铲把粗。这种登山杖既可以帮助背山工探路和稳定脚步，也可以休息时拄在背篼底上。他们的背上都有一个尖底的背篼，背篼与身体之间，隔着一层厚厚的棕叶背心，可以避免身体被擦伤。

在陡峭的山路上，他们总是默默地低头前行，偶尔用脖子上的毛巾擦把脸又继续前行。别看他们走得慢，可是往往却跑在我们的前面。在我们四处流连的时候，他们就悄然地走到我们前面去了。

交货以后，他们总是小跑着下山，那速度是令人叹为观止的。青城背山工，挣得都是辛苦钱。他们看似渺小、平凡，可是没有一代代背山工的付出，就没有青城山今日的风光。

走得累了，我们便信步走进青城山一家饭馆就餐。青城山饮食与众不同，有“四绝”之称，一绝“洞天贡茶”，茶质优良，汁色清澈，茶香味醇；二绝“白果烧鸡”，汤汁浓白，鸡肉异常鲜美；三绝“青城泡菜”，脆嫩清鲜，深有回味；四绝“洞天乳酒”，酒味浓而不烈，甜而不腻。

相传白果烧鸡为青城山天师洞的道士所创。据说，在两三百年前，青城山一位年高的老道长久病不愈，日益消瘦。青城山上有一棵银杏树已经有五百多年的历史，所结白果大而结实。而天师洞的一位道长曾多次用该树所结白果，同嫩母鸡烧汤，文火炖浓后，给老道食用，使他病情好转，不久就恢复健康，精神焕发。

从此，“白果烧鸡”便闻名四川地区，成为一款特色名菜。其实嫩母鸡易得，关键是五百年银杏树所结白果难求，这就得看缘分了。

白果烧鸡做法简单，步骤如下：一是将三斤左右嫩母鸡宰杀，去掉毛羽、内脏，清水洗净。用刀沿着母鸡背脊处剖开（腹部不要剖开），随冷水入锅烧至将沸时取出，用清水洗净，去除血待用。二是将半斤白果果壳敲开，连壳入开水锅略焯取出，剥去壳洗净。三是将整只嫩母鸡入锅，加水（以淹没鸡为度）放姜片、绍酒，加盖旺火烧 30 分钟左右，至鸡半熟、汤汁趋浓后，再倒入大砂锅内，放入白果、盐巴，加盖用文火烧 15 分钟左右，鸡肉酥烂、汤浓出锅，倒入一只大的圆汤盘内，鸡肚朝上，背脊朝下，白果围在四周即成。

白果烧鸡色泽淡黄，汤汁浓白，鸡肉鲜嫩，白果微甜，软熟适口。白果为主料，经蒸、煮、勾芡制成。当然我们在家里制作时，可能没有这么麻烦，也不需要中途换砂锅，直接混合在一起就开始炖了。

至于两者之间的口味差距，只有比较之后才会知道。白果烧鸡原为四川青城山道家菜，道家菜素以养生为本，仔鸡、白果均含丰富的营养成分，尤其白果含磷量很高，有润肺、益气的功效，实为补益身体之佳品。

冒节子

冒节子，一般人没吃过都不懂，我也是这样。

十多年前在乡下教书，每逢六一节、教师节或运动会等日子，学校老师就会在镇上的李家饭店聚餐。学校不大，属于“点校”，所有老师加起来也凑不够一桌人。部分教师就在学校附近住，中午就回家吃饭。而我们三四个住在城里的，因来回路途远，所以中午只得在学校伙食团跟学生一起搭伙。

学生绝大部分都在学校吃中餐，因此米饭是有的吃。但下饭菜就难了，那时学生都是自己带菜，中午将就吃。我们带了一段时间，实在不方便，于是就要求厨房黄师傅给我们炒菜，每周结账，也总算是解决了吃饭问题。

学校教师全体聚餐，一年也就那么几次，因此在镇上餐馆吃饭时，大家就算家里有事也尽量不会耽搁。中午吃完饭，下午各自呼朋唤友，自由组合，玩玩麻将纸牌，也是教学之余的一点放松。

点菜时，不外乎蒸炒炖拌点家常菜，所费不多。但不管什么时候，每次大家都会先点一份小肠豌豆汤。也即是说，这份汤菜是常年供应的，随时去随时都有。小肠就是猪小肠，三四厘米就打成一个结。豌豆炖的时间较久，汃软返沙，非常可口。

最关键的是小肠豌豆汤的上面会临时放上一大把折耳根叶子，折耳根又叫鱼腥草，即可入药又可食用，有一股别致的味道，但有些人是吃不惯的。

点菜是有讲究的。在正午时分到饭店就餐，如果全点炒菜或烧菜，那么厨房半天都端不上来，毕竟后厨也就那点人。因此，我们可以先点一些凉菜、蒸菜或炖菜，这些都是事先备好的，两三分钟就可上桌。

譬如腌腊凉拌外卖区都是专人经管，这跟后厨并不矛盾。常见的比如卤菜拼盘、红油猪耳、凉拌膀肉、油酥猫鱼、油泼鸭子等。小肠豌豆汤就属于这种事先炖好的汤类，因为清热解暑，很多人都愿意吃，这也是川菜中的经典家常菜品。

后来我才知道，所谓的小肠豌豆汤，就是俗称的冒节子。猪大肠可以做红烧肥肠、蒸肥肠、卤肥肠、爆炒肥肠和干煸肥肠等，相比而言，小肠的烹饪方法就很少。

通常说来，小肠作为肠衣，都用来装香肠了。但香肠要十冬腊月才能装，而平时小肠的去处就是冒节子豌豆汤或者冒节子肥肠粉。

冒节子肥肠粉原产成都双流县白家镇，其历史已有数百年以上，融入了众多川菜烹饪的精华，在品味上完全做到了多样化，丰富化。它打破了单个小吃品种单一、狭隘的弊端，使消费者选择更多，并凭借着美食之都得天独厚的条件，形成了味道上可变可换，多重味道轻松调整的特点。

将红薯淀粉和成的面放进一个特制的漏瓢里，像拳击一样捶面，一条条红薯丝就落入滚烫的热水中，用竹漏兜装上熟的红薯粉丝，配上绿豆芽后，将竹漏兜放进沸腾的肥肠汤里，这时锅边已经沿着锅沿竖立着不少的竹漏兜。起锅后装入另外配置好调料的海碗里，一碗热气腾腾的冒节子肥肠粉就制作完成。

冒节子肥肠粉不是简单的加入调料即可，而是采用香浓的、特制的肥肠汤浸煮粉条，在煮的过程中鲜香亦浸入粉丝内，而后分别有精致的系列调辅料，如辣椒、酥黄豆、榨菜等，再加上浸煮的鲜蔬，一碗香气袭人、营养丰富的肥肠粉方才制作成功。

冒节子肥肠粉还分为辣味和白味，辣味麻辣爽口，白味清香宜人，也可在食用过程中，自行加入食醋，则是上好酸辣粉，食之鲜香沁入心脾，食后满口余味让人离之恋恋。

冒节子形象奇特，一看就让人胃口大开。冒节子讲究点的，是用猪小肠和一些特色肉馅做成。清洗猪小肠很麻烦，先用淘米水洗去垢物。接着用醋洗，意在去腥味、除臊气。最后用蛋清和面粉合洗。直到猪小肠上没有黏液，就算清洗完成了，至于小肠上附着的猪油，可以不必去掉。洗完之后，猪小肠就变得鲜活粉嫩了。

这时候，把小肠分段打结，往里装馅，馅里不能少了姜末、葱花之类。装好一节去掉一节，再打一节，以此类推，一副小肠就全部变成了冒节子。将冒节子放在骨头汤里和豌豆一起炖煮，最后就是我们品尝到的冒节子豌豆汤了。

与冒节子类似的，还有猪大肠烹饪的各种美食。猪大肠俗称猪下水，一般不作为肠衣装香肠，粉蒸肥肠、卤肥肠、大蒜烧肥肠就是它们的最佳去处。猪大肠的美味，一般人是不知晓的，总觉得有股腻味，心理上不舒服，譬如红烧肥肠，有人就戏称为“红烧大使馆”。

但一种食物，如果我们了解了它的秉性，烹饪得法，那么也可以做出世上绝佳的美味来。众所周知，范进穷困潦倒之时，苦读半生，总算中举，一家人皆大欢喜，从此日子有盼头了。而老丈人胡屠夫也特意来看望他，所带礼品就是一瓶酒和一副猪大肠。范进中举实则是清代故事，也即是说在当时人们已经会利用大肠烹饪各种美食了。

一般的中低档餐馆，菜单上都能看到粉蒸肥肠，它和粉蒸肉、烧白一样是餐馆的常备菜品，无论何时去都能吃得到，也是那些酒徒们的最爱。就着一碗蒸肥肠，喝下三两老白干，没有丝毫问题。卤肥肠也颇受大众欢迎，一般的卤菜摊都能买到。“卤”分“南卤”和“北卤”两大派别和四大卤系，在川式卤、粤式卤、潮州卤、客家卤四大卤系中，川卤傲视群雄。

其中，川卤又分为红卤、白卤、黄卤三大式，温江的万春卤菜就是黄卤的代表。万春卤菜其实并非某一个人的专利，也没有谁去注册相关商标，而是温江区万春镇周家和李家的私家技术配方，并以其独特的卤菜风味而广为流传，而今万春卤菜几乎都出自周家和李家的传承人之手。

在饭店的后厨里，有厨师这样描述：锅里的卤汁炖着肉，调至微火慢炖，香气散开，就能听到“咕嘟咕嘟”的声响，“听着，就好像每口锅都会说话似的。有阳光的下午，哼着小曲儿半眯着眼睛，听着这炖煮声，再闻着肉香，这也是种享受。”

万春卤菜最畅销的就是这卤肥肠，从原料的选取到菜品的卤制过程，每道工序都是在传承人的指挥下完成的，其中至关重要的是卤汁，“老卤慢炖秘制而成，用三十余种香料调配，没有任何添加剂。菜品还要用糖炒后上色提鲜”。

卤肥肠可以单吃，吃完后可以利用卤汤煮豆芽、白菜、豆腐，也别有一番风味。也可以用白面锅盔夹卤肥肠，面香混合着卤香在口腔里打转，咀嚼，再咀嚼，慢慢咽下去，那才是人间美味。

肥肠中的名菜当属“软炸扳指”。扳指原为射箭时戴在拇指上的玉石指环，后成为装饰品。肥肠切成两三厘米长的肥肠圈，当然就像一个扳指了。它经高明的厨师巧手加工，清洗、蒸煮，然后裹芡入油锅里软炸成金黄色既酥且嫩扳指，再加上葱酱、椒盐、糖醋、姜汁、稀卤等，吃法多样，大放异彩，深受达官贵人们喜爱。

猫猫儿鱼

猫猫儿，是四川人对猫的爱称。四川人比较喜欢使用重叠词，用来表示对某种事物的喜欢，这也是一种儿童化的语言，听起来让人感觉非常亲切。

比如狗叫“狗狗”，大人背着婴儿上街，边走边说儿歌给孩子听：“上街街（街，川话音该），甩手手，身上背个小狗狗。”街街、手手、狗狗，你看这样的语言说出来让听者感觉多么温柔亲切，牙牙学语的孩子们就在这样的儿歌环境中一天天长大了。

猫猫儿鱼，顾名思义就是猫爱吃的鱼。猫爱吃的鱼儿都是小鱼，顶多一拃长，甚至半拃长都有，它们只能长那么大，也就一二两重。我印象最深的是尖嘴巴儿鱼，约有成人中指粗细，当然也属于猫猫儿鱼这个范畴内的。

还有泥鳅，又称鳅鱼，只有三四寸长，没有鳞片，体短身圆，背上布满了黑色的小斑点。颜色青黑，浑身都是黏液，根本就不容易逮住。难怪哲人会说：“机遇就像泥鳅，即便逮住了，稍不注意也会溜掉。”

我之所以对尖嘴巴和泥鳅印象深刻，那是因为这两种小东西，给我的童年带来了许多欢乐。儿时的天空，永远都是瓦蓝瓦蓝的，万里无云。儿时的沟渠溪流，永远都是清澈见底的，这也给鱼类的生长提供了非常优越的条件。

小时候，老屋的后面是个井坡，井坡紧挨着一口大井，每到灌溉时节，一部抽水机就整日忙碌，通过提灌设备把白花花的地下水抽起来，流到整个生产队的稻田里面去。

这时候，大沟小堰都是“哗哗哗”的流水声，汩汩流淌的溪流，带来了尖嘴巴鱼儿，也带来了泥鳅。水至清则无鱼，它们很聪明，都躲在溪流拐弯的地方，或者水草的下面。那时的沟渠，都是天然的土埂，野草野花到处都是，比如何首乌藤、竹节草、淡竹叶、野菊花、水菖蒲等，实在是一个植物生长的乐园。

不像现在的沟渠，都是水泥打造的三面光U形渠，只是成了单纯的过水通道。虽然减少了沿途水资源的损耗，提高了灌溉效率，但却破坏了原有的乡村沟渠生态，导致了鱼虾绝迹，也让孩子们失去了许多乐趣。

那时，每当放学以后，做完作业，叫上邻居的小伙伴，我们端起簸箕、提着小水桶就出了门。沟渠离家不过两三百米远，约莫半尺来深。我们首先在上游下水把水搅浑，当浑水流下来时，那些鱼儿就会误判形势，以为到处都是安全地，就大摇大摆地游到沟渠中间来。把撮箕平放在沟渠底部，等水流一会儿，再端起来即可，每次都会有些收获，这就是“趁浑水捉麻麻鱼”了。

泥鳅、尖嘴巴鱼儿是少不了的，有时候还有虾米，甚至螃蟹也会钻进簸箕里来。如此循环往复，就是一笔很大的收获了。如果只有一个人出去捉鱼，那也不要紧，鱼儿不是都喜欢躲在有水草、水势平缓的地方吗？因此对着那些水草直接用撮箕下手，也能捉到鱼儿。沟里的鱼儿可真不少，在闷热的雨前夏日，你甚至可以看到鱼儿不断地跃出水面来换气。它们的鳞片经阳光照射后闪闪发亮，简直就像无数面小镜子似的，晃得人不敢直视。

有时候，我若不捉鱼，会就带上钓鱼竿出去钓鱼。说实话，钓鱼的收获没有撮鱼来得快，一次只能钓上一条鱼，再说并不是所有的鱼儿都喜欢吞食鱼钩上的诱饵，它们在水里根本不缺食物。正因为难，所以我觉得钓鱼更加有趣，因为它考验了一个人的耐性，遇事要沉得住气。有时候在水边坐半天，或许会满载而归，但也或许会两手空空。

前些年在乡下教书时，学校附近有一个河湾，河水没有啥污染，鱼虾成群。河里有撑着老鸹船打鱼的，有放鱼老鸹捕鱼的，也有钓鱼的。乡场上的饭馆都有特色河鲜出售，很多人慕名而来解馋。

那时我住在学校的单身宿舍里，邻居有个刘老师，老家是金花县的，在中心校教自然课。刘老师每天下班后，就背着电瓶去河里电鱼，电瓶瞬间放出高压电，鱼儿吃不住就昏迷了，用网兜捞起装在鱼篓里，带回家放在大盆子里养着，一会儿又活蹦乱跳了。

刘家每天都要烧鱼汤，或者油酥猫猫鱼，整个学校都飘着一股鱼腥味。有时候看我在家，还会让他们的女儿给我端一碗过来尝尝鲜。那是一个特别鬼灵精怪的女孩子，现在应该大学毕业了。女孩喜欢唱歌，我将报纸卷成筒状递给她。她就以此作话筒，站在花台上给我们吼：“我家住在黄土高坡哦……”惹得我们一干大人哈哈大笑。

那时我就在想，若是将来我也有这样的一个乖女儿该多好啊！后来天遂人愿，我结婚后果然有了一个女娃。小时还乖，不过现在上初中了，就有些倔了，有时一句话能把你噎个半死。

每天收获这么多的鱼，刘家当然吃不完，他就卖给饭馆去，这可是一笔不小的收入呢。

一来二去混熟了，我问老刘："嫂子也是教书的吗？"

老刘大笑着说："她在街上缝纫店打衣服，我哪有福分找女老师哦！她们都想嫁给信用社的，乡政府的或者做生意的有钱人。"

我说："嫂子肯定特别漂亮，不然你不会跟她在一起。"

老刘说："漂亮啥，就胸大屁股大腰杆细而已。"

我不禁笑了，"胸大屁股大有啥用啊，除了会生娃，又不当饭吃。"

老刘说："你也要成家的，过两年你就知道了，男人嘛，就图这个。"老刘欲言又止，还露出一脸坏笑。

老刘的话着实让我伤感了好一阵子，我的条件并不比老刘好多少，看来我这辈子也与女老师无缘了。后来，同事陈姐看我一个人孤孤单单的，人也实诚，就将某单位的梅介绍给我。大家还算投缘，我们经常坐在河岸上，看烧鱼人背着电机打鱼，或者干脆挽起裤管下河摸鱼。有时蹚过河去，在对岸的白杨树林里聊天、喝啤酒、啃卤鸭掌。有时在白杨树皮上用小刀刻下一些歪歪扭扭的句子，说是等若干年后，再来这里寻找青春的印记。

白天都要上班，也就傍晚时间充裕些，于是在河边看落日成了我们的最爱。河水清澈，没有任何的污染，河面上经常能看到上千只鸭子在嬉戏。驼背的牧鸭人“哦……啊”“哦……啊”地吆喝着赶它们回家。鸭群在河面逡巡着，打着旋儿戏弄那老头，似乎还没玩够吧！

有时在河面开阔处，能看见捕鱼船。一个渔翁撑着条窄窄的老鸹船，他用竹篙在水里一拨，船就稳稳地前进了。船头的鱼鹰还时不时地扎进水里，一阵扑腾，喉头便鼓鼓囊囊的，大获而归。牧鸭，捕鱼，多么富有诗意的生活！夕照下的小河，荡着愉快的涟漪。置身其间，顿觉神情舒坦，仿佛自己也成了水中的精灵。

可惜好景不长，教师薪水微薄，我根本不足以支撑起梅的消费。梅虽说在单位也就是个临时工，挣不了多少钱，可样样都要向那些正式工看齐。比如：某人今天买了什么牌子的化妆品，某人今天买了什么款式的牛仔裤，某人今天又在怎样的饭店吃大餐。这些话充盈着我的耳朵，让我不胜其烦，自然两人之间的裂痕就越来越深，最终分手也是难免的了。

其实分手何尝不是一次重新选择，这对双方都是公平的，就看你怎么看了。有些人分手后大吵大闹，反而弄得彼此不痛快，还不如好聚好散。

还是继续谈猫猫鱼吧！撮鱼也好，钓鱼也罢，或者电鱼也行，因为都是野鱼、猫猫鱼，品种也就那么些。将鱼儿带回家，放在清水桶里养起来，可以稍微在水里放点盐，水要多换几道，让它们把肚子里的脏东西吐出来。捞起鱼儿，在案板上用菜刀背轻拍一下鱼头使其昏迷，用剪刀剪开鱼儿排泄孔，从肚子一直剪到头部，把肠肠肚肚清理干净，用清水反复冲洗。然后用盐巴、姜片、料酒腌制约半小时，去其腥味。再把鱼身裹以面粉糊（鸡蛋液、面粉搅拌而成）在油锅里炸，炸至金黄色翻面。一次放入油锅的小鱼不宜过多，以免粘在一起，最好一条一条地放入。

油酥猫猫儿鱼又香又脆，特别好吃，我们都是连着鱼骨头一起嚼碎咽下去的。油酥猫猫儿鱼在街边的腌卤店里都有卖的，既可作为休闲小吃，一边欣赏电视节目一边香香嘴。也可在炎炎夏日，一边喝啤酒聊天，一边品尝河鲜，实在是人生一大快事。

如果是成都周边的洛带、平洛、黄龙溪这些临河古镇，油酥猫猫儿鱼更多。甚至有些地方，整条街都是油酥猫猫儿鱼的香味，这可真是靠水吃水了。

PART 3
×
若烹小鲜

汉中面皮

从广元棋盘关出川到汉中，我们两度翻越了秦岭。陕南秦岭两侧的风光与蜀地无异：一望无垠的水稻，坡地上挺拔的玉米苗，清澈的溪水，线条圆润的远山。这些景物次第地映入眼帘，完全颠覆了我脑海中对陕西的固有印象。

那应该是一片贫瘠的黄土高原，慢坡下的窑洞上成串地挂着黄澄澄的老玉米。路上尘土飞扬，赶羊回家的老农头裹白羊肚毛巾，对着沟壑纵横的土地吼着苍凉的信天游。现在我才知道，老窑洞和信天游只是陕北高原的画面，而陕南的汉中盆地则是一派富庶的江南风光。

汉中与四川广元比邻，从风俗到口音都有些许相似，我们在路上用四川话问路，当地人都能听懂，让我们没有身在异乡的孤独感。据《华阳国志》等典籍记载，汉中在历史上除春秋战国时期归过楚国管辖之外，基本上是西蜀的辖地。这里的气候、物产、风俗、语言等都与巴蜀同俗。

元代至元二十三年（1286 年），世祖忽必烈为了有效控制汉中这一咽喉要隘，将汉中划归陕西管辖至今，目的是让西蜀“无险可守”，以达到互相牵制的目的。也即是说，汉中和四川本来是一家人，后来分家了，跟着关中人去混了，但汉中仍然保留了一些蜀地特色。

譬如在汉中的宁强县、勉县沿着川陕公路一路走来，我们在路边可以看到许多正宗川菜馆。但是当你走进去点菜，麻婆豆腐或者回锅肉这些最基本的川菜，都与成都味儿存在着较大差异。是否正宗，当然就不言自明了。

汉中北依秦岭，南屏巴山，中部是汉中盆地，自古就被称为鱼米之乡，历来是兵家必争之地。当初秦末刘邦、项羽相继率兵入关后，刘邦因实力弱小被项羽封为汉王，龟缩于巴蜀、汉中一带。项羽以为，将刘邦集团压制于汉中贫瘠之地，就可断绝其跟自己争夺天下的野心。没想到汉中乃天府之地，物产富饶，不到一年，刘邦兵强马壮，实力急剧膨胀。

他听从萧何的举荐，在汉中南门外设坛，拜韩信为大将，用韩信明修栈道，暗度陈仓之策，率兵北入大散关，奇袭三秦大地，一举占领关中，后挥兵东出，逐鹿中原，扫除群雄，五年灭楚，统一全国，建立汉朝。汉中“汉”字本义是指汉水，也称汉江，是长江的最大支流。有了汉中，才有了汉朝、汉族、汉字、汉学乃至璀璨夺目的汉文化。如此看来，汉中即可谓诸“汉”之祖了。

在汉中城区，我们品尝到了汉中面皮，这种汉中人早点必吃的小食。说是面皮，其实跟面粉毫无关系，说是米皮反而更恰当些。据传东汉末年，曹操部下用船押运粮食途经褒河，奈何天公不作美，当时阴雨连绵，河水一时暴涨，一船大米被淹在水中，三日过后，河水下降，整船大米被水浸泡得无法运走。曹操部下将押运看管运粮船只的士兵打得死去活来，当时给军营做饭的衡志四看在眼里，痛在心里，暗暗流泪，一则不愿让士兵挨打，二则不能让大米白白浪费。经过一夜苦思冥想，第二天他把水浸大米磨成浓米浆，加上适量的白糖，在竹笼里蒸成米糕馍，切成方块给士兵吃，一举成功。

衡志四开动脑筋，又将浓米浆加入适量的水放在竹笼里蒸成薄皮，切成条状，调入盐、醋等调料，使士兵吃后大喜。没有来得及做的就晾干成粉，用时再加水调浆做面皮。一船浸泡的米消除完，衡志四觉得曹操部下不问青红皂白毒打士兵，不知哪一天会轮到自己头上，便告别军营回到故乡城固县上元观。几年过后，家乡连遭洪水，衡志四无法生计，就想起了他当年在军营中做面皮的事，便借债置办了一套竹笆笆等工具，在上元观做起了蒸面皮的生意，以后面皮遂开始在汉中流传。

米养心，麦养肺。大米和小麦这两种食材，在中国人手中竟然发展出了万般变化。以大米为例，大米经浸泡上石磨出浆后，如果直接进锅熬煮加生石灰水，可制成凉粉。而汉中人则别出心裁，将米浆调制浓稠合适，以特制的面皮锅锅刷上油，舀适量米浆倒入，置滚水中，稍蒸便熟提出面皮锅锅，凉水中隔水略浸，以筷头顺锅沿一旋，反扣，一张雪白柔软的面皮便成了。

用蒸笼蒸时一次可制作出多张面皮，舀适量米浆分别倒入每层屉布，摊平，叠放好蒸笼，旺火一般2—3分钟即熟。将面皮抹上少许菜籽熟油防粘连，叠折后用刀切成条状。热面皮现蒸现切现调现吃，一般切得较宽。凉食时切得较细。以黄瓜丝或滚水汆过的黄豆芽、土豆丝、芹菜、菠菜、胡萝卜丝等垫在碗底，和面皮同时依个人口味调入油辣子、味精、精盐、醋、酱油、蒜泥等作料，拌匀即可食用。一股爽脆感和软糯香辣在口齿舌尖碰撞，让人更加欲罢不能。

汉中面皮好吃，关键在于调料水和油辣子，这是拌食的关键。如果能和菜豆腐汤同食，则更能体味汉中人的日常生活。除了凉拌外，汉中面皮还可加作料下油锅炒制成菜，也可以做成烩面，甚至可以晒干后油炸，吃法可谓千姿百态，让人拍案叫绝。

在大汉中地区，城固面皮、勉县面皮、西乡面皮、洋县面皮、镇巴面皮等各县区各有自己的特色，分别代表了汉中面皮的不同流派，极大丰富了面皮的风味。如今，汉中面皮已经随着汉中人的脚步走向全国各地，我们就算不到汉中，也可以吃到汉中面皮，从而也能大饱口福了。

涪陵榨菜

“水软橹声柔，草绿芳洲，碧桃几树隐红楼。者是春山魂一片，招入孤舟。乡梦不曾休，惹甚闲愁？忠州过了又涪州。掷与巴江流到海，切莫回头。”清人左辅羁旅巴蜀山川，无法压抑乡愁，竟将桃花花瓣撒入长江，希望带走自己的思念。

词中涪州就是涪陵，它位于长江、乌江交汇处，因乌江古称涪水、巴国王陵多在此而得名。临水筑城，古之通例。一则江河为天然屏障，便于保境安民；二则尽享舟楫渔猎之利，善加利用可衣食无忧。凡两江交汇处皆出名城，攀枝花、重庆、宜宾、涪陵均在此例。

所谓乡愁，我想那应该就是老家的味道吧。老家让人牵肠挂肚，一是因为它“老”，祖坟在那里，老屋在那里，我们的少年时光定格在那里，我们的伙伴生长于那里，它是我们乡土熟人社会的最后依靠；二是因为它有“家”，家是最微小的社会细胞，家是我们的温馨港湾，家是我们人生起步的地方。我们的牙牙学语，我们的蹒跚学步，都是在家里完成的。

“地里的青菜头，都种上了吧！荷锄的老父亲，别踩疼了晚霞。儿时吃剩的面条，凉了吧！老母亲做的老咸菜，还有吗……”青菜头，老咸菜，让涪陵成为一座被榨菜滋养的城市。当涪陵人离开家乡在外地打拼时，他们日思夜想的一定会有涪陵榨菜，也一定会有漫山遍野绿油油的青菜头。

在涪陵乡村的田间地头，让我们倍感亲切的就是青菜头，这是制作涪陵榨菜的主要原料。青菜我们都见过，叶大柄厚，口感苦涩，用于腌制泡菜，也可制梅干菜，炖汤炝炒两相宜。但青菜头和青菜不一样，这是一种奇特的绿色或紫红色叶的蔬菜。涪陵人称之为包包菜、疙瘩菜或青菜头。因为它茎部有膨大凸起的乳状组织，显得奇形怪状。有的像圆球，有的像羊角，有的更像是儿童胖乎乎的脸，平滑光亮显得特别可爱。

青菜头表皮青绿，肉质白嫩肥厚，煮、炒、腌泡均可，鲜香可口。在涪陵民间，主妇们喜欢将青菜头去皮切块后，直接用白水煮熟，然后蘸着调料吃。青菜头如果与肉类同煮，其味更美更鲜。榨菜还未发明前，涪陵人就开始用青菜头制作泡菜、干咸菜，其中以城西聚云寺和尚所制最为讲究，远近驰名。每年庙会，远近香客云集，其中不少人是专为能在斋席上品尝到天子殿咸菜而来，涪州青菜头咸菜也因此闻名遐迩。

1898年，涪陵县城郊商人邱寿安将涪陵青菜头“风干脱水”加盐腌制，经榨压除去卤水（盐水），拌上香料，装入陶坛，密封存放，当年送一坛在湖北宜昌开“荣生昌”酱园店的弟弟邱汉章，邱汉章在一次宴会上将哥哥邱寿安送予的榨菜让客人品尝，客人们倍觉可口，其风味“嫩、脆、鲜、香”，为其他任何咸菜所不及，争相订货。

1899年，邱寿安专设作坊加工，扩大生产，并按其加工工艺过程将其命名为“榨菜”。从此涪陵榨菜进入饮食江湖，一路势如破竹，行销国内外，逐渐成为中国咸菜里的一支劲旅。它与法国酸黄瓜、德国甜酸甘蓝并称世界三大名腌菜，也是中国对外出口的三大名菜之一。

“好看不过素打扮，好吃不过咸菜饭。”咸菜据说起源于青铜器时期，是深受国人喜爱的一道用食盐等调味料腌渍后的蔬菜，有较强的咸味，可长期保存。不同种类的咸菜，用的原料不同。大多都是就地取材，有的地方用芥菜，有的地方用白菜，有的地方用萝卜，有的地方也用其他菜来腌制。

咸菜之所以在中国如此广泛，是因为古代没冰箱，更没有反季节蔬菜，人们要想在冬天吃到青菜是不可能的，因此咸菜堪称是一个伟大的发明。与咸菜类似的还有泡菜、酱菜等，都是为了保证餐桌上一年四季有蔬菜吃而发明的。不过它们之间也有细微的差别，简单来说，咸菜是用盐腌制的，泡菜是通过装坛发酵的，酱菜则是用酱或酱油腌制的。

咸菜又叫盐菜，走在川渝乡村，谁家没有储存咸菜的坛子啊！家庭主妇会不会过日子，我们只要走进厨房，尝尝她家的咸菜味道如何便可知晓了。

三十年前，我住在乡村，尽管家里有自留地，可以吃到新鲜蔬菜，但到了冬天天寒地冻，在哪里去找蔬菜啊！好在母亲会做咸菜，才不至于让我们的餐桌变得乏善可陈。早晨吃粥，就着一碟爽滑脆嫩的咸菜，暖胃暖心有嚼头，赛过神仙日子。咸菜也可烧汤，从乡场上买回新鲜猪肉来，煮肉时汤里加些咸菜进去，别有一番风味。

本地咸菜种类极多，据说必以自贡井的粗盐腌制乃佳。行销全国，远至海外，堪称咸菜之王的，应数榨菜，而涪陵榨菜则是榨菜中的翘楚。

涪陵榨菜是选用重庆市涪陵区特殊土壤和气候条件种植的青菜头，经独特的加工工艺制成的鲜嫩香脆的一种风味产品。

初冬时节，涪陵山野生机盎然，独特的江河地形，使这里的空气中充满了湿漉漉的水汽，曼妙的薄雾把这块奇山异水装点得如梦如幻，宛若仙境。涪陵榨菜系出武陵山，涪陵这块土地滋养的青菜头，肉质肥厚，脆嫩少筋，气韵天成。

同样的种子，如果撒播在其他地方，肯定长不出涪陵青菜头的样儿来，这就是水土不合了。选料、剥口、切丝、翻晾、淘洗、压榨、清洗摊晾、秘方配料、拌料、装坛、扎口、封口倒giu，涪陵榨菜的工序可谓是繁杂，每道工序都各有一定的操作规程和半成品质量标准。

立冬过后，青菜头开始收获了。村民们男女老少齐上阵，在欢歌笑语声中，将青菜头用背篼背，用箩筐挑，一筐一筐地将其搬回家。那些小个的青菜头去掉老皮后，以细棒为针，软塑料条带为线，一个个穿起来。再将成串的青菜头放在阁楼上、竹架上或栏杆上晾晒。每到这个季节，涪陵乡村处处可见成排晾晒的青菜头，在江风的吹拂中摇曳，仿佛为秀丽的山水装饰上了连片的绿色屏风。

青菜头晾晒五个太阳天后，从晒架上一个个取下来，一筐筐地倒进腌制榨菜的池子，当池底铺的青菜头有一尺多厚时，按比例在上面撒一层盐。盐撒好以后，八九人一组，选一个领队，踏着梯子下到池底，排成一串，像蜜蜂跳采蜜舞一样，一个个背着双手，弯着腰，脚掌使劲，随着领队的号子声，跟着领队在青菜头上面踩踏、挤压。这样来回地在青菜头上转圈圈，要走一个小时，直到一点都看不到撒在青菜头上面的盐以后才算合格。踩池子是一种极为风趣的劳动，口要喊、脚要踩，需要所有的踩池人动作协调一致，齐心合力。一人领喊，众人附和，似川江号子。声音粗犷豪放，很气派；言词丰富，委婉动听，而且从不会有语言障碍。

个头大的青菜头，则直接切成细丝。村民们一手持刀，一手切菜，刀口好像从来没有离开过青菜头，菜丝好像是从刀口下游出来的。每条菜丝厚薄均匀，厚度基本都在三到四毫米之间，这样可使每一条菜丝在相同的腌制条件下咸淡相同、味道相近。切好的菜丝在直径约两米的大竹匾内摊开晾晒，菜丝在阳光和江风的双重作用下自然晾干。晾晒时还要经常地翻动菜丝，使各个部分都能受到光照。晾晒过程中不能沾水，因此要随时关注天气变化，如有下雨迹象，则需要迅速将其转移到室内通风处。大约五六天后，菜丝变成了暗黄色，形状没有以前饱满，变得干瘪卷曲，菜丝就晾干了。

将菜丝在大缸内腌制发酵七八天后，就在大木桶内反复淘洗，直到水中没有杂质，菜丝将进入压榨环节。涪陵榨菜，重在一个“榨”字，一点儿也马虎不得。准备一个四方木盒，底板与边框可以分离。底板镂刻着横竖相间的条纹，便于压榨时水分流出。将菜丝从木桶内捞出来，放到木箱里平铺均匀，压上木板箱盖。将一根同盖子等长的圆木横担在盖子上，再把一根长约三米的长圆木垂直于短圆木上，让短圆木成为支点。长圆木一边短一边长，短端不过半米，顶端用粗绳套着一个两三百公斤的大石磙子。三四个工人在另一边有节奏地按压，运用杠杆原理榨出水分。

在工人们有节奏的号子声中，木箱里的水分便随着底板缝隙淅淅沥沥地流了出来。排尽水分后，继续将菜丝晾晒24小时就成。拌料也很关键，不同的传承人有着不同的配方。盐巴、花椒面、辣椒粉、香辛料必不可少，只是各种配料的比例，那就是各个传承人的商业机密了，一般不会告诉外人。最后则是装坛腌制，完成一百天的发酵过程就可以开坛食用了。

榨菜工日复一日，人们年复一年地重复着这看似原始的工序，脆、嫩、鲜、香的涪陵榨菜之魂也在这周而复始的执着中传承下来。在按照传统工艺制作的涪陵榨菜里，我们能品尝到母亲的味道，感受到温暖而和煦的阳光，以及潮湿的江风。

中国人饮食注重天人合一，将所有的食材整合、混合、拌和，演绎出万千变化。涪陵榨菜青翠中透着鹅黄，炒肉、烧汤、夹馒头、蒸鱼、焖肉、涮火锅、送粥、泡面、下米饭均可，在各种美食间游刃有余，让我们大饱口福。

若是你锦衣玉食惯了，不妨换换口味来份涪陵榨菜佐餐，保你连声叫绝，因为人间美味也不过如此，更因为涪陵榨菜中寄托着我们每一个游子内心深处那浓淡不一的乡愁。

春卷

春卷，又称春饼、薄饼，是汉族民间节日传统小吃，流行于中国各地，四川地区广为盛行。民间除供自己家食用外，常用于待客。春卷是由古代的春饼演化而来的。据古书陈元靓的《岁时广记》中记载：“在春日，食春饼，生菜，号春盘。”清代的《燕京岁时杂记》也有：“打春，是日富家多食春饼。”可见春日做春饼，食春饼的民俗风情由来已久。现在有关春卷的谚语很多，如“一卷不成春”“隆盛堂的春卷——里外不是人”，等等。

春的意思在这里就是春天，有迎春喜庆之吉兆。而卷则是指食物的形状，卷的是什么呢？在成都平原来说，春卷以素春卷居多，卷的是胡萝卜丝、白萝卜丝、莴笋丝、绿豆芽之类的时令蔬菜。用什么卷的呢？春卷皮。

春卷皮很薄，摊开来对着亮光，能隐隐约约看到对面，说是薄如蝉翼、皮可映字也不为过。技艺高超的厨师，一斤面粉可以烙制成直径 15 厘米的圆饼六十多张，这也充分体现了我国高超的烹调技艺。

春卷皮看起来跟主妇们烙的锅毯子差不多，但是更薄。我在家里用面粉糊试过，无论怎样也烙不出这样薄的春卷皮来。这就是技术了。

小时候跟母亲在曹家庵赶场，在城隍庙菜市场的一个摊位边，我看见过一个师傅烙春卷皮。那是正月初五，正是春卷的销售旺季。这个摊位就是卖春卷的，因为现场烙春卷皮，很多人都没有见过，师傅的摊位周围围满了人，大家都屏息静气，生怕吵着了师傅手里的活计。师傅的身边放着一个小小的平底锅，也就直径一尺多点。锅下的煤油炉子，燃着微弱的炉火，这就是所谓的文火吧！

他的手里拿着一个铝瓢，里面盛着调好的面团，据说里面有面粉、鸡蛋清、盐巴和明矾。最关键的就是明矾，这是一种食品添加剂，在油条、麻花等油炸食品中广泛运用。烙春卷皮也不例外，这是一种面食，如果没有明矾的作用，春卷皮不会薄而不裂。是好是坏，就看食客怎么想了。不过我觉得，只要不超量，合理使用，明矾这样的食品添加剂还是可以用的。

师傅将面团抓在手上，顺时针在平底锅上一抹，然后一拉，手上的面团就和粘在平底锅的面皮分离了，接着用面团在平底锅上一蘸，面皮上的稀面糊就离开面皮了。随着平底锅温度的上升，面皮逐渐变色，外边向内卷起，只要没有湿面了，赶紧就把春卷皮揭起来就行。一抹一拉一蘸一揭，四个动作一气呵成，也就是眨眼间的事情。师傅动作之快，简直让人眼花缭乱，甚至还有一些小朋友开始拍掌喝彩。

如此循环往复，一张张春卷皮就这样制作出来了。从春卷皮的制作可以看出，其和主妇们擅长的烙锅毯子完全两回事，锅毯子首先锅里要放菜油，其次面粉糊摊在锅里后，得用铲子把它抹均匀，而且烙制时间至少需要五分钟以上。摊春卷皮的面团也很讲究，得反复揉面、摔面，把面粉的筋道表现出来。因此摊制春卷皮，没有长期的训练，是掌握不了的。

师傅把春卷皮摊出来后，老板娘就把切好的时令菜蔬丝放在春卷皮上，然后裹起来成卷状，一个个码放在那里，粉白的春卷皮，裹上醒目的蔬菜丝，看着就招人喜欢。

母亲悄悄地问我："想不想吃春卷啊？"

我正等着母亲这句话呢，于是赶紧说道："想啊，想啊，我们家从来没有吃过春卷，我们买二十个回去，让大家都尝尝吧！"

母亲痛快地答应了。老板娘包好春卷，又递给我们一袋调制好的芥末酱，嘱咐我们春卷要蘸着酱料才好吃。酱料里面的醋酱油、熟油辣子、盐巴、味精、葱花是少不了的，讲究的就是芥末油、熟芝麻和花生碎粒。

将春卷带回家后，母亲就把它们每一个都切成两半，然后呈放射状摆在一个个盘子里，宛如一朵盛开的春卷花。

我迫不及待地夹起一个春卷，在蘸料里狠狠地蘸了一下，放进嘴里就开始嚼。我的天呀，那芥末油简直太冲了，我的头皮阵阵发麻，似乎有人要把我的脑袋变成了茶壶，又似乎有人在提着我的头发想揭开我的头皮似的。水烧开后，茶壶盖会在蒸汽的作用下，不由自主地抬起来又放下去。吃春卷蘸芥末酱就是这感觉，眼泪鼻涕一起流，但是奇怪得很，强烈的冲劲过后，精神为之一振，全身通泰无比。

父亲打趣地说："怎么样？知道春卷的厉害了吧？"

我尴尬地点点头。

父亲笑呵呵地说道："哪有你那样吃春卷的？芥末酱料蘸得太多，那简直要人命的。你斯文点嘛！你看我怎么吃的！"

父亲说完，用筷子夹起一个春卷来，如蜻蜓点水一般在酱料碗里将春卷的两端分别蘸了些酱料，就开始有滋有味地品尝起来。因此尽管知道春卷蘸芥末酱冲得厉害，但是大家还是乐此不疲，因为就想尝试一下被冲的感觉。

父亲早年吃过春卷，他说如果感冒鼻塞不舒服，吃点春卷蘸芥末酱，一下子就有精神了。芥末具有健胃、利气、祛痰、发汗散寒、消肿、止痛的作用，看来用作蘸料，还是药食两用呢！

日子好过点后，我们家吃春卷的机会就多起来。春节时请春桌，亲戚们的酒席上，也会先上一道春卷让大家开开胃。但是不管咋样，掌握烙制春卷皮技术的主妇还是凤毛麟角，大家都是在春卷摊去买别人做好的春卷回来拼盘。这样也好，毕竟术业有专攻嘛！

春卷就是一张薄面皮，因此在裹的时候，因为内容不同，则会呈现出不同的风味来。

有人就喜欢做荠菜春卷。荠菜是立春后生长的一种野菜，历来为广大群众所喜爱，也是劳动人民三春度荒的食物。其味道鲜美，不仅远胜于苦菜、马齿苋等，较之白菜也毫不逊色，民间就有："宁吃荠菜鲜，不吃白菜馅"的说法。荠菜所含营养成分比较均衡、齐全，对人体的发育成长很有好处，不像一般蔬菜长于此而短于彼，只能满足身体的整体需要，这就是荠菜的突出特点。

春卷也可以油炸，只是这时的春卷皮就要稍微厚一点，里面的馅料要统一切成如末大小的丁块。配料较多，要用料酒码味儿，特别要加韭菜或者韭黄以显示春临大地、万物复苏、春意盎然的景象，古诗中说“青蒿黄韭试春盘”，春盘就是春卷，可见古人早就将韭黄作为春卷的馅料了。油炸春卷色泽金黄，表皮酥松，香润可口，如果佐以香醋则更有风味儿，是新春小吃佳品。

糍粑

凡是跟“粑”沾点边的小吃，比如叶儿粑、糍粑甚至“三大炮”，都是跟糯米有关的。糯米，又称酒米，因为可以酿造米酒，故而得名。酒米富有黏性又带些甜味，从而也演变出了很多小吃来。坝坝筵上的酒米饭，那是小朋友最喜欢吃的，他们全然不管父母的谆谆教诲，逮起盘子就往碗里赶，有时因分配不均，还争得不可开交。端午节的粽子，虽说变换了些形状，但其实质还是酒米饭，照样受到大家的追捧。

酒米饭不管蒸得有多么软和，仍然能看出酒米的样子来。但是打成了糍粑，我们就不一定知道那是酒米做的了。绵竹本地人是不打糍粑的，估计跟本地的酒米产量低有关，他们把水田都种了饭谷，多打点稻米多卖些粮食那才是正经事。

但本地也有卖凉糍粑的，一个男人骑着一辆三轮车，车上是一个白色的保温桶，边走边喊：“卖凉糍粑！卖凉糍粑哦，又香又甜！”他是最近几个月才做生意的，我还没有买过。

另外有两三个女人，估计是一伙的，喜欢摆在公园、步行街这些人流量大的地方卖玫瑰凉糍粑，这种糍粑别的地方没有，我只在本地见过，色泽美观、软糯滋润、香甜可口，配以甜羹食用别具风格。

据摊主介绍，它是采用上等糯米淘洗干净，用清水涨发后放蒸笼中蒸至软烂，取出舂成糍粑，晾凉后扯成 25 克一个的剂子。再将芝麻炒熟碾成粉，黄豆炒熟磨成粉，加糖粉和匀成为麻糖粉。糍粑团压成圆片，压成饼状，在麻糖粉中上一层，面上撒少许胭脂色的白糖即成。

糍粑摊很简单，下面是一个收放自如的可折叠 X 形木质支架，摆摊的时候撑开，收摊的时候拿在手里就走。支架上面是一个倒着的等腰直角梯形展示柜，上有提梁，携带方便。展示柜后面是空的，摊主可以伸手进去操作。前面，左右两面和斜面装着玻璃，食客远远地就可以看见展示柜里摆着凉糍粑。

凉糍粑整整齐齐地码放在柜子里，圆溜溜的，也就酒杯口那么大，铜钱那么厚的，足有两三百块。如果全部卖完，按照两块钱一份来计算，可收入百元左右。凉糍粑的上面，摆着样品，一个白色的一次性盘子里，呈放射状摆放着八块凉糍粑，像一朵花儿似的。外面应该裹着黄豆粉，不然颜色不会那样黄。展示柜的最里面，是一个长条状铁皮柜子，里面有三个圆口罐子，分别装着白糖、蜂蜜和玫瑰这些作料。

“来份凉糍粑！”我走上去说道。

女摊主答应一声，就端起一个盘子来，在每个糍粑上面用勺子蜻蜓点水般加上些蜂蜜、玫瑰和白糖，然后就递到我手上。

在这些作料的点缀下，凉糍粑的色彩让人赏心悦目起来。用牙签插起一块，送进嘴里，香甜糍糯，有一丝凉悠悠的感觉顺着食道下去了，十分舒服。

成都天府广场附近总府路的凉糍粑和绵竹本地凉糍粑大不一样。

凉糍粑像包子一样呈球形，摆放在装着黄豆粉的摆盘里，自然凉糍粑全身都裹满了黄豆粉。可为什么要裹黄豆粉呢？一是因为炒过的黄豆磨成粉很香，二是因为糍粑是酒米饭打出来的，黏性很强，包裹黄豆粉，当然是方便顾客食用了。

每个凉糍粑的圆顶上，凹下去一块，里面嵌着一点白糖块。黄白相间，倒也相得益彰。有些讲究的，会嵌上一粒蜜樱桃，颜色就更加扯眼了。咬开凉糍粑，中间还有洗沙馅和黄糖稀，已经逐渐在向包子靠拢了。豆粉糙口使其不粘牙，糍粑软糯，洗沙、黄糖香甜，三种滋味杂糅在一起，入口凉爽，沁人心脾，成全了凉糍粑的美名。

凉糍粑虽然好吃，但是制作起来却比较麻烦，主要是打糍粑费时费力。

豆沙凉糍粑是四川温江传统小吃，夏季时令佳品。温江种酒米，历史悠久，由于水土气候适宜，耕耘得法，酒米产量高，质量优，这就给农家打糍粑创造了条件。

过去逢年过节都要打糍粑，家家户户都有石碓窝，走在村子里，听到碓窝里不断地发出“砰砰砰”的声响，那意味着远方的游子一定回家团聚了，又过节了。

打糍粑一般都是家里的老人亲自坐镇指挥。首先得把糯米淘洗干净，用温水泡两三个小时，控干水后装入饭甑内，用旺火蒸熟。这样蒸出来的糯米饭，不烂不焦，气味香浓，粒粒白似珍珠，柔软而有弹性。

然后，将熟米饭放入洗净的石碓窝内，用木杵使劲舂茸。这可是一道不折不扣的力气活，非得身强力壮的小伙子来完成。一个人负责反复上下地舂着，收起木杵要快，木杵下去也要快。另外一个人则要在木杵抬起来的时候迅速把糯米饭翻卷一下，以便它们受力均匀。这就需要配合了，特别是舂糍粑的，不注意就会舂到石碓窝沿上，或者舂到另外一个人的手上。

数百下之后，糯米饭就慢慢地变得松软，糍在了一起，粘在木杵上。一起一落的机械操作中，足以让一个壮劳力手臂变得酸麻。如果碓窝是长条形的猪槽状，那么就可以两个人来打糍粑了。两人轮流挥动T形木锤，一下又一下地打在糯米饭上。糯米饭变得越来越黏，那么挥动木锤也越来越费劲。

糍粑打好后，则需要捏糍粑，当然也有技术。熟练的但见两手翻动，右手指配合左手大拇指和食指，挤捏挤捏，然后右手一拧，一个又圆又白、冒着热气的糯米团摆在了桌上。

待糍粑捏好后，然后将另外一张四方桌翻过来压在上面，这个时候是小孩子们最快乐的时刻，纷纷爬到桌子上去踩压蹦跳。待大人将桌子抬开后，一个个薄薄的圆形状糍粑呈现在面前。然后，小孩子争着用萝卜刻成的五角星或囍字印章，蘸上红色汁水盖在糍粑上。这时，糍粑就算是做成了。

糍粑具有浓厚的乡村风味。既可以裹上黄豆粉蘸黄糖稀或者玫瑰成为凉糍粑，也可以用炭火烤，叫烧粑粑，用青菜汤下粑粑片，叫煮粑粑，与腊肉炒，叫炒粑粑。粑粑做得多，一时吃不完的就用清水浸泡在水缸内，这样可以储藏2～3个月都不会坏，到插秧时候都有粑粑吃。

赖汤圆

妻从超市里买回一袋冷冻汤圆递给我。她吩咐说：“明天就是元宵节了，早晨起来就吃汤圆吧，团团圆圆。”

我叹口气说：“我不是早就说过我们一起做汤圆吗，糯米粉和黄糖早就买好了，那样才有年味嘛！”

妻没好气地说：“自己做是有年味，可是麻烦得很，反正我不想做！”

妻从小在城里长大，养尊处优惯了。她成天抱怨过年没意思，可是又不愿意配合我的想法，真拿她没辙。

现在过年是没有多大意思，小孩子们不再盼着穿新衣戴新帽了，防盗门上的门神春联越来越少了，年夜饭在酒店订的，拜年是短信发的，龙灯、狮灯、采莲船不见了影踪，要想逛逛庙会还得上省城。过年的形式都简化了，年味自然就淡了许多。

可是有些年味，我们是能自己创造的，元宵节的汤圆我一定要自己做。妻不动手就算了，我发动六岁的女儿来帮忙，也让她知道元宵节吃汤圆是怎么回事，女儿二话不说就答应了。

正月十五早上天还没亮，四周就陆陆续续地传来了一阵阵的鞭炮声。

在川西的城乡大地，大年早晨每家的男主人都得起来放鞭炮。那噼里啪啦的鞭炮声，如果连续而没有间断，则预示着这家人今年一定会交好运。这自然是一个美好的祝愿罢了，不过千百年来大家仍然乐此不疲。

我把适量的糯米粉放在汤盆里，倒入温热水就开始用筷子和面。这糯米粉是袋装的，赖汤圆牌的，就产在我们本地，是汤圆粉中的上品。煮时不浑汤、不烂皮、不露馅，吃时不沾碗、不沾筷、不粘牙，深受大家的青睐。

糯米粉如果自己做就麻烦了：小时候在乡村，家家户户都有一扇石磨，就是专门用来磨汤圆粉的。把适量的大米和糯米混合在一起，淘洗干净，用清水浸涨，带水磨成米浆，装入布袋，扎紧口，压干水分，撮散，撒在垫有白纸的竹匾上晒，这就是水磨汤圆粉了。

在腊月的时候，你随便走进一户农家院落，都能看见他们晾晒的汤圆粉，前前后后得准备二十来天。后来打面机取代了石磨，可是汤圆粉的口感似乎下降了。这是什么原因呢？或许是电磨转得太快吧，可见糯米粉永远是属于石磨的，这就是手工的魅力所在。

汤圆粉很快就和好了，不能太稀也不能太干，水分要适量，要揉搓均匀。我把面团揪成酒杯大一块块的，放在案板上备用。这时女儿也过来帮忙，她可是第一次包汤圆，兴奋得不得了。

记得有一次吃汤圆，女儿看了半天说：“这汤圆好奇怪哦，圆溜溜的没有口子，那些黄糖是怎么进去的？”

女儿的话刚一出口，我们几个大人就笑得前仰后合，当即给她解释了一番，可是女儿仍然似懂非懂。

今天机会来了，我首先给女儿示范了一次：把小面团搓圆压扁，捏成酒盅形，中间放黄糖，再捏拢收口搓圆。我特意做得很慢，让女儿看清每一步。

她惊奇地说：“原来汤圆就是这样做好的，我肯定能做好！”说完就开始有条不紊地操作起来，居然做得一点也不比我差。

我们很快就做好了汤圆，放入沸水锅中，用汤勺轻轻推动。等到汤圆第一次浮出水面，再加少量水，待水再沸起，立即盛在碗里。汤圆有两种吃法，一是水汤圆不加作料，直接吃；二是酱汤圆，碗里没有水，可以加炒熟的黄豆粉，或者蘸着芝麻酱吃，别有一番风味。

四川汤圆以赖汤圆最为出名。赖汤圆始创于1894年，迄今已有百年以上历史。创始人名叫赖元鑫，他原是四川资阳东峰镇人，小时候由于父母病亡，来到成都投靠堂兄，被介绍加入一家小食店打工，后因得罪老板被开除，于是决定自己做生意。他向堂兄借了几块大洋，在成都总府街一带摆摊设点，沿街以叫卖“鸡油汤圆”为生。

偌大一个成都卖汤圆的店铺，少说也有几百家，要想站住脚跟，非得有过人之处不可。赖源鑫制作的汤圆皮薄而爽滑绵糯，心子细腻滋润，甜香油重。煮时不浑汤、不烂皮、不露馅。吃时不粘碗、不粘筷、不粘牙。待汤圆煮好端上来，如果蘸着芝麻酱吃，香味则更浓。一时间，故而赖汤圆成为当时成都最负盛名的小吃之一。

赖源鑫于1937年开店营业，正式取名为赖汤圆，保持了老字号名优小吃的质量，并增加了汤圆的品种，有黑芝麻、白芝麻、花生仁、核桃、冰橘、洗沙等十余种馅心，其外形有圆的、尖的、椭圆的、枕头形的，一碗之内形态各异，风味各具。该店还以白糖、芝麻酱味碟供客人吃汤圆时蘸食，一时慕名而来的食客络绎不绝，赖汤圆也成了成都汤圆的金字招牌。

酸辣粉

花有几样红，粉有粉不同。这酸辣粉虽然最终落在一个“粉”字，也呈细长条状，但是却和我们所熟知的绵竹米粉不一样。绵竹米粉粉条使用大米为原料，加水磨成浆，过滤后弄成团，然后制成细条；而酸辣粉粉条却是使用红苕为主料制作而成，呈灰色细长条状，用水泡软后晶莹剔透，与粉丝类似，算是粗粮细作。

红苕是四川丘陵地区的主要农产品之一，当然平坝地区也会适量种植，我家在成都平原，家里也大量种植过红苕。“山猪吃不来细糠，苕娃儿喝不来米汤。”这句俗语就真实地反映了山区和平坝作物种植不一样。山区多旱地作物，靠天吃饭，和平坝地区相比自然要落后些。

因此“苕”也成了落后、跟不上时髦的代名词，例如在街上，人们看见了穿蓝布中山装衣服（20 世纪 80 年代初的典型服装）的老年人，就会在背后指指点点 ，说别人“穿得好苕哦”，或者干脆说“苕得很，苕得哽人哽人的”。可见红苕在大家的印象中，就是低人一等的东西。

是啊，有白米饭吃，谁愿意吃红苕呢。地里种些红苕，那都是给肥猪准备的青饲料，吃了上膘快，猪肉特别香。

而红苕我们也会吃，但不过是生活中的点缀罢了，红苕永远也不会成为平坝人的主食。做稀饭时放点红苕块，做干饭时也可放点红苕丁，或者干脆把红苕放在灶膛的热灰里烤熟。而生活就像红苕一样，充溢着一股淡淡的甜味儿。

我们更喜欢吃红苕的初加工产品，比如经脱水而制成的苕干，又香又脆，当零食用；还有就是苕粉，选取优质红苕经过去皮、研磨、制条、晾干而成。苕粉具有晶莹剔透、爽口、柔韧性强、条形均匀、久煮不断等特点，是火锅、凉拌、炒粉、汤菜、红烧等菜肴的上好原料。

“蚂蚁上树”就是红苕粉条做出的名菜，主料为粉丝和猪肉末。这道菜的由来据说与元代剧作家关汉卿笔下的人物窦娥有关。秀才窦天章为上朝应举，在楚州动身前将女儿窦娥给债主蔡婆婆做童养媳。窦娥在蔡家孝顺婆婆，侍候丈夫，日子还算过得去。谁知在她与丈夫成亲后不久，丈夫便患疾而亡，婆婆因此病倒在床。窦娥用柔弱的肩膀挑起了家庭的重担，她在为婆婆请医求药之余，又想方设法变着花样做些可口的饭菜，为婆婆调养身体，婆婆渐渐地有了好转。只是因坐吃山空，经济紧张起来，窦娥只得硬着头皮去赊账。

在肉案前，卖肉的说：“你前两次欠的钱都没有还，今天不能再赊了。”窦娥只得好言相求，卖肉的被缠不过，切了一小块肉给窦娥。该做饭了，窦娥想，这么点肉能做什么呢？她思索的目光落在了碗柜顶上，那上面有过年时剩下的一小把红苕粉丝。窦娥灵机一动，她取下粉丝，用剪刀将粉条剪成半尺来长，用开水泡软，又将肉切成末，加葱、姜下锅爆炒，放入酱油、粉丝翻炒片刻，最后加青蒜丝、胡椒粉起锅。这道菜色泽红亮，肉末贴在粉丝上（形似蚂蚁爬在树枝上），口味清淡，爽滑美味。

酸辣粉则是红苕粉制作出来的另外一道美味。因为是传统名小吃，价廉物美，长期以来一直深受人们的喜爱，其特点是“麻、辣、鲜、香、酸且油而不腻”。“酸辣粉”系纯天然绿色食品，主粉由红苕和豌豆按最佳比例调和，然后由农家用传统手工漏制而成。

东汉末年，刘、关、张三人在桃园结义后，桃园的主人专门为他们做了饭菜以示庆贺。他选了当时比较为人喜欢的红苕粉做主料，寓意这三人的友情像这粉条一样绵长，又加了一种特辣的小尖椒和老坛酸菜以及红糖与黄连在里面，要让三人明白酸甜苦辣都不怕，古人真是智慧高超，寓意深远，从此四川酸辣粉由此演变而来，至今长盛不衰。

酸辣粉有荤素之分，二者的区别在于臊子，就是苕粉在开水锅里冒好以后，盛在碗里时，粉丝上面淋上的作料和配料。如果上面什么配料也没有，只有常见的芹菜颗、芽菜颗、炒黄豆、葱花、熟油辣椒酱、盐巴和时令蔬菜叶，则是素酸辣粉。加上了烹制好的血花，则是血花酸辣粉。加上了烧好的肥肠结，则是肥肠酸辣粉。

可见名称的变化，全在于上面的臊子。如果你觉得不满足，还可以让老板多添一份肥肠或者血花，加钱就行。但是不管荤还是素，酸辣粉的基本特点肯定是一定的，那就是酸和辣是主味，如果这一点都做不到，那必然是假货无疑。

酸辣粉要趁热吃，先把碗里的作料和粉丝充分搅拌，这样粉丝就沾上了那些味道。捞起粉丝来，你可以发现，苕粉跟米粉真的不一样，米粉都是一样粗细，而苕粉泡涨后却跟麻绳子一样，粗细有着细微的变化，但又非常有规律。用力一吸，酸辣粉就进嘴里了，一搭口，也就是上下牙轻轻一合吧，粉丝就断在嘴里了，立刻酸辣烫这三种滋味就充盈在你的口腔里。烫了不要紧，捞起来用嘴吹一下就行了。

吃酸辣粉的以初高中生为多，他们正是长青春痘的年纪，应该少吃辛辣食物。可是为了口腹之欲，也不管那些禁忌了。四下一望，吃酸辣粉的，都辣得张着嘴巴发出嘶嘶的声音，他们一边用纸巾擦去嘴边的辣椒印后不断地喝水，一边又不由自主地捞起酸辣粉品尝着，看来酸辣粉的诱惑让人欲罢不能啊！有些孩子辣得受不了，干脆把舌头吐出来在外面晾着，那滑稽的样子真是让人忍俊不禁。

在城里的大街小巷，有很多骑着三轮车卖小吃的摊贩，酸辣粉经常和那些凉面、甜水面甚至赖汤圆簇拥在一起。“酸辣粉、甜水面、凉面啊！”他们扯长声音吆喝着，撩拨着我们的食欲，让人不由自主地围拢来，吃上一碗酸辣粉过过瘾。到了晚上，这些流动摊贩都聚集在夜市街，散步走得累了，叫上一碗酸辣粉打尖，也是美事一桩。

甜水面

多年以前就听过甜水面的名号了，老婆和女儿特别爱吃。每天下午四点过，巷子里就会传来一个女人的吆喝声：“凉面，甜水面，酸辣粉哦……”四点左右，离中午已经有些时辰，肚子属于半饿状态，可以吃也可以不吃。

女人推着一辆人力三轮车慢慢地从巷头走到巷尾。她的吆喝声跟唱歌似的，很有韵味，不想吃的邻居也会围上来，跟她打声招呼，拉拉家常。由此看出，这是一个人缘很好的女人。

永远吃不饱的就是那些小孩子们，女儿就属于这样的人之一。放寒暑假时，女儿待在家里写作业，一听见女人的吆喝声，她就坐不住了，磨磨蹭蹭地跑到我面前来，说：“爸爸，我想吃甜水面！”或者说：“爸爸，我想吃酸辣粉！”

如果我不答应，她就拉着我的手臂使劲摇晃，让我做不成事，不胜其烦，当然最后也只好满足她的要求了。

“好吧，给你五块钱，自己去买吧！”

女儿拿着钱，飞也似的开门跑出去，叫道：“阿姨，等一等。我要吃甜水面！”

坐在书房的窗前，我都能看见女儿兴高采烈的样子。

有了主顾，那女人就停好三轮车，开始在车上忙活起来。三轮车上简直就是个百宝箱，那些酸辣粉、凉面和甜水面早就成了半成品，用纱布遮着，摆放在三轮车拖斗改装的操作摊上，常见的调料早就分门别类地装在不同的罐子里。

而拖斗上，肯定会有一个蜂窝煤炉子，炉子上的屉锅里，开水始终沸腾着，时刻准备着冒酸辣粉或者做汤圆等。只要食客一声招呼，整个小吃摊就开始忙个不停。通常说来，只要有一个孩子开始吃东西，那么其他的孩子也会缠着自己的爸妈要钱买这买那的。

这就是饮食，也得需要有人引导才行。

我记得姨父曾经说过，有一家小馆子，让他每天中午十二点，就去馆子里去喝酒，这家小餐馆每每都会免费提供一份烧白，二两白酒。小馆子的老板跟姨父认识多年，算个一般朋友吧。

姨父说他们小本生意的，怎么能这样做呢？这不是安心要把那点本钱吃垮吗？他不干。

老板告诉他："这点酒菜钱我赔得起。关键是你在那里喝着小酒，就是一个活广告了，后面的食客就会陆续而至。"而这实际上就是做生意的小窍门。

正因为如此，那个卖甜水面的女人对女儿很关爱，给她的分量总是比其他人多一些。女儿不明白，但这其实就是老板在收买人心呢。

我个人一向是反对吃零食的，一日三餐吃好就行了，何必要去浪费那些钱财呢？但是对于孩子就不一样了，他们正在长身体，再说零食大家都在吃，所以也不能亏待孩子啊！大多数时候，女儿吃什么我是不管不问的。

有时兴趣来了，我也会问两句：“吃的什么？好吃吗？”

女儿的回答也简单：“甜水面！好吃得很！”

当女儿多次将这样的信息反馈给我时，我便有些心动了。

于是有天下午，当那个女人再次推着三轮车走进巷子的时候，我主动对女儿说：“走吧，爸爸今天请你吃甜水面，我也要尝一尝，看看到底好不好吃？”

女儿兴奋得不得了，拉着我的手就出了门。“阿姨，两碗甜水面！”女儿蹦着跳着，老远就开始招呼老板。

“好呢，稍等一下。”女人从车上取下两个小凳子，示意我们在旁边坐下等候。

不到五分钟，一碗甜水面就送到了我的手上。

甜水面，这跟家常醋汤面简直两回事。醋汤面要求汤越宽越好，这样面条才不会吃水后变成面团，毫无口感。而甜水面碗里却一点面水也没有，面条就这么干净利落地呈现在我面前，很强的视觉冲击力。而那些面条应该不是干面，都是手擀面或者机制面条，我们这里称之为“水面”，也就是含有水分的面条。面条呈乳白色，很干净很纯粹也很粗实，弯弯绕绕地纠缠在一起，让我一下子就想到西部牛仔这样的形象。的确这样，甜水面是面条中的伟男子，粗犷豪放，怪不得女孩子都喜欢吃呢。

面条上面，首先淋着一些红色的熟油辣椒，暗红色的黄糖液，应该还有红酱油、香油这些液体的作料，然后在辣椒的核心部位，有几十粒白糖、芝麻，面条的下面，隐约可见压着一些时令菜叶垫底。白的面条，白的糖粒，红的辣椒酱和糖液，绿的菜叶，红、白、绿这三种颜色结合在一起，加上盛面碗碟的固有色，竟然让人觉得赏心悦目。可见甜水面在传承过程中，仍然注重了各种色彩的搭配，不然就达不到引起顾客食欲的效果。

其实这就是中国所有美食的一个特色，眼睛是视觉，鼻子是嗅觉，而舌头是味觉，可能有些还会加上触觉和听觉，如果一种美食能充分调动食客部分的感官，那么这种美食至少就成功了一大半，因为这些感官马上就把获取的信息反馈给大脑了。最后，我们就只会得出一个“好吃或者难吃”的结论来。

一碗甜水面端在手里端详半天，竟有些不忍动筷的感觉。

女儿问道:“爸爸,你怎么不吃呢？看着面条干什么,它又不会说话。”

我也觉得有些失态，似乎自己见识短少似的。于是赶紧用筷子轻轻地将甜水面搅拌了一下，甜水面递给我时，面条冒过开水是热的，一两分钟后就有些冷了。搅拌均匀后，所有的面条都沾上了作料，香气四溢，恨不得让人连碗都吞下肚去。夹起一团面条送在嘴里，面条很耐嚼，口感也好，甜味为主，同时还有浓郁的辣味，真是一道老少皆宜的美食啊！

据老板讲，甜水面的面条是用手工将面揉成团后擀成将近 1 厘米厚度的面饼，然后切成同样宽度的面条，抓住面条，抻长成约半厘米直径的面条，煮到刚刚熟，便捞起来晾凉。加一点菜籽油拌均匀，以防面条粘连。久经揉搓的面条筋道非常好，一根面条有大约 30 ～ 50 厘米的长度，三四根面条就可以装满一碗了。主要作料有辣椒油、花椒、红白酱油、红糖浆、蒜泥、芝麻酱、酱油，又有豌豆尖之类的时令菜叶，是一种纯由调料拌出的面条（不掺汤）。甜水面使用四川最辣的自贡朝天椒，是所有四川带辣小吃菜肴里辣之最，即使耐辣度相当高的人也会被辣得泪汗满面。

甜水面出现在清末，一直风行到现在，是著名的四川小吃。作家萧军在抗战初期访问成都吃甜水面上了瘾，他对甜水面奇特的配方是这样评价的："你们的甜水面我不大理解，但你们在面中加红酱油都是甜味，这在我吃过的面食中，也是非常少见的。更奇特的是甜味中加上辣椒，但是吃在口里，却很爱吃、好吃，有回味，别的地方都没有这样的做法。"

冰粉

十多年前的一个夏日，晚饭后出去散步，走到积英桥边的报刊亭附近，影影绰绰地看见许多人围在那里，似乎发生了什么事。

我赶紧挤过去看，原来大家正围着一个小吃摊在排队，有些人急不可耐地说道：“要遵守秩序哦，先来后到。我早就给了钱，老板儿先给我来两碗吧！”

一个系着围腰子的中年秃顶男人，忙不迭地答应着：“晓得晓得，老买主了，你多担待下。”

这就是老板了。他正蹲着弓箭步使劲地用木工刨子刨冰块，整个简易的小吃摊都跟着摇晃起来。三五下刨子推过去，刨盒里面的碎冰粒就装满了。老板把碎冰倒在几个一次性塑料碗里，然后从一个盆子里用勺子舀出几块果冻样的东西倒在碗里面，接着就开始机械地问道：“要花生不？要醪糟不？要玫瑰不？要黄糖不？要黑珍珠不？”

随着食客的回答，老板犹如仙女散花，一些作料就纷纷扬扬地添了进去。此时，塑料碗已经装满垒起了尖尖，老板给每个碗里放上一把塑料调羹后，一碗冰粉就算制作完成了。

陆续有人端着冰粉，心满意足地离开。也有人选择坐在摊主提供的小桌子边吃冰粉，他们吃得美滋滋的，这简直就是活广告了。当然吃完以后，可能还会再来上一碗，因为初次吃冰粉的食客，一碗往往会意犹未尽，我就是属于这种人。

当老板问我冰粉里添加些什么作料时，我直接说道：“凡是你有的，都给我来一点。”接过老板递过来的一碗沉甸甸的冰粉，一股凉意迅速通过手部传遍全身。

学着其他食客那样，首先用调羹把作料、冰和粉轻轻地搅拌一下，让它们的滋味互相渗透。粉看上去晶莹透明，颤巍巍的，跟龟苓膏差不多，用调羹一压就裂成小块了，放在嘴里爽滑无比，好似一位柔美的少女带着些许羞涩。而碎冰在嘴里，却具有一种牛仔般的粗犷感，除了那种通透全身的凉意，就是咔嚓擦的脆响声，那是牙齿和冰粒的亲密接触，连牙根都凉飕飕的。有些人甚至用手捂着腮帮子，使劲地搓着，让脸颊暖和暖和。

冰和粉，真是完美的结合，而加上色彩缤纷、味道各异的作料，则让一碗冰粉足以登上大雅之堂。

在成都的洛带古镇，商家就推荐游客先来上一碗伤心凉粉，因为辣子放得多，会吃得人眼泪花直流，全身冒汗。然后再来一碗开心冰粉，但是他们的冰粉里只有粉而没有冰，让人瞬间又回到冰清玉洁的时节，这真是冰火两重天了。

其实“伤心”和“开心”都在人的一念之间，关键看你怎么想，不过把“凉粉”和“冰粉”打包推出，足见商家也是动了一番脑筋。

积英桥的“桥头冰粉”是绵竹的第一家冰粉摊，卖了十多年，生意一直火爆到现在，堪称冰粉老字号。后来陆续有人又开始卖冰粉，还打出了“正宗冰粉”的招牌，但味道其实差不多。

冰粉关键在“粉”，这个粉跟我们平常所见的米粉、凉粉、凉芡粉儿、苕粉大相径庭，一点瓜葛也没有。据说它来自于一种冰粉树。冰粉树学名假酸浆，原产于秘鲁，一年生草本茄科植物，在我国西南一带广为分布，多为野生。株高约 60 ～ 120 厘米，茎带紫黑色。叶互生，卵形，叶缘有粗锯齿，花腋生，花冠杯形，粉紫色。

假酸浆是一种药用植物，也是制作冰粉的原料。将假酸浆种子用水浸泡足够时间后，滤去种子，加适量的凝固剂（如石灰水等），一段时间后便制成了晶莹剔透、口感凉滑的冰粉，消炎利尿、消暑解渴，是夏季的保健食品。

关于冰粉的来历，还有一段传说：明末清初的武阳西北部（今彭山县保胜镇），有一户王姓人家，有一女名王味缘，天生丽质，聪颖可爱，孝敬父母，是远近闻名的孝顺美女。

一天味缘上山采梨，不小心将梨树上一株青藤（今冰粉树）上的果实无意中抖落于香包中。回家后，王味缘清洗香包时香包有透明果浆溢出，遂觉惊奇！便将果浆盛于碗中，过一会儿果浆便凝结了。

王味缘一看亮晶晶的，似冰非冰，似粉非粉，忍不住尝了口，冰冰凉凉，爽滑无比！味缘高兴极了，但可惜的是没有味道。于是味缘又找来了红糖加水，兑成红糖水倒入其中，再尝，凉丝丝，甜蜜蜜！味缘好不陶醉，连称：“冰粉！冰粉！”

很快一碗亮晶晶的冰粉就被王味缘一饮而尽！但味缘并不解馋，又上山采摘了一把冰粉籽回来，自己做起了冰粉。尝尽了美味之后，孝顺的味缘又给家人做了几碗。父母回来后一尝，大为赞叹，深觉妙透肺腑，也非常喜爱这冰冰凉凉、爽滑无比的感觉。

见父母如此喜爱，聪明的味缘立刻想到如果自己拿到街上去卖，不仅可以让更多的人尝到冰粉的美味，还可以替父母减轻一些负担！味缘的想法得到了父母的鼓励，他们并答应帮味缘撑起冰粉摊子，至于冰粉摊的名字都想好了，那当然是“味缘冰粉”！

第二天味缘一上街做好冰粉，立刻引来许多人的围观，品尝者络绎不绝！时间一久人们都知道武阳（今彭山）街头有一位卖冰粉的姑娘，不但冰粉好吃，而且人也漂亮随和，于是人们纷纷戏称：“味缘冰粉！冰粉味缘！”从此冰粉便在彭山流行开来，并逐渐传入周边市县，渐渐地传遍了整个四川！

味缘后人经过对祖辈制作冰粉技术的不断钻研，反复实验，现在终于从冰粉籽里直接提炼出了制作冰粉的有效成分：冰粉粉。这种产品用热水一冲便溶化，再一凉就成了冰粉，这使“味缘冰粉”的制作变得十分方便，而且还很卫生！不但如此，在新的配方中味缘后人还添加了魔芋粉和海藻粉。既加强了冰粉的稳定性，又使“味缘冰粉”的食用价值更添魅力

原来如此，正是冰粉粉的诞生得以让冰粉这种解暑小吃成了咖啡似的速溶饮料。我想那些冰粉摊的冰粉，肯定都是用冰粉粉冲兑出来的。如果大家都像冰粉最初制作阶段那样，用纱布包裹冰粉籽反复地揉搓，

挤出果浆的再怎么样好，那也只是费时费事了。

可别小看冰粉，它虽然是桩小生意，只要经营得法，也可以变成大买卖。最近绵竹城里多了许多冰粉摊，都是六元一碗。但是积英桥头冰粉店却成天门庭若市，顾客们宁愿排队，也要在这里吃冰粉，这就是老字号的魅力。

而有些冰粉摊，生意则犹如清汤寡水般，看着就让人着急。可见任何一个行业，并不是我们跟风操作就能赚钱的，没有过硬的质量和口碑，最好还是不要掺和进来，否则必然会黯然收场。

麻花馓子

麻花、馓子，这是本地两种家喻户晓的油炸面食。城里卖得少，一般不容易吃到，因为大家都知道油炸食品不宜多吃。但是乡村人不管这些，你如果说油炸食品不宜多吃，他们就会振振有词地说："你以为我不晓得。只要没有天天吃，哪里会出啥问题？"这话也对，要是没有人吃，那些卖麻花的摊贩早就改行了。

早些年，伯父在乡场上做小生意。下午回家，准会从挎包里掏出一个麻花或者一把馓子给我，每天都没有落下。人恋恩情狗恋食，对于碎娃家来说，其实跟狗儿差不多。给狗丢根骨头，它准会给你使劲儿地摆尾巴。而伯父给我买这些零食，当然也有笼络孩子的意思。伯父没有成家，就跟着我们过。他特别爱孩子，有什么好吃的，都要给我带一些。自然，我跟伯父也特别亲密。

放学回家，首先就问母亲："妈妈，伯伯回来没有？"

如果没有，我就非常失望地开始写作业。如果说回来了，我就会在院子里大声地叫起来："伯伯，你在哪里？我回来了。"

这时伯伯就会从某个地方钻出来，变戏法似的从背后拿出一个麻花或者一把馓子给我，然后拍拍我的肩膀，看着我狼吞虎咽地吃着，他眼角的鱼尾纹就舒展开去，同时忙不迭地叮嘱着："慢点吃，别噎着了。"

麻花、馓子都是酥脆香甜的油炸面食，咀嚼起来很费劲，老年人是不适宜吃的，一不小心就可能把牙齿崩坏。这可不是闹着玩的，我妻子前几年吃瓜子，就崩坏了少半颗门牙。到牙科诊所去补上，花了两三百块。

馓子可以烧汤，和蔬菜混合在一起，绵软香甜。也可以掰成小段，放在油茶里搅拌着吃。至于麻花，就只能咔嚓咔嚓地嚼着吃了。没有铁齿铜牙的，曾有位老人传授如下吃法："用手使劲儿地掰一块麻花下来，丢进嘴里含着不嚼，先感受麻花的香味，等到唾液把它们泡软以后，再细细嚼烂下咽。"这种办法推而广之，也适合嚼炒胡豆等硬货。

油炸麻花、馓子，实际上都是锅盔摊的副产品。老是在那里噼里啪啦地打饼子，花色品种就显得单一了，不利于留住顾客，于是老板就开始油炸麻花馓子。这其实有点像行为艺术，因为都是现场表演，我对这些美食制作从小就感兴趣，只要赶场看见锅盔摊开始油炸麻花了，立刻就像钉子一样站在那里，任凭母亲怎么拉都不走。

母亲没办法，就跟老板说："老板要收徒弟不？我娃要在你这里学艺。"

母亲的话其实是说给我听的，但是她边说就边给老板眨眼睛。什么意思呢？当然就是让老板赶我走。

老板怎么会赶顾客走呢？生意再小也是个买主，于是他就故意说道："小伙子，站远点哈！小心热油把你烫着！"我就赶忙后退两三步，但是仍然紧紧地盯着他们的一举一动。

锅盔摊一般都是两个人分工合作。一个人负责和面，同时把面团加工成麻花、馓子。所谓麻花，就是把两三股同样粗细的条状面拧在一起即可下锅油炸。我想那些女孩子应该都会做麻花的，因为她们不是能给自己编麻花辫子吗？曾几何时，那些大姑娘小媳妇儿背后都是一条或者两条麻花辫的，辫梢处扎上一块丝巾或者红头绳儿，那可是中国城乡的通例啊！

麻花不宜过长，像天津的大麻花，我觉得就不太好，因为太长，一个人肯定是吃不完的，就得和别人分而食之。但是食客在街上买麻花，很多时候都是临时决定，如果吃不完带回家去，时间稍长，麻花就绵扯扯的，失去了那种香脆味儿。本地麻花有二十厘米左右，我觉得长度是比较合适的。

至于馓子，制作起来稍微麻烦些：面发好后，将面盘成粗藕节般的大条，再发酵十分钟，又将其盘为小指头粗的小条，用干米粉扑面后，右手握起小条，左手捏小条一端作纺车状运行，将小条绕成更细的面圈，然后将面圈套在两根长筷子样的竹签上，再将面圈拉细绷直下锅用油炸，炸至面圈变硬之前，翻转竹签将其扭成梳子状，待成金黄色时，即可起锅备用。

别看摊主在那里油炸麻花、馓子，似乎小菜一碟。可是让你自己去尝试，那就不一定了。首先面团的发酵就是大问题，发不起来是死面，就是用泡打粉也无济于事。摊主的面团都是老面，每天留一块在那里，面团里面含有丰富的酵母菌，不管是锅盔还是麻花、馓子，做出来味道就是要地道些。

其次是形状，麻花好点，特别是馓子，若扭出来奇形怪状，让人看着就倒胃口。摊主的技术看似简单，但那却是他们几年甚至十几年反复训练的结果，这就是熟能生巧和匠人精神了。

摊主的生意也有做得大的，那就是把麻花、馓子批发给流动摊贩，薄利多销。摊贩一般是中老年男子，选择家用的竹筛，在里面垫上胶布，上面码上麻花、馓子，端在手上即可叫卖。也有将竹筛顶在头上叫卖的，注意头上要用布围腰挽成圆圈做垫子，这样竹筛才能生根。这有点像耍杂技，技术不好竹筛就倒下来，那么这点小本生意就泡汤了。摊贩要不断地在人群中穿梭，市场、茶馆都是他们爱去的地方，没有点硬功夫还真揽不下这活儿。

也可在竹筛上任选两个对称点穿上绳子，套在后脖颈上，这样就可将竹筛端在胸前。这样的摊贩是最多的，一是安全，二是可随时交易。“麻花，馓子！脆得很——”

流动摊贩们批发了麻花馓子，大声地吆喝着，融入人流中。他们看似漫不经心，其实眼观六路耳听八方，随时都在注意观察周围的反馈。

“卖麻花的，端过来！”这是有人在招呼了。于是他们屁颠颠地跑过去，用方块纸片把麻花或者馓子裹好，递到食客手里，又开始寻找下一个目标。

半天场下来，摊贩们连水也顾不上喝一口，有些嗓子就变得嘶哑了。不过看着空空的竹筛，他们的心里一定美滋滋的，一个麻花或者撒子能赚两角钱，半天下来也有二十多块钱的收入了。在 20 世纪 90 年代初，这可是一笔不小的收入呢。

现在城里也有卖麻花馓子的。他们都骑着摩托车，带着电喇叭，走到小区门口就停在那里。“卖麻花馓子哦，又香又脆！”喇叭里不断地重复着录好的吆喝声，听得久了就成了噪音，让人觉得烦躁。

我觉得，还是过去的摊贩吆喝声地道，它让我想到童年，想到儿时看油炸麻花、馓子的场景，让我心里有种温暖的滋味。

豌豆瓣儿

十岁左右，我跟着父亲、二哥做过一次小生意，走街串巷卖麻花、馓子和豌豆瓣儿。麻花、馓子和豌豆瓣儿，这三种东西都是成都平原上的传统油炸面食，价廉物美，老少皆宜。据说麻花、馓子原为回民食品，用作待客、下奶茶的，只有豌豆瓣儿才是本地土产。三者经常在一起搭配出售，算是回汉美食的融合。

但小时候，我不知道什么回汉美食融合之类的概念，我甚至连回族也不知道，我觉得大家都是一样的中国人，还分什么民族嘛！我们住在绵竹，这里和茂汶藏羌地区相邻。每到曹家庵逢场的时候，至少有三四个藏人在药材市摆地摊卖那些药材，比如藏红花、虎骨、熊掌、雪莲、虫草等。他们的装扮和我们大不相同，身上还佩着腰刀。

曹家庵是个大集镇，逢双日开集，方圆几十里的老百姓，都要过来赶场，购买日用品，出售农产品，就连邻县的老乡也要过来赶场。每到逢场日，街上人山人海，走都走不过。有了人气，当然就有了商机，至少这些人要吃东西的，因此街上卖零食的也特别多。

那时候，本队的蒋叔家正在油炸麻花、馓子和豌豆瓣儿，批发给小摊贩，让他们去吆喝着赚钱。父亲跟母亲商量，农闲的时候他要去做点小生意，卖麻花、馓子和豌豆瓣儿。

母亲一听非常赞成，可是她又犯愁了，卖不完怎么办？油炸食品容易回潮怎么办？

父亲说他早就想好了，卖不完大不了自己吃掉，亏些本钱。不怕回潮，只需要在街上买回干净的白色胶布口袋，将麻花们放在里面，扎紧袋口就行了。父亲是胸有成竹，看来这小生意是做定了。

做生意，这在我们家还是头一回。于是我对父亲说："爸爸，星期天，我也跟着你去卖麻花。你给我准备个筛子吧！"父亲说："好啊，老二也可以跟着来。"二哥毫不犹豫地答应了。

为什么要用筛子呢？因为母亲过去在曹家庵给我买麻花的时候，我看见小贩们都是把麻花馓子豌豆瓣儿放在一个垫着胶布的竹筛里，要么端在手上边走边吆喝。要么给竹筛的任意直径两端拴上根长短适宜的绳子，绳子可以套在脖颈上，两手仍要端着竹筛，边走边吆喝。还有更绝的，用围腰子盘成布圈放在头顶上，布圈上放筛子。他们走在摩肩接踵的人群中，穿插自如，筛子稳稳当当的，这种方式特别显眼。

父亲挑着箩筐，我和二哥端着竹筛，步行往曹家庵进发。卖吃的就是好，因为自己可以先吃，我最喜欢吃的就是豌豆瓣儿。说来简单，豌豆瓣儿就是豌豆和面粉糊的产物，当然面粉糊里可能还有鸡蛋液、味精、盐巴或者什么香料粉之类的东西。那时的豌豆瓣儿很地道，成品有家常瓷碗口大，也像一个倒扣的小瓷碗，一粒粒豌豆密密麻麻地排列着，咬在口里又香又脆。拿着手里油腻腻的，因此还得给顾客提前准备好包裹豌豆瓣儿的土草纸。

“麻花、馓子、豌豆瓣儿，又香又脆哦！”我们还没有走进集镇，就开始吆喝起来。因为路上赶集的人很多，绝大部分都是走路的。刚开始我的声音很小，跟蚊子叫似的。

父亲说：“你这怎么行呢？卖东西就得吆喝，你声音小了别人也听不见。”

于是我又试着大声地吆喝起来：“卖麻花……馓子……豌豆瓣儿……”每一种食物的名字我都拖得很长，走过一个带小孩的大人身边时，我还特意多吆喝了几声。

没想到还真有成效，那孩子比我还小些，就开始唧唧呜呜地缠着他的母亲吵起来：“妈妈，我要买豌豆瓣儿！”

那女人狠狠地瞪我一眼，说道：“幺幺乖，妈妈带的鸡蛋还没有卖掉，没有钱。”

那孩子可怜兮兮地盯着我，摇着女人的手臂说：“妈妈，你有钱！给我买一个吧！你不买，我就不走了！”

那孩子朝地上一坐，做出哭泣的样子，准备要赖了。

女人无可奈何，只得跟我买了一个豌豆瓣儿。这也是我这辈子做成的第一桩小生意，虽然一个豌豆瓣儿只赚了一毛钱，但仍然说明我还是会做生意的，起码我会寻找目标人群吧！

因为又香又脆，麻花、馓子和豌豆瓣儿深受孩子和年轻人的欢迎。老年人有点受不了，香脆的东西都需要牙口好，要是把牙齿磕坏了，那就得不偿失了。

从上午十点过走进曹家庵，到下午两点过散场回家，我记得那天我卖出了一百多个豌豆瓣儿，赚了十多块钱。在20世纪80年代末期，这可是一个技工一天的收入啊，我想，这应该就是为什么大家都喜欢做生意的原因吧。

可是卖东西实在辛苦，需要眼观六路耳听八方，别人吼一声："卖豌豆瓣儿的，端过来！"你就得赶紧过去，叔叔、伯伯、婶婶、爷爷、婆婆先叫着，给别人个好印象。

"嘴巴要甜，眼睛要尖，耳朵要灵，腿脚要快，算账要准。"这就是做小生意的诀窍了。都说做生意的长着伶牙俐齿，其实那都是操练出来的。

卖完豌豆瓣儿回家，嗓子干得冒烟，浑身累得腰酸背痛，躺在床上，什么也不想做。我们只是星期天、寒暑假客串一下，而父亲却要每天担着箩筐出门，一直卖了几年，才改行做其他的。

在城里待着，成天都是小贩的吆喝声，卖啥东西的都有，当然也少不了卖麻花、馓子、豌豆瓣儿的。油炸食品据说吃多了不好，随着零食的多样化，麻花们的竞争力越来越小了。遇上卖豌豆瓣儿的，我总是会买上两三个回家。豌豆瓣儿需要用手掰着吃，掰下一小块来，放在嘴里用唾液慢慢泡着，豌豆瓣儿就变软和了，细细地咀嚼一下，嘴里净是豌豆被咬破的声响。

我似乎看见豌豆成熟时，从豆荚里一个个蹦出来的样子，它们奔跑着，跳进老板儿的面盆里，浑身沾上了面糊，又来到了油锅里，变成了酥黄的豌豆瓣儿。而我则端着装满麻花、馓子和豌豆瓣儿的竹筛，在熙熙攘攘的人群中穿梭着，叫卖着。卖豌豆瓣儿的日子，有苦有乐，那是我少年时期一幅斑斓的画面啊！

PART 4
×
布衣蔬食

乡村年味

小时候，我不知道什么是乡愁。春种秋收冬藏，结婚娶妻生子，我觉得我的生活不会跟父母产生太大的偏差。长大后，我离开了那片院落那方土，再也没有回头。我蜗居在城市的逼仄空间，成天听着南腔北调，吃着东辣西酸，就算再不情愿，也得强迫自己把那些食物吞咽下去。

那时候，我才知道了什么是乡愁，乡愁就是母亲的嘱托父亲的怒吼，乡愁就是房前屋后的瓜棚豆架，乡愁就是奶奶酿造的一碗甜酒，就是年三十的香肠腊肉，就是年初一的鞭炮与乡邻见面“年在你府上”的拱手。

十冬腊月闲人少，虽说地里已经没有什么农活可干，可是快过年了，得置办年货了。乡村的空气中氤氲着一股躁动的年味儿，大家都忙忙碌碌的，见面也就点个头，而一声“吃了吗？”也让人倍感亲切。在乡村，女人能不能干，就看她喂猪的多少了。看着小猪一天天地变成大肥猪，女人们的心里那真是乐开了花，连唤猪的声音都变得格外好听：猪儿呢咯咯……

等到十冬腊月，经过近一年的储备，肥猪要准备出栏了。除了杀掉一头肥猪用来晾晒腊肉外，其余的肥猪都得卖掉，要置办什么家具电器，一家人的过年衣裤，孩子们来年的学杂费，都指望着这笔肥猪款呢！

肥猪被猪贩子买走后，女人们还要出门送一程，她们在路边捡几块小石子，用围腰布兜着，然后一路“猪儿呢咯咯”地唤回来，最后将小石子放在猪槽里才算完。据说这样，下次喂猪比较顺遂。因为肥猪走了，但猪魂还在圈里，它会保佑这家人六畜兴旺，这自然是人们对来年美好生活的一种祝愿罢了。

在川西乡村，每逢过年，头等大事就是杀年猪，晾晒腊肉、香肠，这可是过年时家家餐桌上的重头戏。没有腊肉香肠吃，哪里叫过年？那些还没有杀年猪的，这时可忙得够呛。原因自然是多方面的，有的年猪没上膘舍不得杀，有的是主人家在外打工还没回来，最主要的当然是杀猪匠忙不过来。杀猪匠是腊月里乡村的抢手货，他们满脸横肉，穿着筒靴，一身的皮夹克上沾满了猪油味儿。如果你称呼没拿顺，纸烟递得不勤，杀猪匠对你可是爱搭不理的。

杀年猪光靠自己家里人的力量，肯定完成不了。杀猪不仅是个技术活，还得力气大。记得有次腊月初，我家请杀猪匠杀年猪，我们三父子有的扯猪耳朵，有的扯猪尾巴，还有的扯猪腿，杀猪匠一把尖刀刺进去，肥猪负痛一挣扎，就把父亲摔个四脚朝天，吓得周围看热闹的壮汉们赶紧过来帮忙，才算成功地把肥猪宰杀。

乡村里有专业的杀猪匠，别看平时他们都在乡场上出摊卖猪肉，但年时他们可成了十里八村的抢手货，请他们杀猪得预约排队。他们工具齐，光说刀吧，就有杀猪刀，剔骨刀，大砍刀，各种刀的形状、重量都不一样。上挂下钩的铁钩至少四五根吧，还有半卷状的刮毛刀，一般的家里根本没有！就算你有这些工具，也不一定敢杀猪，因为技术不到位，猪血没有放干净，有些肥猪杀得半死不活的满院坝疯跑，那可得出事，这不是闹着玩的。

杀猪匠天刚麻麻亮就来了，一般都是两个人，主人家赶紧给他们递烟、泡茶。寒暄几句，杀猪匠就开始安排具体程序：在院坝里准备一张方桌，旁边放一个直径一米多的黄桶，保证黄桶里面随时都有开水，这是给烫猪刮毛准备的。准备一个瓷盆，里面装一些清水，放一些盐巴，接猪血用。找两三个壮汉，杀猪时帮着按一下，免得肥猪垂死挣扎时出问题。

一切准备就绪，杀猪正式开始。肥猪大概知道自己大限到了，一出圈门就开始嗷嗷地嚎叫起来，后蹄蹬着地不肯迈腿。可是身不由己，耳朵、尾巴被人揪着，不走不行啊！把肥猪拖到街沿上，壮汉们抓住肥猪的一边猪蹄使劲提起来，它就躺倒在街沿上了。两个壮汉死死地拽住肥猪后蹄，杀猪匠用右膝跪在肥猪脖子上，待肥猪挣扎累了稍一停歇，一刀就从猪脖子处刺进去，再缓缓地抽出来。

那真是白刀子进去红刀子出来，猪血喷涌而出，汩汩流淌，主人家端着瓷盆，顺着猪血流动的方向前后左右移动，保证猪血都接在盆子里，然后还得用手在血盆里搅拌一下，使盐水和猪血均匀混合。随着肥猪的叫声越来越弱，杀猪匠在猪肚子上不停地按揉，使猪血尽量都淌出来。看看淌得差不多了，杀猪匠将杀猪刀在猪毛上抹了两下，杀猪也才算完毕了。

壮汉们把肥猪抬到方桌上去，旁边的黄桶里，早就装满了开水，估计有八九十摄氏度吧！杀猪匠把开水不断地浇到肥猪身上去，给它洗个“大水澡”，等到肥猪全身都淋完了开水，就开始用刮刀刮猪毛。猪头上的猪毛不容易清理干净，还得把松香放在盆里用火加热，等松香成了液体状，沾上凉水用手把松香涂抹在猪头上，再扒下来，反复几次就可以了。大概半小时后，一头白白净净的褪毛肥猪就出现在大家眼前。

然后杀猪匠在一只猪蹄上豁开个小孔，把捅条插进去，抽出来，接着杀猪匠就趴在刺破的猪蹄上，鼓着腮帮子一口接一口地吹气，把猪身吹胖后立即用细绳将口子扎紧，同时用擀面杖之类的木棒敲击猪身，应该是使那些气体遍布全身吧。吹过气的猪白白胖胖，好像一下子大了不少。杀猪匠再次用刮刀在猪皮上走一遍，将那些第一次没有处理完的细毛、毛桩全部清理干净。

年猪宰杀干净后，抬至堂屋家神位前放在板凳上，用刀在猪背上戳三个小口，插上香烛点燃，以全猪祭祀祖宗神祇。祭后将猪开肠剖肚，割肉成块。除邀集近亲乡邻煮食一顿并将小肠与部分肉留下灌制香肠外，其余腌好入缸储存，到时晾晒，悬于屋檩，以备过年待客与自食。

香肠花样繁多，可广味可川味，肠衣里面可以装豆腐块、糯米饭、胡萝卜粒、牛肉块、排骨，当然最常见的还是肥瘦搭配的猪肉。其实杀年猪，晾晒腊货的主要原因就是正月要请春桌，如果没有腊货储备，正月里临时在市场上买新鲜肉，那是很不划算的。因此，我们常常看到，农家腊月里除了腊肉、香肠，还有腊鸡腊兔腊鱼等。一家人光景过得好不好，瞟一眼家里的腊肉香肠就知道个大概。

如果希望腊肉、香肠味道好，自然需要每天在阳光下暴晒。悬于屋檐口下是个办法，可是如果老鼠、鸟儿和猫比较贪吃，那就得劳神费劲了，每天傍晚得收进屋里去，放在箩兜里盖起来。父亲从来不怕麻烦，每天只要太阳好，早晨就在院坝里支两个三脚架，架上搭一根钉满钉子的横木，然后把那些香肠、腊肉一个个地挂在钉子上晒太阳，到了傍晚又把它们收进去。几个太阳过后，腊肉香肠收了水汽，就变得油光锃亮起来。

母亲也没有闲着，她拿着夹镊子，一根根地扯猪毛，特别是猪头上的毛很多，要打整几天才扯得完。母亲常常累得腰酸背痛，可是她一点抱怨也没有，因为这些香肠、腊肉就是我们餐桌上的美味啊！

腊肉、香肠也可以挂在厨房的檩子上，一两个月下来，被炊烟熏得黑乎乎的，可是味道反而更加好吃了。这是什么原因呢？因为过去乡村都是茅草房，厨房里有两三口土灶，一口做饭，一口煮猪食。一天三顿，灶膛里随时都燃得旺旺的。柴火五花八门，有什么烧什么，最多的就是庄稼秸秆，比如油菜籽秆、稻谷草、小麦草、大麦草等。也有冬天剔掉的树枝，比如柏树枝、松树枝、橘树枝条等。这些植物各有各的味道，它们燃烧后产生的炊烟对腊肉香肠这么一熏，后者的味道就发生了变化，变香了。

走进川西农家，你看哪家哪户的厨房檩子上、墙壁上不都挂着一些腊货啊！腊肉、香肠不能做早了，七腐八烂九生蛆，只有进入十月才能腌制。看着墙壁上、檩子上悬挂的一个个腊货，整个后半年的日子都甜蜜蜜的，因为不缺肉吃了。如果正月后腊货还没有吃完，那就得将它们从屋檩上收下来，放在瓦缸或者冰箱里储存起来。这样等到春天开秧门，请人干活时，又可以拿出来吃，那时香肠、腊肉味道更香！

乡村的年味儿就是这样，有着浓郁的烟火气。她丰盈着一代代人的记忆，牵扯着我们内心深处的那根弦，时时拨响哀伤的离愁，让我们对乡村始终充满了牵挂，充满了眷恋。乡愁是现代人的普遍情愫，捡拾散落在身后的乡愁，将它们一一串接起来，于是，我们就能跨越时空，瞬间回到生养自己的那方土地上。

九斗碗

绵竹市西北部属龙门山区，东南部为成都平原的一部分。这里自古物阜民丰，清人李锡铭曾在一首竹枝词中写道："山程水路货争呼，坐贾行商日夜图。济济真如绵竹茂，芳名不愧小成都。"

成都是四川的美食之都，绵竹既然敢号称"小成都"，当然在美食上也有其独到之处。绵竹人是典型的好吃嘴。他们不仅爱吃、会吃，还特别善于做吃的，九斗碗就是绵竹乡村宴席的代表。

在绵竹为代表的成都平原地区，凡是红白喜事，包括平时的满月酒、生日酒、上梁酒，甚至春节转转会请春桌，都要请亲朋好来相聚，大吃一番，俗称吃九斗碗。称之为"九斗碗"，是因为一般每席有九碗菜。民间视"九"为吉数，有"九九长寿""九子登科""天长地久（九）"等说法。这样的宴席，"九大碗"是起码的标准。当然，也有贫穷人家放七碗或有钱人家放十一碗的。

"九斗碗"可以是七碗可以是十一碗，但绝不能放八碗或十碗。在川西坝子上，喂猪的猪槽一般都是用石头做的，民间相沿，把"吃十（石）碗的"作为骂人是猪的隐语，所以不能用十碗菜来招待客人。而桌上的菜不能摆八碗，则是因为开席的时候一般会有讨口子（乞丐）前来贺喜或哭丧。他们往往打着莲花闹，走到哪唱到哪，见到什么唱什么。由于不管是红喜还是白喜，主人家都信奉“客走旺家门”的道理，对于前来捧场的乞丐，都要热情招待。只不过他们吃的不是其他客人的几样菜，而是一人一碗盖浇饭。这样一来，一张八仙桌，刚好是八个人八碗饭，所以川西民间就把放八碗饭的称作“讨口子席”。因此，“八”与“十”这两个数，是办席必须忌讳的。

中国人待客，对于主宾座位的安排是很讲究的。小时候家里来了客人，不管客人的多少，我们小孩子都是不能上大桌子吃饭的。家里只有一张大方桌，能坐八个人，就算位置没有坐满，我们也只能在小方桌上吃饭。小方桌子只能坐四个人，小方桌、小板凳和小孩子，倒还相配。

有次我问父亲：“我什么时候才能坐在大饭桌边吃饭啊？”父亲说：“等你长大了就可以了。”可是真等我长大了，那已经是十多年后了。

这时我才明白，大人们不愿意让小孩坐在一起吃饭的原因：乡村办坝坝筵时，小孩坐的那桌往往是散得最快，他们三两下就划拉饱了。假如你这时跟他们坐在一起，偌大的一张杯盘狼藉的桌子，剩下你一两个人守桌子，那多尴尬啊！

乡村农家，在安排座位时也是有讲究的。八仙桌如果安放在堂屋里，那么紧挨着神龛的称之为上把位，一般是男主人陪着长辈坐。成都平原的乡坝里，家家户户都有纸质神龛，悬挂在正对堂屋门的墙壁上。堂屋里有神龛，这里就成了家中最神圣庄严的地方，小孩子绝对不能进来打闹嬉笑，免得惊扰了家神。

我觉得从这个意义上来说，有客人时，不让小孩在堂屋的八仙桌边吃饭，也是可以理解的。既是对客人的尊敬，也是对神灵的敬畏，一举两得。

什么人能上桌子，什么人不能上桌子，这在号称礼仪之邦的中国还是很讲究的。电视连续剧《闯关东》中，夏掌柜带着朱传杰出去赴宴历练，就明确地讲到了这一点。主人可以入席，而伙计或者下属只能在旁边站着给主人服务，斟酒或者拿毛巾什么的。

上座还是下座，其实这都是中国人讲究长幼有序、尊卑有别的体现。因此排座次，就成了一门很深的学问，座次一旦排错了，失礼不说，可能还会让主事者好事办成坏事，那就得不偿失了。

“九斗碗”因其多摆席于农家院坝头，又称“坝坝筵”。坝坝筵最能体现出绵竹人的吃相，但要吃出味道、吃出氛围，那就大有考究了。在形式上，食客要多多益善，至少有十桌才算像样。只要是红白喜事，都会把平时不大走动的亲戚请完。四川人都是竹根亲，一辈亲，二辈表，三辈四辈认不到。平时走动的都是至亲，如果家里老人还在，那么红白喜事也会请那些三四辈的表亲，这样的坝坝筵实际上具有认祖归宗的意味。

1983 年婆婆去世，父亲邀请了婆婆娘家的好多亲戚前来吊唁。那些亲戚我们一个也不认识，父亲就挨个介绍，什么辈分，怎么称呼都是有讲究的。婆婆去世后，这些亲戚就再也没有跟我们来往了。这样也好，给乡村人省却了许多人情开支。要不然，亲戚太多，一年三百六十五天，每个月都有人户走，票子遭不住的。

远亲不如近邻，其实邻里关系处好了，比亲戚还管用。家家红白喜事，照例都要请临近院落或者本生产队的老老少少，这样坝坝筵一般都是三十桌左右。实际上，红白喜事也是检验主人家人脉的试金石，如果你家结婚或者嫁女，仅仅那么两三桌客，是会被大伙儿看不起的。这样的坝坝筵，旮旮旯旯都是人喊马叫的，碎娃家也多，到处都是他们穿梭跳跃的身影。坝坝筵简直就是乡村的狂欢节，大户人家讲排场，还会请人来唱戏或者放囤子烟花。

闹热倒是挺闹热，但就是消耗的菜品相当多，有时洗两头肥猪也不够吃，更不用说那些鸡鸭鹅兔了。因此家里要办大事，开年就要把日子请算命先生算好，然后就要养猪、养鸡鸭等，不然庞大的开支负担不起。坝坝筵吃饭如同大兵团作战，因此乡村厨师也不止一位，有专门立灶炒菜的，有负责蒸菜守笼屉的，有负责切菜的，有负责做饭的，当然也有洗菜择菜、洗碗上菜这样的帮工。大家只有一个目的，就是把这次坝坝筵办好。

过去乡村厨师办席桌只带碗筷和炊具，主人家还得四乡八里借桌子、板凳，每家的桌凳还要用粉笔在里面打上记号，写上桌子主人的姓名。坝坝筵都是摆在晒坝里，堂屋也许会摆两三桌。堂屋里供有家神菩萨，有神龛，只有主人家认为的重要客人，比如长辈或者官员，才能在里面用餐，以示尊重。

坝坝筵大部分桌凳都在晒坝里整整齐齐地摆着，大太阳或者阴雨天在露天坝吃饭都不太好，因此主人家还得用晒垫搭棚，牵上电线，点亮电灯照明，这样就可以遮风避雨了，夜宴也能顺利进行。而现在乡村置办坝坝筵，非常简单，有专门出租篷布和桌凳的，主人家一个电话，就可以给你办得巴巴适适的，你只需要出钱即可。

数十上百人聚在一处，在一阵“噼噼啪啪”的鞭炮声后，于漫天青烟中自由组合，或者按男女的区别，辈分的高低，分散坐于一张张八仙桌旁，伸箸畅食，举杯畅饮。不远的地方，随地而挖的土灶上叠着高高的蒸笼，热气腾腾，简易的案板上堆满菜肴、餐具。腰拴一截油迹斑斑围裙的厨师们飞快地挥舞手中的锅铲或菜刀，一碗碗菜流水一样地端上桌子。

主人家一桌一桌挨着敬酒、散烟、发红包，不停地招呼客人说：“请得便，吃得淡。人手少，菜不好，大家多多原谅，自己照顾自己哦……”

而客人们则会说：“只有百客没有百主，你看我们撇脱（大方不拘束）得很，都会自己照顾自己。”

一般说来，碎娃家多的桌子最先散场，他们也就图个热闹，然后就下桌子玩去了。吃得最久的则是喝酒的男人们，喝酒费菜，特别是老年人。他们特别讲礼，拈菜不能连续拈，不能在盘子里翻拣，那是饿痨饿虾的表现，没有教养。拈完一筷子，就开始摆调冲壳子，前三年后三年，陈谷子烂芝麻的事情一摆就是几个小时，甚至可以从中午绵延到晚上。

而年轻男人们，则逐渐学会了互相敬酒，敬酒还得来点酒文化，说点理由，要不然别人就不喝。不过最近十来年，因为赌博之风愈演愈烈，大家在酒桌上就找好了牌搭子，往往草草吃完坝坝筵，就忙着打麻将、斗地主去了。

这就是川西坝子农村吃“九斗碗”的热闹场面。“斗”在四川方言里，意指大的容器，用九斗碗来称此场面，也是赞其菜多量足的意思。因为这种筵席的内容蒸菜及腌腊较多（都是肉类），行话叫作“三蒸九扣”（锅蒸、笼蒸、碗蒸），故民间又将专做“九斗碗”筵席的乡村厨师唤作“油厨子”。

过去坝坝筵在上正菜之前，会摆放一些干盘子。因为乡村办事多选在冬腊月，这时干盘子的主角就是农家腌制晾晒的腊肉、香肠、腊鸡、腊鸭、腊排骨、腊猪心、猪肝、猪肚等，还有就是白瓜子、黑瓜子这些炒货。过去走人户，不一定全家人都得去，因此可以包点干盘子回去给家人分享。大家都这样做，已经成为习惯。而现在随着生活水平提高，包干盘子回家也已经不复存在了。

九斗碗的内容，一般就是农家将现成的鸡、鸭、鱼、肉、蛋，加上时令蔬菜，做成四川的家常菜肴。芙蓉蛋、清蒸鸡鸭、蒸杂烩、甜烧白、咸烧白、粉蒸肉、蒸肘子、宫保鸡丁、韭黄肉丝、鱼香肉片、白油肝片、椒麻鸡块、火爆双脆、糖醋里脊、白汁三鲜、酱烧肘子、姜汁热窝鸡、粉蒸鸭条等，都是“九斗碗”里比较具有代表性的菜肴。当然了，农家自产的香肠、腊肉、酱肉，更是少不了的。

九斗碗的原料虽然普通，但选材广泛，不拘一格。大多数九斗碗讲究按已有原料灵活做筵席，不根据筵席菜单标准选择原料。九斗碗必须做到原料物尽其用，以实用实惠为第一原则，菜品以味道取胜。九斗碗虽不像饭店里做筵席那样要讲究有工艺菜、有看盘、有雕刻、有盘饰，但绝不能做出来好看不好吃，讲究凡是上桌席的菜都能入口实用且味道适应众口。九斗碗虽说不注重工艺，但像夹沙肉、扣肉、扣鸡、扣鸭等菜仍然是有形有状的，味道极好。

蒸菜放进蒸笼也有顺序讲究，为了避免出现串味现象，按照蒸笼的蒸汽先上升，再倒灌回蒸笼底部的原理，要把甜味和无味的放在上层，咸味和有异味的放在下层，如银耳汤、酥肉、夹沙肉等要放在蒸笼的上层，扣肉、鲊肥肠等可以放在蒸笼的下层。由于蒸笼里的菜品是从上层开始往下层成熟的，所以耐蒸的成熟慢的菜品要放蒸笼上层，容易蒸熟的菜品放蒸笼下层。

农村九斗碗，就是在院坝里用砖头临时砌两口灶，烧的都是蜂窝煤，两口大锅里放了两米多高的两柱蒸笼，蒸笼要防止走气，一旦走气了，菜品就有可能蒸不熟，因此有走气的就要用草纸或者毛巾封起来。

九斗碗因以三蒸九扣菜品居多，就餐时是以流水席形式，因此出菜速度很快。桌子不大、菜品又多，开席一会儿桌上的盘子、碗就一个一个地堆码起来，蔚为壮观，九斗碗要的就是这个丰盛的效果。九斗碗一般在半个小时左右要出完所有菜品，头排的桌席一般情况在一个小时内要结束用餐，但那些划拳吃酒的桌席除外。帮忙的赶紧把桌子收拾干净接着摆第二排，让下轮没吃饭的客人尽快就席。

至今成都双流区还流传着这样一首《九碗歌》："主人请我吃晌午，九碗摆得胜姑苏。头碗鱼肝炒鱼肚，二碗仔鸡炖贝母。三碗猪油焖豆腐，四碗鲤鱼燕窝焯。五碗金钩勾点醋，六碗金钱吊葫芦。七碗墩子有块数，八碗肥肉氿噜噜。九碗清汤把口漱，酒足饭饱一身酥。"九斗碗已经成为民歌的内容，其影响力由此可见一斑。其实九斗碗不仅在成都平原盛行，在整个四川汉族地区，它们都是乡村宴席的代表菜式，只不过内容上大同小异罢了。

春种一棵树

那年春天，母亲在老屋旁边的自留地里种下了一棵气柑树。她对父亲说，等我七八岁时，老三就可以吃气柑了。气柑是本地俗称，也叫团圆果，学名雪柚，属于芸香科植物。每到农历八月十五左右，气柑颜色由绿转黄，就成熟了。气柑外形浑圆呈球形，也有梨形的，每个都有一两斤重。如果不去采摘，成熟后的气柑就那么在树枝上吊着，可以一直吊到初冬时节。墨绿的树叶，橙黄的气柑，黄绿相间，让气柑树变得煞是好看。

气柑当然不可能一直吊在树上，那成了暴殄天物。除了留下一两个气柑守树以外，绝大多数气柑都会采摘下来。乡村家家户户都有草叉，一根五六米长的竹竿，顶端套上一个 U 形的铁器就成。秋天打谷子后，稻草扎把，还要围着一棵笔直周正的树干做成草旋子。草旋子越码越高，就得用草叉抛掷稻草，草叉就是这样得名的。十冬腊月晾晒腊肉香肠，得用草叉将系着肉挽子的腊货挂在室内的檩子上，没有草叉那就很麻烦。

草叉叉气柑，这应该是它的分外之事了。将 U 形叉对准气柑果实的果柄处，转动草叉一使劲儿，气柑就扑通扑通地往下掉。不用担心气柑掉在地上被砸坏，气柑果皮再薄也比一般的水果厚得多。掉在地上，说不定还得反弹几下，一些孩子就将气柑当足球踢来踢去。反正乡村气柑很多，大人也不会去干涉他们。

用刀削去气柑顶，揭掉后，一股芳香味就扑面而来。再沿着气柑顶端的切口处沿着果皮一刀刀从上往下切下去，一般五六下就可以了。撕掉气柑外皮，在头上戴一会儿，可以预防头昏，也不知是真是假。这时候，一个白乎乎的气柑就呈现在面前，继续撕掉那些白色的东西，就能够看到一瓣瓣的气柑肉了。

要想剥开气柑可不简单，这活没有手劲儿可干不了，一般女人都干不了这事儿。先用筷子将气柑瓣顶端的孔捅得大一些，至少能伸进去两个大拇指，然后使劲掰，才能将气柑一分为二。如果用刀划开，当然不是不可以，但那种吃气柑的乐趣就少了。

正如嗑瓜子一样，如果别人将瓜子一粒粒给你剥出来直接享用，你连“嗑”的过程都省略了，那还叫嗑瓜子吗？我们嗑瓜子，除了吃瓜子，还想听到瓜子在牙齿或手中被剥开的声响，这种带有一丝成就感的美妙，只有喜欢嗑瓜子的人才知道。

气柑和柚子不一样，皮厚籽多味酸甜。我儿时吃气柑特别厉害，一次可以吃一个，但长时间后，牙齿就受不了了，以至于现在看着气柑还有些发怵。

我家气柑没有挂果之前，我们只有在邻居蒋伯家的气柑树上去偷偷地摘。乡里乡亲的，按理说小孩子吃个把个气柑也算不了什么。但物以稀为贵呀，整个院子里就蒋家有一棵气柑树，虽然每次秋天要收获两三百个气柑。但是蒋伯却舍不得分给大家吃一点，他要带到乡场上去卖，然后换酒喝。小孩子嘴馋，你越不给他就越想要，于是就只有偷偷地摘咯。

每到气柑成熟，为了对付方圆两三里内的小孩子偷气柑，蒋伯想了很多办法，一是在树下拴上一条土狗守着；二是在树干离地两三米内抹上粪便；三是亲自守着，用竹竿驱赶孩子们。

有一次一个大孩子趁着狗打盹的时候刚爬上气柑树，蒋伯神不知鬼不觉地出现了，站在树下用竹竿使劲儿戳那个孩子的屁股，直到孩子求饶了，连声说他再也不敢了，蒋伯这才罢手。

蒋伯领着这孩子找到家长，声色俱厉地说："你家娃娃偷我气柑，被抓住了，你看咋办？"

家长自然得赔礼道歉，蒋伯这才罢了，就得意地走了，而转过身那孩子自然会遭到一阵暴打。

这件事传开后，家长们都开始严厉告诫大小孩子们，再也不允许去蒋家偷摘气柑，就是撒尿也不要向着蒋家那方向。

现在不论城乡各地，水果摊遍街都是，各种水果琳琅满目，想吃什么就吃什么。

三十多年前做水果生意属于投机倒把，就算有钱也买不到水果吃。我们只有自己想方设法地搜集果树苗，精心栽培，试图在秋天能让家里的馋嘴猫们过过瘾。

公社乡场上有个果园，全部种的气柑树。这里的气柑很出名，籽小汁多，甜酸味儿，人人爱吃。每到收获时节，市县干部都要到本地来，借着考察工作之名，顺便带些气柑回去尝鲜。果园的四周并没有围墙，但是却栽满了荆棘，一般人是进不去的。

读小学时，班上有个同学叫高山，跟我十分要好。他爸是乡长，带我去果园里看过。那些气柑树长得并不高大，但是树冠却散得很开。春天果园气柑树开花了，乳白色的花瓣，虽然没有玫瑰好看，但是香味浓郁，一直深入到你的心里去，让你沉醉到不知归路。

秋天气柑成熟，黄澄澄地挂在枝头，光看看就解馋。高山让我带一个气柑回去尝尝鲜，那算是我第一次吃到经过园丁精心培植后的气柑，比农家那些无人经管的气柑要好吃很多。

家里的那棵气柑树，据说树种也是来自于公社果园的。这倒并不是我们在果园买到了树苗，而是父亲曾经在乡场上买了一个气柑，大家吃完气柑后将种子撒在了自留地里，结果就长出了一棵气柑树苗。气柑树并不是什么高贵的树种，根本不需要精心培育什么的，就那样栽在自留地里。在给蔬菜施肥的时候，母亲也会顺带给它上点肥，就这样气柑树一年年地长高了，到了我七八岁时，竟然就开始挂果了。

“我家有水果吃了，再也不需要到街上去买水果了。”当母亲给我们宣布这个好消息时，大家都特别兴奋。现在想来，这就是一个笑话，气柑要吃，但是其他的水果我们也可以吃呀！这就像蜜蜂采蜜，不可能只钟情于油菜花，其他的萝卜花、梨花、桃花等，也都可以兼顾嘛！

事实上，我家还有一棵酸枣树的。每年秋天，都会结一树的酸枣子。都是枣子，差距咋就这么大呢！酸枣比起红枣的味道差远了。酸，酸得人牙齿打战，浑身哆嗦。但院子里的小伙伴们还是喜欢来打我家的酸枣吃，因为再难吃也比没有吃的强啊。

那棵酸枣树至少有海碗粗，小孩子爬不上去，就用石头在下面砸树干。父亲担心孩子们出事，只要酸枣成熟了，就架着梯子爬上去用竹竿打，那些酸枣就噼里啪啦地掉下来，砸得在树下观望的我们好疼，但却十分开心。

据说这棵酸枣树是爷爷在父亲出生那年种下的，也是为了让父亲小时候有水果吃。看来父母疼爱孩子的办法都是一样的。

如今四十年过去了，那棵酸枣树和气柑树都还在，只不过再也没有人要吃酸枣了。至于那棵气柑树，前些年大哥曾试着将其进行了品种改良，嫁接成了柚子树。如今这棵树亭亭如盖，一半结气柑，一半结柚子，成了我们家里的宝贝。

每年中秋节过后，气柑、柚子成熟了，母亲就会打电话让我回家采摘水果，这已经成为我们家的例行活动。

我告诉女儿，这棵气柑树是我出生那年栽下的，已经四十年了。

这下女儿不干了，她说我们偏心。爷爷有棵树，爸爸有棵树，为啥她没有一棵树呢？

我说有啊，爸爸跟妈妈结婚的时候，买了一棵观赏树放在客厅里，现在不是长得好好的嘛，已经有一米多高了，这下女儿没话可说了。

女儿这代人，啥水果没吃过啊。到水果摊上或超市里去看看，那真是琳琅满目，让你都不知道选什么。浆果类有草莓、蓝莓、桑葚和葡萄；柑橘类有金橘、脐橙、柚子和广柑；核果类有水蜜桃、樱桃、荔枝、大枣；仁果类有苹果、雪梨、猕猴桃；瓜类有西瓜、甜瓜、哈密瓜等。有些水果见都没见过，也没吃过，甚至拿到一种水果根本就不知道怎么吃。

譬如女儿从网上购回椰子后，我就不知道怎么吃。因为至今还没有去过海南，没有见过椰子树和椰子，当然就不知道怎么吃了。

后来在女儿的帮助下，我才知道需要先将椰子的顶部削平，看到椰子壳为止。然后将椰子壳用菜刀打开一个能把椰子水倒出来的洞，不能过小，不然椰子水就倒不出来了。或者也可以打洞后插入一根吸管，这样也挺管用。

本地水果主要是沿山地带的雪梨、猕猴桃，城郊的葡萄和河滩地的西瓜，当然春天也会有零星的樱桃、枇杷和无花果等上市。

岳父最初将猕猴桃带回家时，我也不知道这是什么水果。我这人比较懒散，家里采购水果这些琐事从来都没有管，反正买回来什么就跟着吃什么，自然对水果就有些孤陋寡闻了。猕猴桃大小和鸭蛋相仿，带毛的果皮拿着手里就有些不舒服，跟常见的水果简直判若两样。

我说这东西咋吃啊，一啃一嘴毛。怪不得猕猴身上全是毛，肯定是猕猴桃吃多了。

岳父说，现在猕猴桃还不能吃，捏在手里硬乎乎的。得在这袋猕猴桃里放上两三个苹果，扎进袋子搁几天，等到猕猴桃变软了，就可以吃了。不然吃起来很涩口，这就像新鲜柿子摘下来要放在米糠里烘一下一样。据说成熟的苹果会散发出天然催熟气体乙烯，将猕猴桃与苹果放置在一起，这种天然的催熟气体便能传染猕猴桃，从而促进它变软变甜。

几天后，打开袋子，猕猴桃果然变软了。放在案板上，用菜刀将其剖开，可见亮绿色的果肉和多排黑色的种子。撕掉果皮，将果肉放进口里，细嫩多汁，清香鲜美，酸酸甜甜，那种滋味真是无法言说，太好吃了！

一颗猕猴桃能提供一个人一日维生素C需求量的两倍多，难怪会被誉为“水果之王”。猕猴桃俗称阳桃、毛桃、山洋桃、毛梨桃等，是原产于中国的古老野生藤本果树，其果实历来是山中猴子赖以生存的美味。浙江省台州市黄岩区焦坑村还保存有二百多年前从深山移植到田边栽植的猕猴桃植株。

猕猴桃这个名称，很可能到唐代才出现。唐《本草拾遗》载：“猕猴桃味咸温无毒，可供药用，主治骨节风、瘫痪不遂、长年白发、痔病，等等。”说明至少在一千多年以前中国已经在庭院中搭架栽植猕猴桃了。

除作为野果食用外，由于猕猴桃的叶和花都很漂亮，作为观赏花木在庭院栽培在唐代就开始了。唐代诗人岑参的《太白东溪张老舍即事，寄舍弟侄等》诗中有“中庭井阑上，一架猕猴桃”的句子，很形象地写出当时人们用猕猴桃美化家居的情形。

猕猴桃最初在清平山区广泛种植，汶川大地震后才搞多种经营，遵道镇逐渐成为绵竹猕猴桃的主要种植地之一。在每年的赏果节，遵道镇棚花村都会组织猕猴桃采摘活动。游客们可以提着篮子到果园里，亲手摘下洋溢着浓浓果香的猕猴桃，体会收获的满足感。

而农家也会事先采摘好猕猴桃，在路边摆摊售卖。这些红心猕猴桃果形中大、皮薄易剥、肉质鲜嫩、口感清爽，甜得如掺了蜜糖。参加采摘节的游客们，都对这里的猕猴桃赞不绝口，喜爱有加。游客们还可以通过实名认养的方式在园区里认养一棵猕猴桃树，来年就可以免费摘取四斤优质猕猴桃。

春种一粒粟，秋收万颗子。春华秋实，只要努力播种，那么肯定就会有所收获。遵道人深谙其中之道，他们将祖祖辈辈生活的田地种上了梨树、猕猴桃、葡萄、核桃等果树，这是给子孙后代留下了一笔多么巨大的绿色财富呀！

秋天是一个硕果累累的季节，漫山遍野的猕猴桃挂满枝头，同时也预示着乡亲们的日子，比猕猴桃还要甘甜。

乡村烩面

印象中吃烩面，是儿时在乡村走亲戚。遇上婚丧嫁娶，中午是大餐，晚上就吃烩面。烩面，有点群英荟萃的意思，厨师将中午剩下的残汤剩菜，挑选有价值的攒在一起，然后一股脑地倒在毛边锅里，锅里事先加入了大量的清水。毛边锅直径一米多，通常是乡村煮猪食的，洗刷干净就派上了用场。水煮沸以后，就可以把挂面放入锅里再接着煮。挂面都是干面，每根有一厘米宽，这样才耐煮。如果是细面，三两下就没有魂了，成了一锅面汤。

烩面煮好以后，根据个人口味，可以再放点盐巴就行，其他作料就不需要了。剩菜中有荤有素，有酸有辣，各种食材、口味杂糅在一起，居然调和出了人间最好的美味。在偌大的院坝里，有人端着碗到处游走，有人蹴在街沿边上吃面，有人坐在桌边吃面，有人站在桌边不坐，一只脚却放在板凳上，姿势随心所欲，各有千秋。

一人一大碗烩面吃下去，干净利索，浑身冒汗。几百人聚在一起，窸窸窣窣地吞着烩面，那场面实在壮观。在那没有冰箱保鲜的年代，煮烩面成了消化剩菜最好的一种办法，经济实惠又好吃。

最忙的是厨师，因为烩面好吃，有些壮年男人要吃两三碗才过瘾。一口毛边锅不停地工作，锅里的汤料咕嘟咕嘟地翻滚着，整个院坝都氤氲在烩面的滋味里。小孩子都跑过去围观。他们端着海碗，叽叽喳喳地嚷着："我要吃烩面，给我来碗吧！"

厨师们如临大敌，他们恶狠狠地咒骂着："谁家的娃娃谁带走，要是开水烫到我可不管。"

大人们可紧张了，于是三两步跑过来，拧着孩子的耳朵拖起就走，边拖边骂："丢人现眼的，你连烩面也没吃过吗？明天开始，老子天天给你煮，吃到你发吐为止。"

语言虽然极端，但至少避免了一些安全隐患。

烩面起码要煮三四锅才能熄火。吃完烩面，嘴巴一抹，大家这才翘着肚皮，打着饱嗝慢悠悠地扶老携幼，各回各家。

路上有人招呼，刚一张嘴就冒出烩面的味道来，于是大家会心一笑，连"你吃了吗"这句开场白也省略了。

据说烩面来头不小，连一些皇亲国戚也喜欢，当然是在他们落魄之时。相传唐太宗李世民登基前，在一个隆冬雪天，患寒病落难于一回民农家。回民母子心地善良，将家养的麋鹿屠宰炖汤，又和面想做面条为李世民充饥。但追兵逼迫，形势紧急，老妇人草草将面团拉扯后直接下入汤锅，煮熟后端给李世民。李世民吃得满身冒汗，暖流涌身，不觉精神大振，寒疾痊愈。于是便策马谢别。

李世民登基后，整日山珍海味倒觉不出什么滋味，就想起吃过的回民母子做的面，想到他们的救命之恩，便派人寻访回民母子，以厚加赏赐。

皇天不负有心人，终于找到了那母子。太宗又命御厨向老人拜师学艺。

从此，唐宫廷御膳谱上就多了这救命之面。后来，因为麋鹿极其稀少，觅猎困难，御厨只得取山羊代替麋鹿，经御厨、御医鉴定其口味和医用价值都不亚于以前，于是羊肉烩面便成为宫廷名膳，长盛不衰。

羊肉烩面是烩面中的极品。烩面的面是用优质精白面粉，兑以适量盐碱用温开水和成比饺子面还软的面团，反复揉搓，使其筋韧，放置一段时间，再擀成四指宽、二十厘米长的面片，外边抹上植物油，一片片码好，用湿毛巾覆上备用。这就是俗称的水叶子面，如果是脱水挂面，效果则会大打折扣。汤用上等嫩羊肉、羊骨（劈开，露出中间的骨髓）一起煮五个小时以上，先用大火猛烧开再用小火煲，其中放入七八味中药，骨油都熬出来了，因此煲出来的汤白白亮亮，犹如牛乳一样，所以又有人叫白汤。

辅料有海带丝、豆腐丝、粉条、香菜、鹌鹑蛋、海参、鱿鱼等，上桌时再外带香菜、辣椒油、糖蒜等小碟，味道更加鲜美。吃烩面前先用筷子挑一下，感受感受烩面的滋味，再一口一口地吃下去。如果能够再抿上两三口泡酒，那生活简直就赛过活神仙了。

乡村烩面因为风味独特，已经走进大街小巷，成了国人心目中的名小吃。一些好吃嘴儿，隔三岔五就去烩面馆撮一顿解解馋。几天不吃烩面，就跟丢了魂儿，缺了什么东西似的，没着没落，不踏实，就和感觉没吃饱一样。

看大师傅下面也是一种美好享受，薄薄的面片，眨眼间拉成长长的薄条。像音乐家在指挥音乐，又似魔术师在玩高超的技艺。那白白的面片，上下翻飞，似游龙飞舞，像彩绸玩花，瞬间下锅，还没看清怎么回事，面片已下锅煮熟了。

一大碗烩面下肚，吃得满头流汗，打一个饱嗝，擦擦汗，拍拍肚，真是好惬意啊！随着时代的发展，烩面日益受到人们的肯定和青睐。烩面也以其汤肥肉瘦、浓香爽口、营养丰富、独特的风味而享誉全国。

豆豉

清明前后，栽瓜种豆。这里的豆，主要还是指大豆。黑色的叫黑豆，黄色的叫黄豆，绿色的叫绿豆，诸如此类。要说营养成分、保健价值，按照颜色越深越有营养的说法，那还是黑豆最好，与此类似的还有黑芝麻、黑米、黑木耳等。不过要说种植面积，还是以黄豆为最。黄豆清明下种，播种后就不用管了，植株根部自带根瘤菌，可以制造氮肥输送给茎秆，因此种黄豆特别省心。

中秋前后即可收获黄豆，它跟水稻的生长周期差不多。这时的黄豆植株，长满了黄豆荚，豆荚鼓鼓囊囊的，每个豆荚里面都有两至三粒黄豆，不过还是嫩绿色的。将黄豆一株株地拔起来，凑够十株左右，就把它们的根茎部用稻草缠起来，这就是黄豆把了。

小时候，母亲在田埂上扯黄豆，我就用竹竿穿上十多个黄豆把，一趟趟地挑回家去。如果天气好，就直接将黄豆把根部朝上，站立在院坝里晒着。如果阴雨潮湿，父亲就将黄豆把一个个地穿在屋檐下的横梁上阴干。等到黄豆叶晒干了，豆荚用手一捏就能剥出黄豆来，父亲就把黄豆把平放在院坝里，用连枷反复敲打，最后黄豆就从豆荚里一颗颗地蹦跳着跑出来。

《植物妈妈有办法》这首诗歌中说道：“豌豆妈妈更有办法，她让豆荚晒在太阳底下，啪的一声，豆荚炸开，孩子们就蹦着跳着离开妈妈。”其实何止豌豆，所有的豆类都是这样的，用连枷敲打，不过是加快了黄豆和豆荚分离的速度罢了。剥离黄豆的秸秆，就只能作为燃料当柴烧了。“煮豆燃豆萁，豆在釜中泣。”曹植说的，这大概就是黄豆秸秆的最终归宿。

我记得，每年我家的黄豆累积起来有两大箩筐，估计有两百来斤吧。黄豆是乡村农家的主要食材之一，除了直接炒菜外，还可以磨豆腐、做豆豉。因为磨豆腐工艺复杂，所以大家都是直接在乡场上购买。而做豆豉稍微简单些，几乎家家都会做。过去没有温室大棚，没有反季节蔬菜，长途贩运蔬菜也不现实，到了蔬菜淡季，豆豉、泡菜和咸菜，那可是农家的当家菜呀。

豆豉是我国传统发酵豆制品，黑褐色或黄褐色，鲜美可口、咸淡适中、回甜化渣，以具豆豉特有豉香气者为佳。古代称豆豉为“幽菽”，也叫“嗜”。最早的记载见于汉代刘熙《释名·释饮食》一书中，誉豆豉为“五味调和，需之而成”。公元二至五世纪的《食经》一书中还有“作豉法”的记载。古人不但把豆豉用于调味，而且用于入药，对它极为看重。

按照原料，豆豉可以分为黄豆豆豉和黑豆豆豉；按照制作工艺，可以分为干豆豉、水豆豉和风豆豉。选择颗粒饱满、皮薄肉多的黄豆，洗净淘去泥沙后浸泡两个小时，然后煮熟出锅，经过保温堆沤（发酵）后，加入盐巴、姜末、干海椒末搅拌均匀待用。同时将红苕洗净蒸熟后捣烂成泥状，然后和拌料后的熟黄豆混合搓成拳头大小，置于竹筛内晾干而成。

也有用玉米叶子将黄豆球严严实实地包裹起来，一个个串接起来，吊在屋檐下风干的。这就是俗称的干豆豉。晾好的干豆豉，一般装在“豆豉篓”里或者用稻草包上挂在通风处，随吃随取。

民间常有三种吃法，一是掰成小块，素炒蒜苗或加葱吃，菜油稍微多放点，经油炸后干豆豉干香干香的，特别好吃；二是放入柴灶内烧着吃，这种吃法我还没有试过；三是豆豉熬腊肉。将肥腊肉片在锅里爆炒，可以用锅铲在腊肉片上反复按压成灯盏窝状，然后放入掰成小块的干豆豉、蒜苗段等翻炒，成菜香味独特，堪称人间美味。

干豆豉晒好后，因为拌有作料，其实直接就可以吃。我就喜欢抠下干豆豉表面的黄豆粒来，直接丢进嘴里嚼着吃。干豆豉好吃，连鸟儿也知道，如果没有人守候，它们也会啄食干豆豉表面的黄豆粒。

如果用沤熟的豆豉加上碎萝卜干和盐巴、辣椒粉、姜末、酱油等调料拌匀，装坛食用则成为“水豆豉”。还有风豆豉，是在冬天将黄豆煮熟，滤干水汽，放在竹匾内摊开，撒少许面粉，搅拌均匀后用谷草盖上，置于通风处发酵。经一月后取出，用热水淘去霉菌，晾干后用白酒或者醪糟糊子回潮，再加上盐巴、花椒粉、姜末和少量豆油腌制装坛，存放一定时间后，开坛食用。在严冬通风处发酵，故俗称“风豆豉”或者“冻豆豉”。

母亲最喜欢做水豆豉和冻豆豉，从小到大，这两种豆豉一度成为我家餐桌上的当家菜。

在县城读初中时需要住校，为了节省点生活费，我尽量不在食堂买菜，而是用自带的水豆豉下饭。水豆豉都是母亲在家里用蒜苗炒制好的，满满的一罐头瓶子，至少管七八顿吧。

三年初中，我就吃了三年的水豆豉，后来我看着水豆豉心里就直打鼓，再好吃也不想吃了，因为吃得太多了。

锅边馍馍

三月梨花烂漫奔放，行走在遵道镇棚花村的山山水水，那些雪白、金黄、翠绿夹杂着土黄的色块纷至沓来，让人仿佛走进了一幅淡妆浓抹总相宜的绝佳画面。

美景当然离不开美食，当我们从梨花湾、鸳鸯湖或者仙居岭下来，徜徉在棚花村沿山公路，仿若走进了一条乡村美食大道。公路两边粉墙碧瓦，墙上年画五彩斑斓，远看就是掩映于梨花丛中的民居。

走得近来，却发现大多已经变成了农家乐。农家乐的宣传广告应该是统一制作的，暗红色的木制招牌上面用中、英、韩文写着农家乐的名字，特色菜品如点杀鸡鸭鱼兔、锅边馍馍、时令野菜、山腊肉等。

到了农家乐，当然就得吃农家菜，这应该是人们喜欢在农家乐流连的主要缘故。如果还是像城市饭店一样比拼菜品高大上，那就失去差异化竞争的意义了。

在这些数十家农家乐中，我发现“锅边馍馍”就是特色菜品的标配，随便走进哪家去问一声：“有锅边馍馍吗？”

老板都会响亮地回答：“当然有啊，管够吃饱！”在且亭轩、幺妹子农家乐等处，我都吃过锅边馍馍。然而我发现，他们所谓的锅边馍馍，跟我们的传统做法还是有区别的。

譬如今天在幺妹子农家乐，老板端上一盆东西来，说是锅边馍馍让我们尝尝。

我用筷子夹起一块馍馍看了看，馍馍呈卵圆形，两面都有硬壳，送进嘴里嚼了一口，馍馍倒是馍馍的味道，只不过总觉得哪里不对劲儿。

文友周哥说："这不是正宗的锅边馍馍。锅边馍馍，顾名思义，就是贴在柴火灶毛锅边上，一面是焦黄的硬壳，另一面呈面黄色，有些还可看到主妇们贴馍馍时按压的指印。"

周哥这么一解释，大家都觉得言之有理。

锅边馍馍是绵竹乡村的家常面食，虽难登大雅之堂，可却是我们小时候的最爱。

三十多年前，农村没有电饭煲，也没有煤气灶。能够用上蜂窝煤的，已是我们眼中的殷实人家。我们煮饭、炒菜都是在柴灶上完成的。柴灶多用砖砌成，一般三口锅，厨房外有烟囱。一口锅煮饭炒菜，一口锅煮猪食，一口锅坐热水。煮干饭多是滤米饭，先用武火将米锅烧开，待大米还稍有点硬时就用筲箕滤起来，然后再把滤米倒进锅里，垒成半球形，周围掺点水，用筷子插上气孔，用文火慢慢焖熟。这样的滤米饭有米汤喝，米饭一粒粒地散开，特别好吃。

那年月人多地少，粮食经常不够吃，母亲就想方设法地用大米混搭着面粉、蔬菜给我们做饭。那时锅边馍馍和菜干饭就是我们的主食。蔬菜是萝卜、豇豆、南瓜这些农家菜，通常是热锅打油汤红烧蔬菜，菜汤以刚淹过蔬菜为宜。然后将滤米饭倒在蔬菜上成半球状，最后将馍馍一个个地贴在锅边上，馍馍不需要翻锅，小火慢焖。一会儿，菜饭俱熟馍馍香，我们又算过了一顿。

锅边馍馍金黄金黄的，一面香脆咬得嘎嘣嘎嘣响，一面松软如馒头一样。如果把锅边馍馍掰开，在里面放上香辣酱或者泡菜丝，那又是一番风味。如果家里实在没有米了，这也难不倒母亲，她直接将馍馍烙在蔬菜上。其实这样馍馍会更好吃，因为调料味全部融入馍馍中了。一个锅边馍馍，承载着我们太多的回忆与乡愁。就算离家再远，就算习惯了某些人群的生活方式，但只要看到锅边馍馍，我也会觉得分外亲切。

每年立夏前后，正是绵竹乡村的双抢时节。所谓双抢，就是抢收抢种，地里的小麦、油菜籽要收回家，接着打水泡田插秧。要是错过了节气，就得影响庄稼的收成，农人们忙得脚不沾地。小麦一天天黄了，站在田边，你似乎可以听到麦粒从麦穗上迸射出来的噼啪声。日头很毒，麦地里干燥异常，一点火星就能来个火烧连营。这当然是农人们最不愿意看到的事情，辛苦了大半年，就靠着小春粮食来救急呢。

父亲一天得去地里晃悠几次，他摘下一个麦穗来，揉出麦粒就丢进口里嚼。只要麦粒能稍微使劲才能咬开，那就得赶紧收麦子了，不然就会掉在土里肥田。父亲取下钉在墙上的镰刀，拿到铁匠铺把刀刃磨快了，大清早就把我们吼起来，到地里割麦子去。

我们戴上草帽，穿上长衬衣，走进麦地里，蹲下身子，左手抓住五六路麦子捏拢，右手镰刀在麦根处使劲一拉，只听吱唔一声，一把麦子就割断了。把麦子轻轻地放在身后，估计有一大把了，然后就朝前走几步，很快我的身后就不规则地放上了很多麦把子。

记得在我七八岁的时候，我就下地干活了。

食量大，吃得和大人差不多，不下地干活怎么行呢？

这是父亲说的，在干活这件事上，他从来不溺爱我们，毕竟有人搭把手，这样大人们会轻松一点，还能让我们从小就深知生活的不易。

我们小孩子主要是割麦子，三弟兄你追我赶，起码顶两个壮劳力吧。家里的拌桶是父亲顶出来的，拌桶平时放在杂物室里立着。父亲背对着拌桶站着，双手举起来撑住拌桶两边，轻轻一带劲儿，整个拌桶就斜着扣在了父亲的背上。

父亲顶着拌桶，在狭窄的田埂上慢慢挪动着步子，小心翼翼地来到麦田，这时才能把拌桶放下。远远地我们根本看不见父亲，只看见拌桶倾斜着慢慢朝前挪移。当然顶拌桶是需要技巧的，只有那些庄稼的老把式才会。一般人家，只有在拌桶上套麻绳，用扦担两个人抬出去。

所谓拌桶，就是一种木制人工脱粒工具，呈四方大木斗型，四边角上各有一块拉手，麦把子在里面拌，谷把子也在里面拌。拌桶造价虽然只是几块木板镶起来的一张大方框，但采用的木板十分讲究，必须厚实匀称，轻便耐用。拌桶一般为4×4×2（尺），多数用两条槠木板作底边，便于拖拉又耐磨损；再用杉木板铺底，轻便而耐水浸；然后用麻柳树板或白杨树板、青木树板作主料镶起来。要扎实精致，做到无丝无缝。因此，不是专业木匠是做不出来的，从请解匠选木料、解木板，到请木匠制作，都须好酒好肉款待，付足工钱。

拌桶拌桶，当然以拌为主。说是拌，其实就是双手抓起麦把子来，举过右肩，将麦穗头对着拌桶的一个边角处使劲摔打，先“砰”打一下并轻压下去，再向里轻翻一下，再“砰”“砰”“砰”把麦把子变成唰唰时，麦粒也随之落入桶内。

拌桶的后面插着竹制的挡篼子，这样麦粒就不会飞到田里去了。拌桶底部的左右两边各有一根两头翘的木料，抓着拌桶前部左右两边的拉手，拌桶就可以在田里四处移动了。麦收时节，四乡八里的庄稼地，砰砰声不断，此起彼伏。挨着田的，大家还边打麦子边说点笑话，这样干活也不怎么累了。

割麦子又累又热，如果一直在地里蹲着，站起来时双腿都在打战，筛糠似的。麦芒在皮肤上划过，就是一条红线，汗水一浸，又痛又痒。

有时我也会朝着父亲发牢骚了：“爸爸，你看割麦子这么辛苦，我还是回家写作业去吧！”

父亲虎着脸说：“这哪行呢！家里几亩地，每个人都得出力。这样吧，麦子收回家，过两天我给你烙锅毯子或者炕锅边馍馍吃，好不好？”

一听有吃的，我一下子就来劲儿了，蹲下身子，吱唔吱唔，一连就是几把麦子，连腰也不想直一下。实在累了，我就躺在割好的麦把子上躺一会儿，接着又继续干。

这里我不得不说一下锅毯子，顾名思义，锅毯子其实就是面粉呈现的另外一种形式，跟锅边馍馍差不多，都是我喜欢吃的面食。

将面粉里撒上适量盐巴、花椒粉、味精和葱花，然后和温水搅拌均匀，如果有鸡蛋液更好。搅拌均匀到什么程度呢？不干不稀的，端起盛面粉的容器，倾斜，如果面粉能缓缓地从高到低流动，就差不多了。

用文火将锅底烧热，可以用手在锅底探一下，感觉到热气逼人就可以了。将菜油倒在锅铲上，沿着锅底的3/4处缓缓地划一圈，这样菜油就能均匀地布满整个锅里了。厚薄不均匀的，得赶紧用铲子耐心地刮一下，尽量使其厚薄一致。这时灶膛里的火苗绝对不能太大，如果太大，就得用火钳压压火头。

面粉糊在高温菜油的浸润下，迅速地开始变色，甚至会形成一些气泡鼓包，这时需要用菜刀尖将气泡割破。随着时间的推移，锅毯子会散发出一阵阵的香味来。用菜刀将锅毯子划个十字，这样就分成了四块，用锅铲给锅毯子翻面，继续在锅里炕一会儿，待到两面的颜色差不多了，就可以起锅了。家里人多，一锅不够吃，炕两锅那是常有的事情。

锅底没油，一会儿锅毯子就会粘锅从而铲不掉，也不好吃。锅毯子是非常形象的方言，有些地方叫锅贴，感觉还是没有锅毯子生动。所谓毯子，就要完整地铺在整张床上。而锅毯子，则指面粉糊要均匀完整地铺在整口锅里，没有一处空白。锅毯子要想好吃，还得薄，也就两枚铜钱厚吧，太厚了不进味。

锅毯子吃法多种多样，可以将锅毯子里填上凉拌菜，卷起来吃，跟春卷差不多。也可以就着稀饭，锅毯子上蘸酱吃，仍然是别有一番风味。我最喜欢的，还是将锅毯子切成大拇指宽的条形，炒肥腊肉吃。锅毯子吸油后，变得柔筋筋的，特别好吃。锅毯子即使是用红酱素炒，取它的酥脆味儿，也是佐酒下饭的好东西。

一些精明的商家，就是抓住了现代人喜欢怀旧的情愫，经过改良，将锅边馍馍引入了饭店菜单中，没想到成了大受食客追捧的特色，至少我们每次在外聚餐时，都要点上一盘锅边馍馍来解解馋。餐馆的锅边馍馍做法和乡村类似，就是一口浅底铁锅，四季豆或者豇豆之类的蔬菜打油汤红烧，然后在菜上面或者锅边烙上锅边馍馍。

馍馍端上来时，一面是酥黄的硬壳，很有嚼劲。另一面是蒸熟的面团，上面通常还有厨娘的五根手指印，那是故意按上去的，特有乡土味儿。在吃锅边馍馍时，最好在菜汤里面多蘸一下，味道更加妙不可言。

其实所谓美食，就在身边，就在我们的记忆中，关键看你是否愿意把它们发掘出来罢了。

现在城里，也有小贩用平底锅烙锅毯子出售，技术含量低一些。葱花放得很多，油浸浸的，锅毯子很薄很脆，十来块钱一斤，口味还是很地道的。看来锅毯子这种面食，也开始以小吃的形式在各城市中攻城略地了。

这其实是件好事，既然面疙瘩、锅边馍馍早就登上了饭店的菜单，那锅毯子又凭什么不可以呢？然而那些城里的好吃嘴们，可否知道农人们曾经收麦子的辛苦。他们所见的，不外乎是轰隆隆的收割机罢了。曾经的镰刀、拌桶，已经离我们越来越远了。

青团

清明时节雨纷纷，路上行人欲断魂。断魂也许没有杜牧吟的那样夸张，但忧伤总还是有的。因为这不是要朋友失恋，也不是做生意亏本，更不是工厂倒闭失业，而是与我们的亲人阴阳相隔。失恋了可以再找一个，亏本了可以东山再起，失业了可以另谋高就，但是亲人一旦离去，那就是永远的遗憾。

幸好还有清明，不然我真不知道何处可以安放我们的忧伤。清明前后，乍暖还寒时节，天空始终灰蒙蒙的，淅淅沥沥的春雨总是不期而至。滴滴答答，如牛毛似花针的细雨，让空气中都酝酿着一种忧伤的情愫，对我们的清明祭祖也是一种考验。可是这点考验，怎能阻止我们回乡的脚步呢？

“清明前一定要记得回来给婆婆上坟哦！”父亲总是在电话里提醒我们，生怕我们忘了这个日子。我当然记得。自从我成家后，只要条件允许，每年的清明都要回去祭拜一番，这已经成了我们家的惯例。

婆婆是 1983 年离开我们的，那时我才七岁。

那天上午，应该是冬天，我和院子里的伙伴正在竹林盘里打弹子。

突然母亲慌慌张张地跑过来说：“老三，搞快走你婆婆床前去，她想看你最后一眼。”

我一时还弄不明白，懵里懵懂地问道：“妈，你说清楚点，为啥婆婆想看我最后一眼？”

母亲生气了，冲过来就给我一巴掌：“你这个人咋个瓜兮兮的，婆婆快死了，等你去送终。”

我听到这里，哇的一声就哭了，箭也似的朝家奔去，边跑边抹眼泪：“我的婆婆呢，我的婆婆呢。”

等我跑回家，跪在婆婆床前时，婆婆已经不能说话了。我抓住婆婆干枯的手，放声大哭，婆婆浑浊的眼睛死死地盯着我，嘴角咧开，有点笑的意思。慢慢地，她眼睛里的光泽逐渐消失了。

父亲觉得事情不对，在婆婆鼻孔前用手指一探，她已经没有呼吸了。父亲面色凝重，轻轻地用手将婆婆的眼睛抚上，然后在院子里点燃了早就准备好的鞭炮。噼里啪啦的鞭炮声，预示着一个生命就这样离开了我们。

记得那时我才三四岁时，婆婆却已经八十岁了。堂屋的街沿上，放着一口黑漆棺材，据说已经做好五六年了，每年父亲都要给棺材上漆。婆婆有时就拄着拐杖站在街沿上，看着棺材陷入沉思，似乎在想着什么。

我有次诧异地问道：“婆婆，这个是用来干什么的？”

婆婆笑着说：“这个嘛，是婆婆将来的房子。如果婆婆老了，离开你们了，就会住在这座房子里。”

我当时不明就里，还傻乎乎地问道：“婆婆，你住在这里，我们可就不能见面了？”

婆婆若有所思地说道："人都会老的。婆婆走了，可是婆婆仍然爱着你。你只要睡觉前使劲地想我一下，婆婆就会出现在你的梦中。"

我似懂非懂地点点头，可是我仍然觉得非常难过。婆婆走了，谁来给我讲熊家婆的故事呢？

婆婆走了，父亲请来了本家爷爷给她做法事，开大灵，整整闹了三天。婆婆走了后，每天晚上我都使劲地想婆婆一下，可是婆婆却从来没有在我的梦中出现过。

父亲说："你没有满十二岁，婆婆不会给你托梦的。婆婆如果在阴间缺钱花了，她会给我托梦，我就给她烧纸去，还轮不上你呢。"

婆婆的坟就在老屋的旁边，尽管老屋已经从草房变成瓦房，但是婆婆的坟仍然没有变样。坟前的万年青已经栽了三十年，长得枝繁叶茂，父亲将枝条仔细地修剪成圆球形，看起来分外美观。我们将坟头上的杂草扯掉，搬来一些新土垒在坟上，在坟的四周撒上白石灰，然后插上香烛，摆上酒水、刀头肉和碗筷，父亲边烧纸钱边说："可以磕头了，有啥话就跟婆婆说吧！"

父亲喃喃自语，不外乎让婆婆保佑我们大家健康平安之类的话语。

我双手合十，在心里默默地说着："婆婆，你的孙儿已经长大了，他再也不怕熊家婆了。请你在天之灵保佑我们一家人吧！"

"乌啼鹊噪昏乔木，清明寒食谁家哭。风吹旷野纸钱飞，古墓垒垒春草绿。棠梨花映白杨树，尽是死生别离处。冥冥重泉哭不闻，萧萧暮雨人归去。"白居易的《寒食野望吟》堪称当时清明墓祭的速写。

清明细雨是离不了的，像那些拜祭人的愁肠，把人们的悲哀情愫凸显得淋漓尽致。这清明雨像牛毛、像细丝，落在人的衣衫上，湿漉漉的，但还不至于无法忍受。如果因为些许细雨就取消清明行程，倒显得阴阳相隔的人们感情菲薄如纸而已，那么对于祖先的虔诚与离愁又从何谈起呢？

程颢，字伯淳，人称明道先生，北宋哲学家、教育家，与弟程颐就学于周敦颐，同为北宋理学奠基者。他在《郊行即事》中写道："芳原绿野恣行事，春入遥山碧四围。兴逐乱红穿柳巷，困临流水坐苔矶。莫辞盏酒十分劝，只恐风花一片飞。况是清明好天气，不妨游衍莫忘归。"

这首诗也是写清明，但是那种常见的阴霾或者郁闷一丝也没有，在诗人的笔触中，清明正是花红柳绿时节，结伴春游踏青去，切莫要辜负了大好春光。能喝你就多喝点，能跑你就走远点，兴之所至，反正务必图个痛快！

这种积极的人生态度是难能可贵的，谁说清明就一定要搞得凄凄惨惨戚戚呢？除了祭祖归宗，我们还可以吃清明馍馍呢，这可是儿时的一道美食。

提到馍馍，大家一定会觉得这是一道面食。谁说不是呢？在我们固有的记忆中，每年小春小麦收获后，父亲就要把部分小麦磨成面粉，然后炕馍馍给我们吃，名为"吃新"。把面粉和适量温水反复搅拌，直到面团变得浓稠，就可以炕馍馍了。

首先把锅烧热，把菜油倒在锅铲上，沿着锅沿下划一圈，如此则整个锅里都有菜油了，炕馍馍时面团就不会粘锅。抓一块面团，两手和在一起稍微搓一下，使面团呈圆形，然后啪地一下贴在锅里，用手背稍压一下即可。注意火候不能过大，不然馍馍很快就焦煳了，不好吃了。估计一面已经酥黄，就用锅铲翻一下，使馍馍另一面贴在锅里，等着馍馍两面都酥黄时，就可以起锅了。这就是乡村传统的小麦面馍馍做法。

然而清明馍馍跟面粉馍馍其实没有关系，有些地方叫“青团”，也有叫“清明粑”的。清明馍馍所需原料是糯米粉和棉花草或者是艾草叶，本地以用棉花草居多。糯米粉很简单，将糯米用面粉机打成粉就可，就是俗称的汤圆粉，当然也可以用石磨推出来，但是费劲费事，就看你有无那心情了。何况作为石器时代的遗存，要找盘石磨，也不是件容易的事情，至少在城市，这已经成为一件稀罕物。

棉花草又称清明草，一年生草本植物，多长在田埂沟坎边，白色的茎，青绿的叶，肥嘟嘟地贴着地面。叶子狭长，背面灰白，细细柔柔的茸毛附着一层密密粉状的东西，如披霜雪。叶片中央，一簇淡黄的花儿静静绽放，花细小，只有米粒大小，但却素朴，淡雅。

清明时节，山坡上，田野边，到处都疯长着棉花草。在饥荒年代，据说棉花草挽救了许多人的生命，毕竟这样可以吃的野菜还是比较少见的。不过我觉得，棉花草其实是专为清明而生的，它丰满着国人年复一年的清明记忆。

母亲就曾告诫过我，清明时节一定要吃棉花草，吃了肚子不会痛。但是否真有其事，没有考证过。这就像端午节那天，百草都具有药性的说法差不多。

棉花草采摘回家后，择去黄叶，洗净泥沙，放在开水里焯一下，再用清水漂一漂，细细地切碎。然后把棉花草和糯米粉混合起来搅拌均匀，呈浓稠状，当然可以加上温开水、鸡蛋液和白糖。最后选择适量面团放在平底锅里油炸，待两面变得酥黄就可以起锅品尝了。这种清明馍馍滑嫩、清香、焦脆，特别是其中的棉花草，给馍馍增色不少。

当然清明馍馍也可以换种形式出现，那就是在笼屉上蒸熟，只不过馍馍里面要加入馅心，这就有点像包子了。馅心看个人喜好，母亲喜欢用蕨苔炒腊肉粒做馅心。如果棉花草混合得比较多，那么蒸熟的清明馍馍就像碧玉一般，盛在盘子里端上桌，简直就是艺术品，使人根本不忍心下口。

清明馍馍蒸也好，炸也罢，不管怎样折腾，反正都是祭祀祖先必不可少的食物。

我觉得，在清明馍馍身上，承载了中国人对离世亲人太多的思念和牵挂，承载了中国人若干年积淀下来的文化基因。小小一个清明馍馍，意义可不小啊！

清明前后，栽瓜种豆。你看天边振翅掠过的杜鹃，“布谷，布谷——”正给人家发出播种的信号呢！这是一个播种的时节，安放了我们的忧伤，还得播种我们的希望，放飞我们的梦想。

锅巴

儿时家住乡村，油荤少则食量大，八九岁的时候，我记得自己能吃下一品碗（海碗）锅巴稀饭，吃得小肚子翘鼓鼓的。那时的孩子，都吊着一个小南瓜肚子，这都是贪吃带来的结果。

若按分量，现在我得吃两顿，说不定都吃不完。当然还有另外的原因，那就是锅巴稀饭特别好吃，有嚼头，不像那些熬久了的稀饭，魂儿都没有了。

锅巴天天都有，因为家里每天至少要煮一次干饭，做干饭就会产生锅巴。乡村都是土灶，柴火就是庄稼地里的秸秆，例如油菜秆、菜草疙瘩、小麦草和谷草等，也有小麦壳、菜籽壳等。前几种燃烧起来火力猛，适合做稀饭。俗语云："大火煮稀饭，慢火炖嘎嘎（肉）。"

而煮干饭，特别是滤米饭，前半段需要大火，因为要把米煮到没有米芯为止。然后把米饭捞起来，用筲箕滤尽米汤，再倒在锅里垒成半球形，用筷子插上十多个气眼，用小火慢慢焖熟。这时就需要技术了，火要小，但是又不能没有，因此只能用小麦壳或者菜籽壳。

就算是经常煮干饭的厨娘，也不能保证锅里没有一点锅巴，只是锅巴的多少罢了。这时就需要边烧火边嗅一嗅米饭发出的信号。如果有焦煳味儿随着水蒸气传出来，那就得赶紧把灶膛里的柴火打熄，同时迅速地把米饭铲起来。

在我们家里，烧火做饭于我来说是常事，因此我也吃了不少的锅巴。

母亲说：“吃了锅巴要捡钱！”我们三兄弟都争着吃。

其实“吃了锅巴要捡钱”，那根本就是大人瞎说的，现实中并没有这回事。但不这样说，有谁又愿意吃锅巴呢？锅巴最常见的就是添些米汤煮成锅巴稀饭，其次就是铲掉米饭后，在锅巴上用铲子抹点红酱，然后用小火再稍微烘一下，锅巴就在加热中起脆而自然剥离，再把锅巴捏成饭团，使酱香和米香混合在一起，焦脆香酥，特别好吃。

或者把锅巴分成块，在上面填上凉拌红萝卜丝、莴笋丝甚至泡菜丝都可，卷起来，这就有点春卷的味道了。如果焖米饭时，在饭头上蒸几片肥腊肉或者香肠，肉油就会流到锅巴上，那锅巴就会变得酥香、松脆，还会带上点微微的腊肉味，就是放在鼻子前闻几下也诱人直咽口水，这样的锅巴当然更加好吃了。

如果省去用筲箕滤米饭这道工序，那就是做连水饭了（原理跟电饭煲焖饭差不多），其产生的锅巴更厚也更多。这时候，有些人家就把锅巴铲起来，切成小块，和肥肉一起下锅爆炒。锅巴酥脆而带着肉香，肥肉肥而不腻又带着米香，这就是“锅巴肉片”了，那可真是人间美味啊！

锅巴肉片风味独特，上菜时，服务员一手端盛有金黄色炸好的锅巴菜盘置席上，一手持热汁汤碗，迅速将热汁浇在锅巴上，发出响声，妙趣横生。锅巴肉片有声有色，味美诱人，清淡回甜，下酒佐饭均为佳品。

据说乾隆爷喜欢江南的秀美，有事没事就下江南走走。乾隆三下江南时，在一家饭店用餐，店家将锅巴经油炸酥，再用虾仁、熟鸡丝、鸡汤熬汁，送上餐桌后将汁浇在锅巴上，顿时吱吱声响、阵阵香浓。

乾隆大开眼界，叫来店家问这是什么菜名？

店家说这叫“平地一声雷”，俗名锅巴肉片。

这道菜鸡丝、虾仁、香菇味美，西红柿色艳，锅巴味香，再加上清脆的奇响，可谓耳、目、鼻、舌都得到满足，既热闹痛快，又中看、中吃。

这吃法，这动静，这味道都让乾隆大感稀奇。试想想，平日在宫里，谁敢整出这动静，搞不好整个弑君的罪名。

乾隆龙颜大悦，当即掏出银两打赏店家，还赞叹此菜可称天下第一。

有知情者在旁边点拨说：“万岁爷金口点赞，还不赶紧谢恩。”

店家诚惶诚恐，来不及分辨真假，马上叩头如捣蒜似的。

待乾隆离开后，店家当即请人制作“天下第一菜”金字牌匾，高悬在店堂内醒目处。并派人手四处放风，说乾隆爷来饭店视察了，还给锅巴肉片赐名。消息传开后，全城民众都沸腾了，大家争相传说乾隆帝微服私访的细节，经过一番添油加醋，锅巴肉片说得是玄之又玄，居然有人说吃了锅巴肉片，可以健康长寿，某某人就是这样活到一百多岁的。

这么一番炒作，锅巴肉片迅速成为本地茶余饭后的谈资，大家见面时一拱手，就开玩笑地说：“今天你吃锅巴肉片了吗？”如此三番地口耳相传，那简直比央视黄金时段广告还厉害，来这家饭店排队吃锅巴肉片的，除了本地人，还有闻讯赶来的外地人。其实大家不为别的，就想过把贵族瘾。试问那些凡夫俗子，有几个这辈子能够吃到御膳呢？

店家生意兴隆，整日乐得合不拢嘴，其他的饭店偷师学艺，也开始烹制，锅巴肉片身价倍增，从此稳坐“天下第一菜”之名，本地不管是谁请客，宴席首先必上锅巴肉片，此规矩一直沿用至今。

抗战时期，国民政府移至重庆，锅巴肉片进入巴蜀大地，广为大众所喜爱。饭店业者将其更名为“轰炸东京”，借以表达打击日本侵略者的愿望。一时间食客趋之若鹜，锅巴肉片在四川更加盛行，迅速地成为一道四川名菜。

现在烹饪锅巴肉片，锅巴都是特制的，已经实现了批量生产。首先大米洗净去沙，放入锅中煮成半熟，捞出，在蒸锅中蒸熟。接着在蒸熟的米饭中加入适量的起酥油和淀粉，搅拌均匀。然后用压片机将拌好的料压成铜钱厚的米片，按 3 厘米 ×2 厘米的规格切片。因此呈现在食客面前的锅巴大小、厚薄、颜色都差不多。如今，饮食业已广泛采用锅巴做菜，口蘑锅巴、鱿鱼锅巴、海参锅巴、干贝锅巴、鱼肚锅巴，烧料大同小异，不一而足。食品工业也在锅巴上大做文章，加工出方圆不同形状的包装锅巴，即开即食，成为老少皆宜的一道美食。

电饭煲走入千家万户后，现在在家里要吃锅巴也难了，因为电饭煲号称不粘锅嘛！既然不粘锅，当然就没有锅巴可吃了。要想吃锅巴，还得用传统的方式来做饭，不然就只有在尘封的记忆中咂咂嘴，空想一番了。

毛豆

《论语》载，孔子带着学生出门远行，子路掉队在后面，遇见一位用杖挑着竹筐的老农，问他："你看见夫子吗？"

老农说："四肢不劳动，五谷分不清，谁是夫子？"这就是"四体不勤，五谷不分"的由来。

可是细想一下，"五谷不分"指的是哪"五谷"呢？我想好多人不一定知其所以然。作为一个好吃嘴儿，这当然难不住我了，所谓五谷，指的是五种农作物，在古代特指：稻、黍、稷、麦、菽。我们所说的"五谷丰登"也是这五谷。

其中的"菽"，就是大豆，是一种其种子含有丰富的蛋白质的豆科植物。大豆呈椭圆形、球形，颜色有黄色、淡绿色、黑色等，故又有黄豆、青豆、黑豆之称。

在成都平原，我们种植最多的还是黄豆。乡村四月闲人少，每年农历四月，正是乡村的双抢时节。所谓双抢，就是抢种抢收。田里的小麦、大麦和油菜籽要收割，农活特别多，农人大都起早贪黑。割麦子、打麦子、晒麦子、扯菜籽、打菜籽、晒菜籽。等到麦子、菜籽晒干了，还得用风波机去掉杂质，才能装仓交公粮卖钱。与此同时，庄稼地腾出来后，又得打水泡田、犁田后栽上秧苗，如此双抢时节就进入尾声了。

绿油油的秧苗插在水田里，水田得一直要保持有水，才能保证秧苗的分蘖生长。为了防止水田漏水，就得用稀泥糊田埂，这项工作在插秧之前就得完成。父亲赤脚站在水田里，一锄头下去，挖出一大块稀泥来，啪的一声贴在田埂上，然后用锄头轻轻地将稀泥顺着田埂一抹，一段一尺来长的田埂就算糊好了。其他的田埂以此类推，这既是力气活也是技术活，一般人还做不了。

糊好的田埂都是个斜面，空着也是空着，于是母亲就带着我们在田埂上种黄豆。中国农民是精耕细作的典型，田间地头，只要能够种瓜点豆，他们都会见缝插针般地种点什么，不然荒在那里总觉得有些可惜。如此一来，大家的餐桌上就多了不少食物，这都是精打细算后的结果。

点黄豆得在田埂糊好的两三天内赶紧完成，太稀太干都不好。点黄豆需要一种特制工具，就是在废弃犁铧尖内插上一根木棒塞紧即可，铧尖是个三棱锥，手持木棒上下起落，刚好可以在田埂上插出一个三角窝来。

母亲走在前面，在田埂上插窝，看田埂的高低，需要留出适宜的窝间距。我走在后面，每个窝里撒上三四粒黄豆。而二哥端着撮箕，里面是草木灰，一个窝里撒一把草木灰，把黄豆盖上。为了保证黄豆顺利出苗，如果提前将黄豆浸泡半天，效果更好。不需要浇水，也不需要施肥，剩下的事情就只等着收获了。

没过几天，田埂上就会冒出一根根的黄豆苗来。两粒豆瓣和草木灰（钾肥）是它们最初的营养，接下来就全靠它们自己了。黄豆是一种生命力特别顽强的作物，等到黄豆成熟的时候，拔出黄豆植株，我们可以发现每棵黄豆根上长满了褐黄色的根瘤，足有几十粒。根瘤里面有许多根瘤菌，能制造“氮肥”，这就是黄豆能自给自足的原因了。它们每时每刻都在“炼丹”，给自己输送养分呢。黄豆和水稻的成熟期大致相同，等到稻田都变得一片金黄的时候，黄豆荚也开始逐渐变得饱胀起来。

成都平原水稻田都是成片的，田埂上又长满了黄豆，互相串联在一起，你中有我，我中有你，有时候要去田间看看水稻的长势都走不过。这时候，就需要用一根竹竿，把茂盛的黄豆植株朝着自己的田块方向压一下，以便留出农人走路的空间来。这时候的田埂上可热闹了，那些长势喜人的黄豆，竟然成了野兔和老鼠的食粮，田埂上随处可见它们糟蹋黄豆后留下的痕迹。当然这是避免不了的，毕竟野生动物也要生存。

如果家里来了客人，母亲就会从田埂上扯三四十棵黄豆来，剥出黄豆粒，用来做菜，一般会有黄豆米熬肉，或者黄豆米烧鸭子等。这时的黄豆，还没有完全成熟，呈嫩绿色，看着十分招人喜欢。一些精明的农家，每年这个时候，就会把黄豆全部扯出来，用剪刀剪下黄豆荚，带到街上去出售，让市民们尝鲜。带荚的黄豆，上面长着茸茸的细毛，一般人称之为毛豆荚。

水煮毛豆荚，是农历七八月的一道时令小吃。毛豆具有健脾宽中、润燥消水、清热解毒、益气养胃的功效，也是老少皆宜的一道美食。在那些夜啤酒摊上，毛豆荚应该是必点的一道佳肴。一边剥着新鲜清香的毛豆荚，一边喝着啤酒拉家常，那是多么温馨的一道场景啊！

剥毛豆荚的过程，特别享受，有些毛豆长得结实，指甲短的根本剥不开，那就得放在嘴里用门牙磕一下。毛豆荚一受力，自然就开口了，抠出那两三粒毛豆来，丢进嘴里慢慢咀嚼，酥软清香，这可是地道的农家风味啊！

水煮毛豆荚，其实人人都可以做。把毛豆荚放在锅里，用水淹过，水里需要放上花椒、盐巴、八角、三奈、桂皮等作料，大火猛煮至水沸腾就可。倒在筲箕里，凉一凉，就可以边吃毛豆边小酌两杯了。不过在家里吃毛豆，还是没有夜啤酒摊那种味道。因为人数太少了，没有那种市井气，所谓饮食还是需要一定气氛的，这样才能让人胃口大开。

面疙瘩

在一家兔肉汤锅店就餐，问其有没有什么特色菜。服务员看见我们带着小朋友们来，说他们店最受欢迎的就是面疙瘩。我说好啊，那给我们来一份吧！可是服务员端上来的却不是面疙瘩，而是一个盘子里面盛着调好的面团，呈浓稠状，正是做面疙瘩需要的。

服务员说："这道小吃需要自己动手，非常简单。用筷子把面团一条一条地赶下汤锅去煮，等两三分钟面疙瘩就会浮起来，用漏勺捞起来就可以吃。因为面疙瘩煮久了糊汤，所以一般都是最后才上。"说完后，服务员给我们示范了一下：筷子沿着面团的边沿轻轻一压，一根中指长的面疙瘩就下锅了。而面疙瘩可粗可细，可长可短，一切都尽在自己掌握之中。

孩子们大呼小叫，纷纷嚷着要来试一试。他们以前哪里自己做过吃的呢？这就像在有些农家乐，卖樱桃或者草莓的，老板要求顾客自己下田去摘，从而体会农家劳作的乐趣。老板省事，食客高兴，真是一举两得。池塘钓鱼也是这种形式，钓客想方设法从池塘里将鱼儿钓上来，带到老板那里过秤，结果单价比市场上卖的鱼儿还要贵得多。这也就是所谓的体验式娱乐了。

不过于我而言，面疙瘩却是儿时经常吃到的美食之一。在成都平原，小麦是主要的粮食作物之一，每年农历四月左右收获。黄澄澄的麦子一望无际，麦浪此起彼伏，似乎可以听见小麦在太阳照射下成熟的声音。“割麦子啊，割麦子啊！”

农人们喃喃地念叨着，戴上草帽，裤腿高挽，举起镰刀，走向麦田。“吱唔，吱唔！”那是镰刀、麦秆接触发出的欢唱，一片片的小麦倒在地上，一粒粒的小麦在农人的摔打下走进拌桶，摊在晒坝，最后走进农人的粮仓。

乡村四月闲人少，农人们都忙着抢收抢种，收的是小麦、大麦和油菜，收完以后，赶紧打田插秧，就这样年复一年，岁月轮回。三四月份，正是乡村缺粮时节。农人收获的粮食，除了自己享用之外，还得交公粮以及饲养家畜家禽。稍微没有计划好，就会青黄不接，就得买粮过活。他们就盼望着早点收割麦子，将小麦晒干以后，可以磨成面粉，做出很多面食来。

面疙瘩是母亲最喜欢做的面食，而我最爱吃的面食也就是面疙瘩。面疙瘩可以下在米锅里，成为面疙瘩稀饭，当然是米饭少面疙瘩多。一条条面疙瘩盛在碗里，像一条条面鱼儿。什么作料都不需要，夹一根面疙瘩搁在嘴里慢慢地品尝，嚼起来满口生香，还有些许甜味儿。闭上眼，似乎眼前就是那一片绿油油的麦苗，麻雀在麦浪上振翅掠过，让人生出无限的惆怅来。

面疙瘩可以直接用开水煮。在铝瓢里把面粉和水调好，最好用温水。注意面粉糊不能太稀也不能太干，太稀不成形，太干搟不动。站在开水锅边，左手端瓢，右手用筷子擀面疙瘩，筷子如飞，面疙瘩争先恐后地跳下锅去，很有意思。有时候，我觉得擀面疙瘩，跟山西刀削面有异曲同工之处。不过一个用的是特制瓦型刀，一个用的是普通筷子罢了。擀面疙瘩，算是乡村主妇的基本功吧，手脚快的，那真是让人眼花缭乱了。

儿时的乡村，都是土灶，灶膛里都是块子柴，熊熊的炉火舔着锅底，这样大火煮出来的面疙瘩特别好吃。面疙瘩煮熟后，一条条地浮起来，捞在碗里后，还可以加上熟油辣椒、盐巴、葱花和醋酱油。如果有炼猪油那当然更好不过了，只需要一小勺，就可以让这碗红油面疙瘩变得更加有滋有味。也可以在一碗面疙瘩里，加上适量酸汤、泡青菜丝、姜粒、葱花和红肠片，那就成了酸汤面疙瘩了。汤色黄亮养眼，疙瘩软和可口，夏天来碗酸汤面疙瘩，开胃又开心。

面疙瘩如果个头再小一点，那就是面颗颗了，也就成人小拇指头大吧。不过面颗颗在和面时，跟面疙瘩又有些不同。将面粉放在小盆内，把水龙头开很小，使水流出成一条细线，左手拿盆不停晃动，使水均匀地撒入面粉内，右手用筷子搅动面粉，成为小颗粒，拨入煮沸的汤锅中（汤锅中事先放入了炒制好的番茄酱和鲜汤）。等到面疙瘩汤再沸时，淋入鸡蛋液，蛋花翻起后，撒入菠菜心、鸡精和胡椒粉调匀即可。这就是所谓的番茄疙瘩汤，色彩鲜艳，汤鲜味美，利于消化，不过我觉得跟烩面有相似处，只不过面食形状有区别罢了。

面疙瘩早年不过是乡村度过灾荒年月的应急食品，如今早已跻身名小吃之列，受到城镇居民的追捧，而且价格不菲，这似乎有点“农村包围城市”的感觉了。

PART 5
×
秀色可餐

甘堡藏寨

八月水草丰茂的时节，行走在阿坝高原，你会感到自己身心也变得纯澈起来。“天苍苍野茫茫，风吹草低见牛羊，”这样的景象并不是敕勒川的专利，在阿坝我们也能体味到“天似穹庐，笼盖四野”的空旷辽远。那些黑黑的牦牛随意地散布在广阔的草原上，吃草嬉戏抑或追逐，时光似乎一下子变得慢了起来。甚至你在公路上开车，也会蓦地有牦牛跳上路面来，不惊不诧地低头走过去，倒把我们吓出一身冷汗。

印象中的藏人都是高原上的雄鹰，他们逐水草而居，五彩斑斓的帐篷在草地上星星点点。因此当我蓦然在理县县城附近杂谷脑河畔看见“甘堡藏寨”这四个字时，是颇为诧异的。“甘堡”自然是地名，而“藏寨”则说明了这个村落的民族属性。“甘堡藏寨”的藏人种粮务菜、牧羊放牛，半牧半农。

话说当年吐蕃分外彪悍，其军队曾攻入唐都长安，而松潘、汶川、理县等地，则是唐军、吐蕃军长期争夺的军事前沿。犯我强汉者，虽远必诛！西汉初年暂时的和亲政策让国家休养生息，从而成就了汉武帝的文治武功。而文成公主进藏，则促进了汉文化在藏地的传播和汉藏之间的友好往来。俱往矣，当年的吐蕃驻军和本地土著长期混血交融，逐渐形成了现在的嘉绒藏族，而甘堡藏寨则是典型的嘉绒藏族聚居的大寨子，号称嘉绒藏区第一寨，是九黄线上的重要旅游节点。

甘堡藏寨雄伟浩大，前临奔腾不息的杂谷脑河，背靠莽苍苍的大石山，真是让人叹为观止。整座寨子民居多为石头砌成，随着山势错落有致，层次分明，既有卓尔不群的石碉，也有洁白的佛塔，恍惚回到了石器时代。石屋就地取材于河水中顺水冲下的花岗石切割加工成大小不一的石块，用当地的黏土垒砌而成。石屋冬暖夏凉，不易风化，又防震防火防水。石屋一般分三层，下宽上窄。一层养牲畜、堆杂物；二层是客厅、厨房、卧室、客房；三层屋顶平整可作晾晒，扬打粮食场地。从石屋的利用看，跟羌寨类似，可见藏人也是入乡随俗，藏寨建筑艺术也是各民族文化融合的见证。但从石屋外观装饰看，则跟羌寨泾渭分明。羌人信仰万物有灵，崇拜白石，墙壁上随处可见羊头图案。而藏人多信奉喇嘛教，门窗上则是他们挥洒艺术灵气的天地，图案多为双鱼、狮子、法轮等。

走进甘堡藏寨，迎面就是博巴森根广场，一看就是藏人跳锅庄的场所。在藏语中“博巴”是藏人，“森根”是狮子，将藏人和狮子并列，是人们崇拜强者的表现，因为狮子就是非洲草原上的王者。清代道光时期，英军袭扰东南沿海，甘堡屯兵在宁波与英军激战，伤亡五百多人，为纪念他们抗击英军的英勇事迹和牺牲的战友，幸存下来的屯兵编创了“博巴森根”这个民间大型叙事性群众锅庄舞蹈，歌颂了屯兵骁勇善战的英雄形象。既是屯兵，肯定战时杀敌，平时务农，可见此处民风彪悍，乃是尚武之地。清乾隆十七年，清王朝消灭杂谷土司，将其领地分置为四个土司和五个屯，甘堡就是“五屯”之一，一户一兵，甘堡屯有屯兵650名。对于这样一个生长于高山峡谷地区的村寨来说，650名屯兵可不是小数目。

广场正北方有点将台，上书一个巨大的“将”字。点将台的两侧，则有屯兵们的戎装雕像，有的肃然站立，有的跃马扬鞭，有的吹着牛角号，看其装备，可谓冷热兵器兼备，除了传统的刀剑弓箭，也有火铳之类的武器。跟已经武装到牙齿的英军来说，这样的装备除了在近战中能占有少许优势外，已经讨不到丝毫便宜。广场一角还有数量庞大的铁皮转经筒，内装经文，每转动一次，相当于诵经一遍。转经筒是藏区的标志，拿在手上可以摇动的比较精致，藏族老人手摇转经筒的形象经常出现在一些摄影作品里。看着他们饱经风霜、沟壑纵横的面庞，我们从其眼神里读出的却是安详和虔诚，无欲无求，这就是宗教的力量。而这种需要使尽全身力气推动的转经筒，则经常出现在村镇或庙宇里面，普通藏人家里即便有，也仅仅两三只而已。转经筒一只只推过去转圈，身后逐渐发出轰隆隆的声响，而这声响应该就是开启了与神灵对话的按钮吧！

在博巴森根广场上面就是鳞次栉比的民居，一个大姐开着一家藏族服饰店，兼卖旅游纪念品。问其附近可有什么旅馆可以投宿，大姐说：“旅馆很多，我家也可以住宿。”我说：“好啊，那就在你家住吧！”大姐家在寨子深处，顺着一条山溪七弯八绕，总算进了家门。家里还在装修， 两个年轻木匠正在打制家具。他们之间用藏语交流，语速很快，根本不知所云。但我说的四川话，他们却都能一一作答。看看晚饭时间还早，我就顺着那条山溪在寨子里逛了起来。这条山溪三四米宽，溪岸两边随意地生长着大小不一的柳树，有的已达合抱之围，起码几十年了。溪岸用块石简单砌成，颜色深浅不一，可见多次培修。这条山溪虽说平时纤细，溪水稍没脚背，若在雨季也定是气势磅礴，足以毁灭家园。溪岸边的空地上有亭台水榭，也有反映本地藏人生活的雕塑，譬如藏女打酥油茶、牧马等。马是战马，鞍辔齐全，似乎能听见它们在战场上的嘶鸣，载着主人冲锋陷阵，一股肃杀之气不由得迎面而来。路上所见村民，男人的装束已与汉人差不多，衬衣牛仔，脸上连高原红也很少。女人的打扮一眼就能看出区别，特别是中老年女性，头帕、青布围腰、绣花鞋，像羌人装束，但只要停下来，手上却不停地转着佛珠，口里诵着经文。那些民居屋顶上多插着五星红旗，大门上挂着红灯笼，街沿上码放着成堆的木头，屋檐下挂着一串串的红辣椒和玉米棒子。这些现象，充分说明甘堡藏寨深受藏、羌、汉三种文化的影响。

正在寨子里闲逛，一个女人气喘吁吁地跑过来说道："吃饭了，找得你好苦，快跟我走吧！"女人是老板娘的姐姐，客栈正在装修、打家具，女人就过来帮着做饭。

我是一个人过来的，事先已经说好，120 块包住宿和早晚两顿，只是要跟他们一起吃。如果想吃本地特色菜，譬如松茸炖鸡或野味，就得另外加钱。如果人多还可以品尝藏式火锅，它与传统意义上的四川火锅不同，藏式火锅并不是将菜品依次放入锅内涮着吃，而是直接把各种荤菜、素菜堆放在锅中，浸泡在汤里煮熟一起吃，看起来更像是东北地区的"大乱炖"。

只不过藏式火锅的菜品并不是胡乱扔到锅里的，而是码放得整整齐齐的。菜品有鸡肉、牛肉丸、藏香猪肉、牦牛舌、牦牛肉、胡萝卜、木耳、白萝卜、青笋、土豆片等，所有的肉类都是已经提前煮熟的。切成条或片的菜品码放整齐，并放在中间烧有木炭的铜锅里，锅内环绕一圈的各式菜品色彩斑斓，搭配合理，格外赏心悦目。

这些特色菜或藏式火锅价格不菲，我一个人是无福享受的，那会造成浪费。我想还是跟着老板娘一家吃吧。这是好事啊，正好深入一下藏胞生活，看看他们平时吃些什么。印象中藏胞都是吃糌粑、手抓牛羊肉，喝酥油茶，用干牛粪块作燃料。甘堡藏寨当然不是这样，他们跟我们拥有一样的厨房，厨具都差不多。用电饭煲做米饭，在土灶上面炒菜，只不过燃料以块子柴为主。

这里是山区，靠山吃山，家家户户的房前屋后都储备了不少木柴。老板娘端出了香肠片、腊肉、饼子回锅肉、炒青菜、青椒土豆丝等，一张小木桌已经摆满了。她热情地让我坐下跟两个木匠一起喝酒，我推说不喝酒，老板娘也不再劝。喝到兴奋处，两个木匠又开始用藏语交谈起来，让我一头雾水。

吃过晚饭，大姐说容中尔甲明天要到藏寨来访问，本地组织了隆重的欢迎仪式。今天晚上会在“博巴森根传习所”的礼堂里排练舞蹈，让我去看看，也了解一下本地文化。容中尔甲既是以《神奇的九寨》走红的知名藏族歌手，也是藏文化的传播者，其在九寨沟演艺中心推出的藏族音乐舞蹈《藏谜》场场爆满，那些来自乡间地头的藏族男子，他们手上弹着弦子嘴里唱着歌的同时，脚上还要跳着踢踏舞，这种独特的表演方式堪称一绝，让我们领略了原生态藏文化的传奇与壮美。

容中尔甲莅临，自然会以其藏文化推手的身份给本地把脉，从而得以让甘堡藏寨在九黄线上脱颖而出。走进礼堂，村民们已经开始排练了，演员都是本地人，老老少少都有。藏语无伴奏男女生合唱，一张口就让人感知到藏人的确是能歌善舞的民族，歌声纯澈明净，宛如雄鹰在草原上翱翔，又似山泉从高处坠落，而余音袅袅，还在山林间回荡。

他们的合唱含有叙事性舞蹈成分，男女之间互动频繁，似乎在讲述一个风趣的爱情故事。礼堂能容纳两三百人，但他们并不只是在舞台上表演，忽而又在礼堂的两侧及中间的巷道上快速走动，手里做出献哈达的样子。拍手，跺脚，吟唱，一切显得那么自然和谐。如果他们全部穿上民族服装，这一幕表演应该是颇为精彩的。

只是坐在台前一个年轻干练的女导演，却并不太满意，她时而大声地斥责演员们不要在台上嘻嘻哈哈的，时而站起身来亲自示范某些动作，并且她很严肃地告诉演员们，容中尔甲团队来本地非常重要，希望大家把最好的舞蹈、合唱展现出来，这既是对贵宾的尊重，也是自身实力的表达，因为博巴森根舞蹈已经是国家级非物质文化遗产了。

甘堡藏寨的碉楼值得一看，这是一种战碉，多修建于寨内及出入村寨的要道旁、渡口、关卡等地，是一种军事防御性建筑。底层一般用于战时储存粮食及各类物资，二层以上均有战争所需的瞭望孔、射击孔。战时由内向外，居高临下，易守难攻。清代乾隆时期，两次金川战役久战不胜，就是为此类战碉所阻。在冷兵器时代，这类战碉如果连点成线，的确固若金汤，让人头疼。据说金川战役结束后，清政府为了预防类似战役再次发生，曾将金川地区的部分嘉绒人押解至京，强令其在北京香山修建了一批仿嘉绒战碉，供清兵演练攻碉战术。现存碉楼为官寨碉，专为土司、守备修建，既是权力的象征，也是他们平时祭祀和占卜的神坛。

现在的甘堡藏寨民居多为汶川大地震后新建的，已经采用了钢筋混凝土结构，这自然要比过去的石屋安全很多。但石屋作为藏寨的特色也不能放弃，于是我们看到外墙上的石块已然成为一种装饰，显示出一种文化的传承。在那些被地震毁掉废弃的老屋前，我们还能看到过去建房时用的河中鹅卵石搭建的影子。

站在甘堡藏寨的最高处，整个村落一览无余，屋顶上大都安放着太阳能热水器，这显示出本地对科技的接受程度。云朵上的甘堡藏寨，嘉绒人的栖息地，杂谷脑河的子民，必将把博巴森根跳出更加铿锵的神韵来。

段家大院

“大风起兮云飞扬，威加海内兮归故乡，安得猛士兮守四方！”汉初刘邦班师途经沛县，把昔日的亲朋故旧都召来，共同欢饮。刘邦一面击筑，一面唱歌，那种衣锦还乡的喜悦之情溢于言表。

衣锦还乡不只是刘邦的想法，这一点连楚霸王项羽也不能免俗。攻占咸阳后，有人劝项羽定都关中，但他说：“富贵不归故乡，如衣绣夜行，谁知之者！”项羽一句话道尽了衣锦还乡者的真实想法，那就是富贵之后若想收获坚实的成就感，只能在昔日故旧前卖弄。

这些人对自己知根知底，哪怕当初裤子没穿伸展，脸没洗干净，清鼻涕随时悬吊吊的，整天一副落魄相。但现在自己大富大贵了，就会成为大家交口称赞的对象。这些万众瞩目的感受，在自己打拼的政商圈是无处可寻的。

从古至今，就算进入互联网时代，国人衣锦还乡、光宗耀祖的想法也从没有断绝过。古人在外经商也好，做官也罢，一旦富贵手中有了余钱，都会大肆在自己祖居地购买土地，修房造屋，而且互相攀比，极尽奢华之能事。其中固然存在着叶落归根的朴素感情，但衣锦还乡绝对是主要因素。

闻名于世的乔家大院建筑群位于山西祁县乔家堡村，历经两个多世纪的不间断修缮才形成如此规模，其一砖一瓦、一木一石都体现了精湛的建筑技艺，这就是晋商乔氏家族实力的体现。其家族资产在清末达到数千万两白银，其豪奢程度可想而知。大邑刘氏地主庄园也是全国知名的建筑群，其主人刘文彩能够创下这么大一番基业，也是依附军阀刘文辉发迹后衣锦还乡的结果。

在广汉市高坪镇三星堆博物馆附近，有一座清代汉族建筑风格民居段家大院，又称段家老鸹林。顾名思义，段家大院肯定跟段氏有关，而能够完整保留这样一座宏大的庄园建筑，其祖上绝对非富即贵。至于别称“段家老鸹林”，则肯定是说此地林木繁多，不然老鸹不会在此栖息。老鸹即乌鸦，通体乌黑，鸣声嘈杂难听，向为乡民所不喜，认为它们是不祥之物。大家所在意的是喜鹊，喜鹊闹梅喳喳叫，定有喜事要来到。

段氏为何能容忍老鸹比邻而居，其实是怀旧使然。段氏清初移民入川，离乡背井，来到成都平原。于他们来说，这应该是正确选择，此地水旱从人，物产丰饶，发家致富轻而易举。移民追根溯源，均来自于山西洪洞大槐树下。大槐树下当然住不了这么多移民，这应该是当初移民的中转枢纽，至于他们真正的祖籍地，反而淡化了。

“问我故乡在何处，山西洪洞大槐树。祖先故居叫什么，大槐树下老鸹窝。”“大槐树，老鸹窝，老鸹”，这都是入川移民魂牵梦萦的精神寄托，他们又怎么舍得把这些老鸹赶走呢？

说起移民，应该说大部分川人都是移民后裔。譬如我们家据传就是湖广客家移民，老人爱包青布头帕，背着手走路，腰间总是系着土布围腰，喜欢抽旱烟，烤火兜。另外每家不管瓦房草屋楼房，都要在堂屋里摆设神龛祭祖，上书“天地君亲师”位。初一、十五，总要在祖先牌位前摆上一杯酒、一块刀头肉通白一番。就算平时打牙祭，也要先请祖先先吃，以示孝道，当然目的还是希望祖先能护佑家族兴旺发达。凡此种种，都是客家文化点点滴滴的反映。

不过近年来随着文化的演进，大家的语言、穿戴、习俗等生活习惯都渐趋同化了。曾经的移民已经完全在本地开枝散叶，而来自祖先的记忆也许真的只剩下大槐树、老鸹林了。这是好事，我们不能融入本地主流文化，又怎么能在当地生存呢？

段家大院大门两侧有联“景行载道化雨春风育栋梁，生意满园遥山近水酬桑梓”，这应该是大院当前状态的表述。如今段家大院已经没有段氏族人居住，就是纯粹的乡村酒店，但仍然保留了过去段氏族人生活起居的状态。通过段家大院的走马观花，我们可以一窥传统乡绅家庭的物质和精神状态。

乡绅应该算是传统社会的稳定器，他们大多秉持耕读传家的家训，家里往往有良田数百亩以上，通过地租完全可以维持小康生活。如果子孙用功读书，能在仕途上谋个一官半职或者无意仕途钻营生意，也可以让家族香火永远不灭。段氏族人在近代有投笔从戎者，有悬壶济世者，有读经济学者，家业一直比较兴旺，算是本地望族了。

走进大门，迎面就是一座木质牌坊“孝义坊”，上端雕龙画凤，中间书一福字。此牌坊跟照壁类似，是民居讲究风水的体现。只不过孝义坊构思巧妙，中段分格装满“谷麦菽油”等五谷杂粮，每格一种，颜色自然区隔，极具装饰效果。

段氏认为，谷麦菽油乃养身健体之根本，孝、义、忠、贞乃灵魂之精髓。孝以伺亲，义以待友，忠以报国，贞以养德，此为段氏治家之法，兴家之道，传家之宝。尽管时过境迁，但段氏家训仍然有值得可取之处。一个家族没有可以贯穿始终的精神，肯定跳不出“富不过三代”的周期律。

段家大院初建于公元1744年（乾隆九年），历世三百余年，后来物是人非，园林遭到彻底破坏。今日游客所见是段氏后裔原址原样复建，历时十载，耗资千万，占地几百亩，建房两百余间，古朴典雅，风景如画。这似乎也印证了建筑也跟人一样有着潮起潮落的生命周期。譬如嵩山少林，屡遭兵燹，苟存于乱世之中，如今香火旺盛，举世皆知，不跟段家大院有着异曲同工之处吗？段氏后裔能大手笔复建祖宗产业，至少证明他们已经走过了沉寂期，在某种意义上已经恢复了段氏先祖的荣耀。

院内有处石质“五福临门”照壁，匠心独具，两边各有一块木制报时牌，左边是“农历癸巳年，七月廿八”，右边是“处暑”，这些木板都是活动的。也就是说，这块农历日历每天都会更换，换得最勤的当然是“日期”，这种设计我还是第一次看到，难道段氏过去就这么讲究吗？真是匪夷所思。照壁前面有一石缸，缸沿上刻着“金满盘银满盆”，里面放着红黄白石料做的元宝，这应该是祈福家业兴旺的一种表达方式吧！

在段家大院，我第一次见到了龙骨水车。这种在祖辈口中听到的农具一直只闻其名不见其影，因为农具博物馆实在是太少了。龙骨水车又名翻车，东汉灵帝时逐渐开始使用，流传至今。只不过随着电力水泵的出现，它已经退出了历史。它的木链条似龙骨，因此叫龙骨水车，是 20 世纪 30 年代以前，川西农民提水灌田的主要农具之一。

车水很累，若逢天旱，熬夜车水是常识。民谣云：“立夏雨不下，气死老东家。车水灌秧田，累死老长年。”广汉位于都江堰灌区，用水都如此艰难，更别说其他地区了。这说明，传统农业就是靠天吃饭，农人梦想卑微，风调雨顺能填饱肚子足矣。站在水车上试了下，的确是个体力活。坚持十多分钟尚可，要是连续车水两三个小时，那肯定得把我累趴下。

川西乡村酒店数不胜数，各有特色，段家大院能够脱颖而出，原因就在于它展示了段氏耕读传家、孝义治家的家风。在大院内，我们可以看到各种农具和种子，而对于那些五谷不分、四体不勤的现代人来说，这里就是一个增长见识的农业博物馆。例如在“谷麦菽油馆”，我们可以看到很多装满粮食的箩兜，每个箩兜单独装着一种粮食，有高粱、油菜籽、苞谷、花生、大麦、小麦、荞麦等。这些粮食都是川西平原的常见农作物，只不过栽种面积有大小之分罢了。

在后院的民俗风情馆，收藏有川西农具、家具和生活用具，当你看到连枷、风车、鸡公车、拌桶、虾耙、竹筛、晒席等农具和捕鱼具，还有雕花木床、花轿这些物件时，你一定感受得到农耕文化的魅力，或多或少生出一些悠悠古韵。

在灶文化展示馆，川西乡村传统灶房陈设一应俱全，例如案板、水缸、碗柜、石磨、火盆、土灶台、柴房等。看着这些老物件就顿生亲切感，因为随着生活水平和卫生条件的改变，乡村生活也是一日千里，很多物件例如悬在灶膛出火口上方的茶壶，早就看不到了。

大院还保存着段氏民国时期生活的老样子，这点跟安仁古镇刘氏庄园差不多。在刘氏庄园，刘文彩过去使用过的汽车、姨太太用过的钢琴、父母曾经的老屋都能看到。过去房间里是怎么摆设的，现在也是老样子，只不过再也没有人在其中活动罢了。

段家大院也是采用类似方式布展，例如书房笔墨纸砚一应俱全，如果在书桌前再安置一个读书人的蜡像，那就更加逼真了。卧室内有雕花木床，白色蚊帐由两侧罩钩钩着，床上被褥折叠得整整齐齐。我们似乎看见段氏某人清晨起来，穿上衣服梳洗，而丫鬟就在旁边伺候着，递上了一杯早茶。他走出卧室，呼吸着清晨的新鲜空气，听着啁啾鸟鸣，看着大院里下人按部就班地忙碌着，兴之所至，在院里走了一趟太极拳，然后捧着心仪的经书开始诵读……

这样悠哉乐哉的生活状态，其实跟现在的小康之家差不多。没有衣食之忧，当然可以纵情于琴棋书画。而那些下人，则与此无缘，他们还得为主家服务，以求换得温饱果腹。在物质生活匮乏的时代，段氏虽说不是钟鸣鼎食之家，但也算人上人了。

段家大院里养猪、养兔、种菜，游人可以“点杀”，喝土酒，吃段家烧土鹅。何谓点杀？外地人可能不清楚，但这是四川人生活中的常用语。“点”是指点，“杀”是宰杀。过去在农贸市场有宰杀活禽的摊位，以鸡为例，顾客看上那只就可以指着这只鸡说：“我要这只！”那么老板就把这只鸡捉出来，当场宰杀、去毛、洗净交给顾客。这种买卖方式很受顾客欢迎，因为可以避免买到病死鸡。

后来城管部门觉得宰杀活禽污染环境，现在大城市的中心城区都取缔这种交易方式了。但是在我们西部县城农贸市场还能看到，至于农家乐，点杀鸡鸭则是他们的特色，段家大院当然也不例外。一鸡可以四吃，加上一些配菜，也足够七八个人消费了。是哪四种吃法呢？通常是泡椒酸姜炒鸡杂、宫保鸡丁、凉拌鸡丝和土豆红烧鸡块，加上一盆当下流行的锅边馍馍，保证你酒足饭饱。

特别是锅边馍馍，儿时母亲经常用面粉给我们做。锅边馍馍是属于大铁锅的，城里用的小锅小灶就不合适了。夏秋时节，正是自留地里豇豆、四季豆、峨眉豆、土豆、萝卜等蔬菜成熟的时候，母亲用这些蔬菜要么做成一大锅红烧肉，要么就是红烧鸡鸭子。这时候，锅边馍馍就出场了。每口大锅沿着锅边处可以贴上十多个馍馍，这些馍馍一面贴锅变得酥黄，另一面暴露在红烧肉的锅内环境中，自然会将面香和菜香融合在一起，因此，锅边馍馍具有了跟馒头不一样的味道。一鸡四吃加上配菜平均摊下来，每个人花钱也不多，也就三四十块左右。

段家大院既是乡村酒店，也是浓缩川西传统生活的博物馆。在方圆百里之内，我们至少还看不到同样规模和创意的农家大院子。信步登上段家大院大门旁十三层的塔形致广楼，透过瞭望孔向外望去，屋舍俨然，阡陌纵横，川西平原欣欣向荣，一览无余。

遥想当年客家人迁徙创业的艰辛，真是感慨良多。段家大院子环境清幽，古意盎然，在这里休闲流连，仿佛时光也不由自主地慢了下来。在这个众声喧哗的浮躁社会，慢是一种格调，是一种品位，是一种可遇而不可求的奢侈。因此，许多既有钱又有空闲的人士，开始选择在乡村修房造屋，营建自己理想中的桃花源。这自然和衣锦还乡无关，他们所追求的不外乎是对喧嚣城市生活的暂时逃避罢了。我们都是乡土社会的孩子，也许我们的父辈还在乡村劳作，因此有选择性地积极融入乡村生活，我觉得不失为一种明智的选择。

“从明天起，做一个幸福的人，喂马、劈柴，周游世界。从明天起，关心粮食和蔬菜。我有一所房子，面朝大海，春暖花开。”海子的这首抒情诗宛如当代版的《归去来兮辞》，给我们发出了追寻内心宁静的呼喊，那些能够在乡下找个家的人，能够在乡村田园读书品茗会友的人，我觉得他们是幸福的，至少对于日益空心化的乡村来说，他们的间断性存在能让乡村增添许多活力，能让我们看到生活的另一个选择。

吃食堂

因为军阀刘湘、刘文辉的缘故，安仁镇在近代四川历史上赫赫有名。中国人都有光宗耀祖的情结，刘氏家族也不例外。他们功成名就之后，纷纷回到祖居地安仁镇大兴土木。让安仁在全国声名远扬的其实是刘文彩地主庄园。就像我的父亲，他从来没有去过安仁镇，但是却能给我讲刘文彩的奇闻逸事：比如刘文彩床上的真丝蚊帐捏拢一堆只有拳头大，不到半斤重等。

仲秋时节，我们怀着一丝神秘之感走进了安仁街口的地主庄园。整个庄园高墙耸立，气派华丽。那些深墙大院，长满青苔的斑驳老墙，精心打造的碎石台阶，黝黑的房梁和屋内的精美陈设让人应接不暇，给我们讲述着一个家族曾经的辉煌。

老公馆是刘文彩花巨资陆陆续续修建起来的。刘文彩通过军阀刘文辉的关系，在外挣到了大笔钱财。他最后回到大邑安仁镇，投资土地。土地多了，肯定要请人耕种。农民种刘家的田，当然要交租，数量大概是收成的一半。泥塑群像《收租院》，就是反映当时地主和农民之间尖锐矛盾冲突的杰作。

最离奇的当然是地主庄园中的水牢了，据说遇上交不起租的农民，刘文彩就会把他们关在水牢里。水牢里的水齐腰深，身体壮实的农民在水牢里关押几天，不死也要脱层皮，那简直就是人间地狱。我们现在就站在了传说中的水牢前，这是一个地下室，黑黢黢的，两扇门板足有六厘米厚。我使劲地一推厚实的板门，吱呀一声，板门缓缓地呻吟着开了，那声音似乎在诉说着这几十年来庄园所历经的风风雨雨。

与老公馆相邻的是刘氏祖居，这只是一个普通的农家院落。前院是一个晒坝，两边栽着一些农村常见的花草。里边的房子是一个四合院的布局，房子也并不高大，连殷实人家也算不了。刘文彩父母的寝室、堂屋、佛堂、灶房都还按原样保留着，特别是灶房，就跟我老家的一模一样。灶房前后开门，靠前门排着几口柴灶，锅也在，锅里有些积水，像是上顿饭吃过后没有用抹布把锅擦干。灶口放着一根又宽又矮的长凳子，那是烧火人的座位。要是从房顶的檩子上再吊下来一个陶制茶壶，悬在灶口上，那就更符合解放前农村的生活场景了。

安仁镇作为老公馆的聚集地，还有很多地方值得一看：比如川西民俗博物馆，展览近代四川的风土民情；还有建川博物馆，那里有很多抗战实物和资料，对于年青一代了解抗战，勿忘国耻是大有裨益的。

建川博物馆为民营企业家樊建川创建，他曾官居宜宾市常务副市长，本来在仕途上还有一番作为，但是他却急流勇退，投身商海搞房地产，成为一个成功的商人。商人有了钱怎么办？有些人就开始享受骄奢淫逸的生活，但是樊建川却没有这样做，他一边继续做生意，一边开始在安仁镇打造博物馆聚落，逐渐形成了现在这样的规模。

比如抗战系列馆，在博物馆里参观，我们除了对日本侵略者的愤恨，还有对抗战先烈的无限崇敬。看看抗战老兵手印广场的那些手模，我们就知道博物馆做这一切都是很不容易的。

“我们不说话，让历史说话！”这就是建川博物馆的态度。我觉得这样的历史观是正确的，是否对错留与后人评说，而后人则是根据历史事实来说话。我们虽然不能还原历史的真实，但是却可以通过各种证据无限接近历史的真实。

博物馆最难的应该就是做到养活自己，因此除了门票收入，建川博物馆开始在多种经营上做文章。譬如我们中午就餐的建川公社食堂就很有特色，虽然只是普通的盒饭，但是在就餐环境的布置上却是匠心独具。

整个食堂面积不大，就餐区呈阶梯型向上递升，固定的条桌、板凳都是木材原色。妙就妙在周围的墙体上都张贴着红色年代毛主席的画像，正对就餐区还摆放着一个大号的毛主席全身站立像，这就让人颇有些时空穿越的感受了。

其实这个公社食堂还可以做得仪式化一些，比如让食堂营业员都穿上黄军装，戴上红袖章。顾客打饭前教顾客说上两三句毛主席语录，要么“贪污和浪费是极大的犯罪”，要么“一切反动派都是纸老虎”等，这种体验式旅游的味道一下子就出来了。

说起公社食堂，只有经历过20世纪三年困难时期的老人才有发言权。像我们这些没有经历过的人，所以在公社食堂用餐也会觉得别具一格。但对于那些从温饱线上挣扎出来的老辈人来说，他们看见公社食堂的这些画面一定会百感交集，他们会庆幸地说：“幸亏自己当年命大，否则怎么会见到今天的好日子。”

像我的父母，如果家里一顿饭菜剩下了，年轻人都会说倒掉算了。但是他们却总是要拦着，无奈地说：“你们这些人太享福了，没有饿过肚子 。你们不愿吃，我们来吃。”有时候在饭店点菜，吃不完他们也要求打包回家。其实我能理解父母的想法，毕竟省吃俭用的确是中华民族的传统美德，但更多的是当年的饥饿感，让他们养成了俭省的习惯。所谓口攒肚落把孩子们拉扯大，也不外乎如此吧！

现在我们也吃食堂，从星期一到星期五，每天中午十一点半一过，我们就按部就班地端着碗筷到食堂去打饭菜。这是我们学校的食堂，学校离家八九公里，中午如果回家吃饭，那时间就全耽搁在路上了，也不划算。没办法，我们只能在食堂胡乱解决一顿。

中国的食堂，都是企事业单位为了方便员工而设立的，带有一定的福利性质，通常要求微利即可。正是因为利润低，因此食堂就在饭和菜上面大做文章，大锅菜，大锅饭，这就是中国食堂的特色。

米饭都是装在铝格里蒸出来，全校一次要蒸几十格吧！如果领导不管不问，那么米饭就可能汎软，融嗒嗒地粘在一起，这样的米饭吃下去对胃不好。有些好事者，就会质问厨子：“你们这米饭是怎么蒸的？怎么跟勾子（屁股，方言）坐出来一样，喂狗狗都嫌。”

厨子们也不是省油的灯，他们也是学校的正式职工，他们才不管同事们的抱怨呢。食堂是学校的盈利大户，全校近千名学生，每天赚学生一块钱，一个月下来也是一笔可观的收入。厨子们只要听见领导说：“这个月食堂的盈利少了些。”就会立刻在饭和菜上面大做文章。米放得少，水放得多，这样米饭蒸出来就是稍微干些的稀饭，不难吃才怪呢？

至于菜，每天只有两道，两大盆子放在桌子上，汤汤水水的，自己用勺子舀，菜多肉少，很多人都在里面挑肉吃。教师打饭的时间有先有后，如果等到第四节课下课才去打饭，很可能就只剩下一些残汤了，那菜也不用恭维了，肉丝肉片都是用机器做的，哪有菜刀切得那样有模有样，想看刀工，只有在自己家里体会了。食堂最爱做青椒炒肉，这是一道家常菜，应该人人会做吧。青椒切成粗条后，先要放在热锅上煸炒，去其部分辣味。肉片或者肉丝，先得用芡粉、酱油、香油、食盐等调料码过，待入味后才能使用，这应该都是常识了吧。可是大锅菜哪管这些，青椒丝、肉片都是混合在一起煮熟的，哪里还有青椒肉丝的味道，这简直就是对这道家常菜的侮辱。

其他的大锅菜，比如莴笋烧肉、豆腐烧肉、白萝卜炖肉等，都是大同小异，教师们每天端着碗就开始边吃边骂，但也无可奈何。至于学生的大锅菜，那档次、做工和看相就更差一些了。学生大多是独生子女，在家里娇生惯养的，什么好吃的没有吃过。这也难怪他们，学校中午不让学生回家，只能在学校吃食堂。学生敢怒不敢言，就把气撒在饭菜上。部分学生打到饭菜后，立刻就端到泔水桶那里，东挑西拣，少一半的饭菜都倒掉了，其中的浪费可想而知。

母亲是 1949 年出生的，她经常给我们讲起人民公社大办食堂时的一些事情。那时候，母亲也就八九岁，已经在田里参加劳动了。每个生产队都办有食堂，村民不得在家里生火做饭，如果被人发现，生产队就会处理。大食堂刚办时说得好，吃饭不限量，饭菜不重样，如果能够实现，那可真是提前实现共产主义社会了。

可是好景不长，大锅饭、大锅菜，大家都放开肚皮整，能吃二两吃三两，能吃半斤吃八两，生产队的粮食很快就不够用了。米饭由干到稀，到最后越来越稀，甚至能照出人影子来。“一张嘴一寸长，一天至少一斤粮。”大家没有吃饱饭，干活没有力气，都在地里磨洋工。大食堂每天三顿吃饭，都要敲钟，如果跑慢了，就连这点稀汤汤都可能吃不上。

还好那时外公是一位厨师，在大食堂里负责做饭。每天吃饭时，就偷偷地给母亲留下两个鸡蛋大的饭团，总算熬过了那段饥寒交迫的日子。其他的人就不一定有母亲这样幸运了，他们不仅吃不饱肚子，更谈不上有什么油荤，也因此不少人得了浮肿病。还有的憋得没办法，就去挖观音土吃，这种土可充饥，但不能被人体消化吸收，吃了以后腹胀，难以消化，以至于很多人就是这样被活活憋死或者撑死了，真是令人唏嘘啊！

大锅饭也有壮观之处，那就是吃饭的人特别多。每到中午十二点前后，汹涌的人流从各个地方涌出来，大家边跑边甩动饭盒，饭盒里面的调羹、叉子跟饭盒不断地撞击，发出“乒乒乓乓”的声响。随之而来的，还有“啪嗒啪嗒”的脚步声，皮带扣上的钥匙撞击声以及为了谁不守纪律插队而发出的争吵声、辱骂声，这些声音混杂在一起，成了学校大锅饭的前奏曲。

进师范学校后，曾经在某炮兵部队军训。部队上吃饭，特别讲究纪律和集体性。首先在连队门口按班排好队，然后一路迈着整齐的步伐来到食堂门口集合，连长训话后开始拉歌，哪个班的声音大哪个班就先进去吃饭。

好在吃饭先后的间隔时间不过五六分钟，也没什么大不了。那时候刚刚十六七岁，部队上的小馒头，一顿要吞下十五个，现在想来都非常可怕。后来大家办同学聚会，若彼此谈起在部队食堂里的贪吃劲儿，仍然如当初一样笑得前俯后仰。

大锅饭也有安静的时候，那就是在寺庙里吃斋饭。斋堂里僧侣们、居士们和香客们都安静地坐在自己的位置上，每人面前一套碗筷，放得整整齐齐。当家师在靠近佛像的位置，出家师依次入座，男香客在一边，女香客在另一边。面前一般两个碗，一碗盛菜一碗盛饭。吃饭时有专人加饭，不能随便离座去加饭。夹菜要用桌上的公筷，切忌高声说话，更不可嬉笑吵闹，不要出声。吃完饭后要依次离位，自己清洗自己的用具。出家人惜米如金，注意不要撒下饭粒。在这样的环境中吃饭，跟酒店里吆五喝六的聚餐完全是两码事，仿佛人的身心似乎都得到了某种进化。

汶川大地震时，绵竹沱为极重灾区，断水断电断气断通信，我们三四天都没有吃上一顿热饭。后来陆续有志愿者进入，埋锅做饭，给我们提供热食。新疆某海关开来一辆加长型集装箱大货车，每天中午给我们手抓饭和烤馕。这就是大锅饭，而且也是救命的大锅饭，大家排队领饭的时候，都要自觉地给掌勺的师傅说声“谢谢”，那场景现在想来都倍感温馨。

在中国，吃大锅饭成了集体经济的代名词，大家穿着一样颜色、款式的衣服，吃着一样味道的大锅饭，就连个人的思想也要统一到一块来。这当然是不合理的，世界本来就是百花齐放的，我们干吗不能生活在一个异彩纷呈的世界里呢？开点小灶，想吃啥吃啥，自己弄去。我相信，这才是大家所追求的的生活状态。

有时候看欧美电影，一家人吃饭前，男主人总要带领大家默默地说："感谢主！赐予我们食物，阿门！"然后大家才开始一边吃饭一边交谈。这反映了欧美社会的宗教传统，提倡感恩精神。

但我们未尝不能在吃饭前，也与家中长者说上两三句话，起到桌前教子的作用。虽然有些话隐含着批评或表扬之意，但切不可让子女产生反感，影响他们的食欲。

桃坪羌寨

八月中旬，在阿坝的九环线上，我们沿着杂谷脑河谷一路上行。蓬勃的阳光，从湛蓝湛蓝的天上，从高高雪峰的顶端降临，降临在蓊郁的森林和冷气袭人的峡谷。一丛丛叫不出名字来的浓绿的、浅红的、淡紫的树叶，在河谷两岸的空蒙山色中高高下下、隐隐约约地跳跃。亘古不变的，玻璃般透明的水声，伴随着幽深的河谷起起落落，仿佛当年马帮留下的悠远绵长的铃声。

一些羌女在路边摆着背篼兜售苹果，或者是那些晒干的野生菌，甚至是茂汶花椒。这是一个好兆头。可是我也有一些隐忧，羌人是一个只有语言没有文字的民族，不断涌入的外地观光客注定要给他们的传统文化带来冲击，羌人还能保留多少属于自己的特质呢？北美的印第安人，澳洲的土著毛利人，不是都在呼吁保留他们的传统吗？

我们到达桃坪羌寨时，正是夜幕降临。桃坪羌寨始建于公元前111年，羌寨所有建筑均以石块垒砌而成。这片保存完好的泥石杰作位于高山山腰，靠近溪流。远远望去，一片黄褐色的石屋皆顺陡峭的山势依坡逐次上行，高低错落，其间碉堡林立，气势不凡，被誉为最神秘的“东方古堡”。

刚停下车，就拥上来一大群羌女，她们冲着我们嚷："住羌寨，住羌寨。"毋庸置疑，这些人都是羌寨内外的原住民，他们如此热情，其实是希望我们到他们家里去消费。我们当然会选择住在羌寨里面，这样一醒来，我们不就能感受到羌寨早晨的味道吗？羌寨里现有一百多户人家，家家户户都有农家乐，接待能力还是可观的。谈妥价格，我们住进了老杨家客栈。

在羌寨的四楼上安放好行李，我们来到一楼厨房，老杨亲自给我们做饭炒菜。一盘羌家回锅老腊肉，肥而不腻，不咸不淡，跟绵竹的山腊肉差不多。桃坪羌寨属于山区，羌寨养猪多用自产玉米、土豆，根本不用饲料，猪肉咀嚼起来非常筋道，回锅肉硬是能起灯盏窝，让人不忍动筷子。不是不想吃，而是多年没吃到这样的回锅肉，两三下吃完了，就没有回味余地了。羌寨香肠也不错，跟绵竹大同小异，但因为猪肉质量过硬，口感还是上乘些，属于佐酒佳品。

至于米饭，则是羌寨"金裹银"。没去过羌寨的人，根本搞不懂什么是"金裹银"，其实就是俗称的玉米面蒸干饭，用大米和玉米面混合而做得名。做法是待米饭将煮熟时在面上放入玉米面，然后用筷子从上至下逐步均匀拌和，蒸熟既成。由于大米是白色，玉米面是黄色故而得名"金裹银"。

20世纪80年代时，在川西乡村生活，母亲为了改善一家人的伙食，经常在餐桌上变换花样，"金裹银"就是我们餐桌上的常客。玉米是常见的一种大春作物，一般种在自留地里或者田边地角，作为一种补充，脚下可以点些豇豆，这样就不需要特意给豇豆藤搭架了。收获后的老玉米，要在院坝里晒干，然后脱粒拿到打米房去磨成玉米面粉。

做稀饭时，米放少点水多些，快要熟时在锅里撒入玉米面粉，边撒边用筷子搅散开，做熟后就成了一锅黄澄澄的面搅团，是健脾养胃的好东西，粗细搭配的典范。至于干饭，则跟羌寨的“金裹银”差不多，我们称为面蒸蒸。因此当我吃着老杨家的金裹银时，觉得特别亲切，这不就是儿时的味道吗？

我们吃饭时，老杨就坐在旁边跟我们聊天。他说桃坪羌寨以前穷得很，羌人就种点庄稼过活，连老祖宗留下来的羌寨也无法维修，真是守着金饭碗讨口。多亏一些摄影者将桃坪羌寨的图片发在网上，大家都觉得这是一处世外桃源。一些媒体也来推波助澜，关注度越来越高，因此这里人气越来越旺，所以他们只需坐在家门口就能挣钱了，而他们羌族人也只需要保持原来的生活方式而已。

什么是原来的生活方式？不外乎就是说羌话、穿羌衣、过羌俗罢了，可是我看老杨的女儿，却穿着牛仔裤和T恤，跟城里的女娃没啥两样。老杨的女儿杨开瑞，初中毕业考上了汶川县城的一所高中，今天刚参加完军训在家休息，和我们很谈得来。

夜晚的桃坪羌寨，四处寂然无声。次日早上，在朦胧晨光中醒来，羌寨里到处炊烟袅袅，一队队游人络绎不绝地走进羌寨。寨内的巨大碉楼，与羌寨后面的石山遥相呼应，显得更加雄浑挺拔。有的碉楼高达数十米，每隔两三米就有瞭望孔。据说这些瞭望孔除了采光和防御外敌入侵之外，还有报时的作用。因为碉楼里面的瞭望孔并不是水平的斜面，而是有意识地做成很多梯步。在不同的时辰，阳光就会照在不同的梯步上，大致可以反映出时间来。

我们穿着老杨家的羊皮坎肩，戴上牧人的卷檐帽，还真有点羌人的强悍劲儿。小杨带着我们在羌寨里转了一圈，给我们介绍一些羌寨的历史，大方地同我们合影。在小杨的身上，看不到羌女的影子，只有穿上家里过节的羌服，你才会发现她和汉人有些区别。

对于旅游业如火如荼的桃坪羌寨，小杨一点也不留恋，她向往都市生活，希望将来做个医生，据说这也是她阿爸的意思。站在桃坪羌寨雄伟的碉楼上，小杨开心地唱着流行歌曲。那时我就想，如果到了成都，小杨还会穿着这身羌服上街吗？

桃坪羌寨碉楼据说施工时不绘图、不吊墨、不画线，全由羌人信手砌成。这里的石雕墙面不再平光，而是别具匠心地砌出了一道波纹，使墙面正中出现了一个由顶到底的棱角。这一棱角两侧被一分为二的墙柔和地内弯，使墙面形成鼻状。这样可使楼房所受压力通过这一曲线波分流扩散，同时又使单调的墙面顿生峥嵘气势。

1933 年茂县叠溪地震，整个叠溪镇全部被毁，形成叠溪海子。邻近县市深受其害，而桃坪羌寨的碉楼却经受住了地震的考验。穿过两千年的风霜雨雪，桃坪羌寨巍然屹立，至今完好无损，成为羌人繁衍生息的庇护所。

碉楼内部也有讲究，楼层之间全用原木铺成地板隔开。上下楼层全靠那种宽大的木梯，各层之间秩序井然。步入民居，只见房间宽阔，梁柱纵横。屋内一般有三至五层，上层或中层作为住房，下层设牛羊圈舍或堆放农具。每间房屋房顶四角或一角常常垒有一“小塔”，供奉一块卵状白色石头，为羌人供奉的白石神。

我们住的老杨家客栈，二层是客厅和厨房。在客厅和厨房之间还有一个火塘，这是羌人家族取暖和议事的所在，家族的神龛也在火塘旁边。火塘里还有一些木柴的灰烬，四周铺着兽皮，上方挂着油浸浸的腊肉。那些腊肉有的已经十多年了，色泽黄亮，据说可医治哮喘病。烟熏火燎上千年，火塘四周的墙壁全是黑黢黢的，就连那些家具也充满着一股烟火味。一家人围坐在火塘四周，大块吃肉，大碗喝酒，大唱酒歌，这样的情形不知道在火塘边出现过多少次。

桃坪羌寨以古堡为中心筑成了放射状的八个出口，出口连着甬道织成路网，本寨人进退自如，外人如入迷宫，若非本寨人指引，外人不能通行。堡内完整的地下供水系统也是独一无二的奇观，从五千多米高的山上引来的泉水，经暗沟流至每家每户，不仅可以空调一样调节室内温度，作消防设施，而且一旦有战事，还是避免敌人断水和逃生的暗道。桃坪神奇的路网、水网、房顶，组成了羌寨内地上、地下、空中三种立体交叉的道路网络和防御系统，这也是桃坪羌寨建筑的奇特之处。

八月的桃坪羌寨，正是旅游的旺季，五湖四海的游人们朝圣似的拥到这儿来，在羌寨的各个角落留下一片啧啧的赞叹声。这座云朵上的桃坪羌寨，它引领着我们穿越时空隧道，来到两千年前的羌乡。刀光剑影早已远去，而羌寨挺拔的雄姿却让我们见证了羌人的彪悍和智慧，让我们流连忘返。

绵竹米粉

南方人吃米，北方人吃面，自古亦然。然在中国，因为地域千差万别，米和面也衍生出许多经典吃法来。面有面条，米有米线。米线，顾名思义，像棉线一样细长，柔软，只不过是用大米为原料制作出来的。若问米线中最出名的，那定是云南的过桥米线，据说是秀才娘子首创的，我在成都尝过一回，跟想象中的还是有较大落差。

走遍天南海北，我最喜欢吃的还是家乡绵竹的米线。家乡绵竹，以竹为名，与攀枝花类似，绵竹也是一种植物，禾本科，和水稻差不多，开花后也会结出竹米，只不过竹子就会死掉。楠竹、斑竹和慈竹在家乡农家的房前屋后可谓遍地皆是，反而是绵竹非常罕见。过去在市委大院大门两边各有一笼绵竹，后来却不见踪影了，据说移栽到公园去了。只是我在公园里也无缘得见绵竹踪影，反倒是杜甫咏绵竹的诗碑，倒是日日所见。诗云："华轩蔼蔼他年到，绵竹亭亭出县高。江上舍前无此物，幸分苍翠拂波涛。"杜甫客居成都时，曾到绵竹拜访好友县令韦续，求得几笼绵竹，估计移栽到浣花溪畔的杜甫草堂去了。可惜这首诗知名度不高，不然倒是绵竹很好的广告词了。

在地震期间，小小的绵竹县城，一下子拥来近十万外地务工人员和援建者。两三年后，他们离开了，让他们深深怀念的，一定有绵竹米粉。因为他们的肠胃，已经适应了绵竹饮食，而米粉就是绵竹饮食中的重头戏。除了米粉，还有苕粉，二者的区别就在于一个原料是大米，一个是红苕。如果叫绵竹米线，反倒有些不伦不类的。

因为尽享都江堰水利枢纽的灌溉之利，旱没有旱过，涝没有涝过，绵竹早已成为稻米之乡。糯米可以用来酿醪糟，过过酒瘾；而大米除了做饭，也是改善胃口的最佳衍生品。绵竹人好吃，在川内颇负盛名。以早饭为例，因为夜生活丰富等原因，上班族爱睡点懒觉，早晨洗刷一番就直奔米粉店就餐。

米粉店遍街都是，以我居住的这条街道为例，仅仅五百多米长，就有九家米饭店。米粉为主占据半壁江山，兼卖稀饭、馒头、小笼包子、油茶和面条等。每天早晨天刚麻麻亮，米粉店就开门了，烧开水、收拾桌椅、熬制老汤、浸泡米粉和准备其他的食物，老板忙得团团转。米粉都是当天早晨从作坊里送到店铺来的，装在大筲箕里，至少七八十斤，加工后可以卖掉成百上千份，因此利润极高。绵竹米粉用大米做原料，将米磨成粉，煮成半生熟，压榨成圆条粉丝，经过漂水，然后搓揉成团，进行二次蒸粉、烘干制成。它较各地的米粉更细圆，更易入味，细嫩爽滑，入口即化。按制作方法还可分为生浆粉与熟浆粉。熟浆粉经过发酵工序，易于消化，有特殊的风味，但不易保存，通常是当天生产、当天消费，绝不留到第二天。因此正宗的绵竹米粉难以长途贩运，只能在绵竹及周边地区有，这应该是绵竹米粉的遗憾了。

早晨七点半左右，米粉店就开始上生意了。家家米粉店都是门庭若市，没有三四个人根本应付不过来，这个在喊，那个也在喊，老板忙得晕头转向，钱都收不赢。食客大多数就住在附近，竞争激烈，老板一个也不敢得罪，因而尽管一碗米粉不到十块钱，小生意，老板也得赔着笑脸。米粉店小小一间门面，七八米长的进深，简单一隔，就形成了操作间和就餐区。就餐区通常会摆上五六张长条桌，每桌可坐四五人，桌上的瓶瓶罐罐内，装着盐巴、米醋、酱油、辣椒油、葱花和芫荽，食客根据自己口味大小，任意添加。讲究点的店铺，会添置台消毒柜，碗筷都在柜子里放着，以示消毒。操作间里，一口开水锅永远都是热气腾腾的，系着围裙的师傅手持竹编锥形捞箕，根据食客所说的一两或者二两，在一个大木桶里，将冷水浸泡的适量米粉捞起来，放在捞箕里，不断地在开水锅里沉下去又提起来，如此反复几遍，米粉就冒热了，可以吃了，然后倒在大小不一的汤料碗中。

汤料是绵竹米粉的灵魂，一家米粉店能否经营下去，全靠汤料味道的好坏。汤有清汤、红汤之分，清汤是不加辣椒油，红汤要加辣椒油。作为不怕辣的绵竹人，一般都是选择红汤的，但是有些小孩、女士和老人，因为身体原因，会选择清汤，或者清红汤（少放辣椒，加菜油）。因此在绵竹米粉店里，你经常会听到食客这样点餐：“三个二，一清一红一红重，牛肉。”初来乍到的外地人是听不懂的，这就像江湖黑话，习惯了就明白了。所谓三个二就是三个人都是二两大碗，红重就是辣椒油多放点，而牛肉就是米粉的臊子了。因为臊子，米粉名称变得多姿多彩，例如肥肠粉、牛肉粉、笋子粉、羊肉粉、蹄花粉、鸡汤粉等等，这些臊子都是提前炒制好的，放在冰箱里待用。而米粉好吃关键与否，还跟老汤有关。在米粉汤料中，都会添加一小勺老汤，老汤是用鸡骨架、猪腿骨、老姜等熬制而成，可以让一碗普通的米粉变得格外爽口，美不胜收。

节奏快，食客随吃随走，米粉店里永远都是人头攒动。从走进店铺点餐，到一碗米粉端在你面前，通常不会超过五分钟。米粉在汤碗里任意地缠绕着，淹没在泛着油光的椒红色汤汁中，臊子、葱花和芹菜粒就那样散淡地盖在上面，红绿相间，赏心悦目。用筷子将米粉轻轻搅动，拌匀作料，那种扑鼻的香味立刻就在你的舌尖缠绕，恨不得舌头打个结。食客吃完后，有些连汤料也会喝得干干净净，暖胃暖心，真有酣畅淋漓之感。喜欢喝早酒的，还会要上二两泡酒就着米粉喝下去，于是一天的生活都变得丰满起来。

绵竹城乡，到处都是米粉店，最为著名的有史羊子米粉店，专卖羊肉粉，一年四季都得排队。还有麦香园，几十年的老字号了，先在收银台交钱买牌子，不同的食物有不同的金属铭牌。牌子交到师傅手边，就在操作台上一字排开，然后按先后顺序端出来，别有一番情趣。

阆中凉虾

阆中位于四川省南充市，嘉陵江中游，是国内硕果仅存的四大古城之一。古城之所以逐渐受到世人的追捧，那是因为物以稀为贵，因为人们想在古城的老建筑群里、老物件里，触摸到祖先曾经历过的那种烟火味儿，从而跨越时空，与先人展开一场心灵上的交流。

阆中古城完整保留下来的明清四合院建筑特别多，少量的四合院被开发出来，成了客栈，例如状元府邸、胡家院、张家大院等。在这些古意盎然的客栈里吃住，目之所及俱是两三百年前古人使用过的家具、器皿，那种内心的满足感是无法形容的。就拿张家古院来说吧，龙门门楣上悬挂着金字墨底的木匾，多是本地名人手书，字体豪放飘逸，功力不俗。左右门板都是实木的，刷着浅棕色的土漆，木纹清晰可见。门板上的落地门神是雕刻的，左关羽右张飞，服饰、兵器、插旗都刷着不同的颜色，显得大气威武，也契合阆中古城三国文化的特色。门板上半人高处各有一个金属猛兽衔口门环，敲击有声，这就是古代的门铃了。龙门左右有刻制对联，仍然是金字墨底，上联是“阆苑名坊状元流芳”，下联是“古苑雅楼香茗迎宾”，门前还各有两个石狮子。就这排场，一看也是过去的锦衣玉食之家，小家小户的哪有这么多讲究呢。

大多数四合院，仍然是由当地的老百姓住着。这一点跟那些过度开发的古城古镇完全不一样，商家没有不好，但商家太多了也不好，至于如何把握好这个度，就得看当地主政者的智慧了。每个院落里，至少住着五六户人家，他们缝缝补补，洗洗刷刷的生活场景，游客一览无余。也许阆中人已经习惯了游客猎奇的目光，看见我的镜头也不躲了，相反他们还会露出善意的笑容。也许他们已经明白，阆中人原汁原味的生活，已经成为阆中旅游的有机组成部分。

在古城南街，恢复了南门楼和一段古城墙，人们在城门洞里进进出出，颇有世事沧桑之感。如果再恢复一段护城河和吊桥，那就更加完美了。

登上南门楼，整个古城的格局尽收眼底，人字形斜坡的小青瓦屋顶在我的眼前铺陈开来，一直扩散到嘉陵江边。在那些四合院天井里，隐约可以看见葱郁的花木、劳作的主妇和嬉戏的孩童，一切都是那么自然，没有丝毫打造的痕迹。这就是阆中人，这就是阆中人的生活，一切充满了烟火味儿。

在阆中古城的各条街巷闲逛，除了那些各式各样的四合院，临街铺面最扯眼的就是那些美食了，保宁醋、张飞牛肉、川北凉粉、红糖冰粉的布质店招在微风中四处摇摆，它们撩拨着游客们的味蕾，让大家不由自主地走进店去，品尝品尝。我最喜欢的还是阆中凉虾，凉虾据说创制于湖北宜昌，相传很久以前，三峡边居住着一户彭氏母子。一年冬天，大雪纷飞，年迈的母亲病了，很想吃一口河边的小虾。儿子听后便冒着严寒来到河边，想给母亲捞虾。到河边才发现，河面早已结冰，不管他怎么用力也敲不开冰面。心急之下他索性解开衣衫，躺在冰面上用身体融化冰面，没多久，他就昏过了去。在梦里，一个白胡子老者对他说：你不是要虾吗？我教你……小伙子忽地醒来，飞奔回家按老人的方法做好小虾，一口一口喂母亲喝下，没有想到，母亲便奇迹般地苏醒过来。

凉虾制作方法逐渐在民间流传开来，后来风行全国，在四川更是得以发扬光大，成为蜀人夏日消暑解渴的一道美食。

这是我第一次吃凉虾，凉虾跟虾一点关系也没有。“凉”是指它温度低，因为在冰箱里起码要冷藏两三个小时。“虾”是指它的形状，凉虾通体洁白，晶莹透明状，头大尾小，跟剥掉虾壳的虾子倒是相像。凉虾跟凉粉算是近亲，制作工艺前期差不多：“把饭米淘干净，用水浸泡30分钟，磨成米浆入盆。无磨也无妨，搅拌器代替。锅内注入清水，旺火烧开，将米浆慢慢淋入，边淋边用勺搅动，防止煳锅。熟后注入清石灰水，改用微火煮至糊状。”如果是凉粉的话，这时就应该装盆冷却成形了。但是凉虾还需要接着操作，把盆中放入冷开水，将米糊趁热慢慢加入漏勺。米糊从漏勺孔洞中挤出落入冷水中冷却后即成了米凉虾。

老板端上来一碗红糖凉虾，盛在玻璃碗里，看着就让人不忍下口。汤色红亮，朦朦胧胧的，似乎隔着一层毛玻璃。一个个凉虾白净透明，团在糖水中，用调羹在碗里搅拌一下，碗底还加了不少的醪糟。舀起一勺子送入口中，凉虾口感细腻，绵软而有嚼头，可饮可吃，可小口喝也可大口吞。凉虾糯糯冰冰滑滑溜溜的，一股凉意霎时从心底里滋生开来。那滋味甜甜的凉凉的，令人神清气爽，倦乏之感顿消。如果凉虾中再加入芝麻粒、花生米或者冰块，我想红糖凉虾还会衍生出更多的品种以及不同的口感来。

李庄白肉

小时候站在逶迤的射水河边，看河水婉转而去，忍不住问父亲，这河水到底流向了哪里？父亲告诉我，射水河在赵镇（四川金堂县城）汇入沱江，然后流入长江到达大海。

从那时起，我就想到长江边去，听听长江的乱石穿空，看看长江的孤帆远影。那年七月，我和同学一行五六人去遵义，途中要经过宜宾，顺便到了长江边的李庄古镇，算是了却了自己儿时的心愿。从川西绵竹到川南李庄，行程近五百公里。虽路程不远，可是我们却从长江干流沱江的支系绵远河来到了长江干流边，看着浩浩荡荡的长江从我的脚下从容流过，心中默默地呼喊着：长江，我来了！

川南宜宾是长江第一城，而宜宾下辖的李庄却是长江第一镇。李庄古镇的第一可不是浪得虚名，长江李庄段平均水位上百米，三五百吨的轮船可终年日夜通航。此江段水深浪小，可供船只直接进港停泊。在李庄的长江边，我们仍然可以看见有汽轮和班轮上下输送旅客，更不用说那些来往穿梭的货轮了。

已经快夜幕降临之时，我们便在一处农家乐安顿下来后，就匆匆地去街上吃晚饭。也许距成都这样的中心城市太远，李庄的夜晚显得分外寂寞，冷冷清清的，似乎这里从来没有开发过。不过这样也挺好，因为这样我们就可以看到原生态的李庄了。

那些古街古巷，一色的青石板，整齐的铺板门，朦胧的红灯笼，显得神秘而幽深。手掌在石质的门坊上划过，凹凸不平，用手电筒照亮观察，原来都刻着精美的对联，让人不由得羡慕李庄人的富足与优雅。

终于在长江边上找到一处尚未打烊的饭馆，问其李庄的特色菜，老板介绍说："到李庄，肯定得吃李庄白肉，不然你就是白来了！""李庄白肉是一道什么菜？我还是第一次听说。"只见厨师拿出煮好的连皮肉就开始在菜板上慢慢地片起来，一片肉比成人的巴掌还宽，厚薄均匀，晶莹剔透，让人看得目瞪口呆。

以前吃过广汉的连山回锅肉，五花肉片成三指宽，我们都觉得大了，今天的李庄白肉简直成了庞然大物。我们只得跟厨师说："你的刀工我们很佩服，不过肉片太大可能不太好入口，还是切小片点吧！"于是厨师又拿去重新改小再端上来，然后又端上来一碗蘸料。

原来李庄白肉就是蘸水肉片，像我们经常吃的蘸水土豆一样。李庄白肉蘸料十分讲究，选用大蒜、辣椒、花椒等一并舂成糊状名为"糍粑海椒"，调上恰到好处的酱油、白糖、味精等各味，作为李庄白肉的蘸料，现蘸现吃，肥而不腻，入口生香，令人叫绝。

如果肠胃不好，吃李庄白肉可能会拉肚子，这可不是乱侃乱说。李庄白肉端上桌时，我只吃了一块就没有吃了，剩下的被那些同学一扫而光。到了第二天早上，就有人开始闹肚子。其实这很正常，这就是水土不服，当然也有李庄白肉的原因。

白肉在煮的过程中，要随时除去煮出浮在水面的血沫，还应保持摄氏九十度水温，即水沸时就加凉水，使肉从外到里受热均匀。若水温过高，就会出现皮汃肉生的现象，影响成菜。煮约半小时，用竹签刺进肉内无血水冒出时，表明肉已断生至煮熟。就将肉捞起放在凉开水中浸泡，以防结皮影响刀工片制。

李庄白肉本身油腻脂肪多，如果火候再没有掌握好，肠胃弱的肯定会闹肚子。还好白肉讲究蘸料，里面大蒜较多，可在一定程度上预防腹泻。其实这也充分证明，吃东西得有节制，在外地品尝美食，尝尝味道就行，别贪多。

李庄白肉选料精、火候准、作料香，特别是刀工片制，堪称一绝。成菜白肉肥瘦均匀，晶莹剔透，每片长 20 厘米，宽 10 厘米，厚 1 ～ 2 毫米，肥而不腻，爽口化渣，无穷回味。李庄白肉原名“李庄蒜泥裹脚肉”，是古时居住在李庄僰人的家常菜。僰人因为沧海桑田消亡了，可是这道菜却传了下来。

抗战中期，为避战火，一些文化机构迁到李庄继续做研究。

有一天，国立中央研究院社会科学研究所所长陶梦和博士慕名来吃蒜泥裹脚肉这道菜时，深深地被它的色香味所吸引，赞美之词不绝于口。

老板趁机让陶所长取个好听的菜名，陶所长沉吟半晌说：“这道菜讲究刀工，而且作料也很独特，蒜泥必不可缺，就叫‘李庄蒜泥刀工白肉’吧！”

老板听了，禁不住拍掌叫绝，好一个“李庄蒜泥刀工白肉”！妙，妙，妙极了！

从此以后，“李庄白肉”就一直叫了开去，成了李庄的一张美食名片！

因为黄金水道的缘故，李庄占尽了天时地利，成就了今天的喧嚣和繁华。多年的积淀，先人们在李庄留下了席子巷、羊街、螺旋殿、魁星阁等保存完好的古街古巷和民居，这些都成了李庄人不可多得的文化遗产。

席子巷过去是加工、出售草席的地方，前店后厂，60米长，2.5米宽，青石板路面。整条街都是一楼一底的木建筑，穿斗结构，二楼清一色的木挑吊脚楼，上有屋檐，这一来就把不宽的街覆盖了，街两旁的檐口仅40厘米的距离。站在街市往上眺望，仅看见一丝天空，故而席子巷又被称作一线天。这一条青瓦遮挡阳光雨水的小街，也遮挡了外界的喧嚣，人们不急不缓地过着悠闲的日子，挑水的、拉车的、摇蒲扇的，步履都那么舒缓。

席子巷的特异之处在于各家各户的大门外都有成人腰部高的半截木门，我们观察了半天也不知其意，索性问一门外闲坐纳凉的老妪。她说：“这叫腰门，又叫二门。过去大户人家的小姐，受封建礼法约束要大门不出二门不迈。可是女眷们要做女红，关上大门吧光线不好，打开大门吧这又是临街过道显得不雅。于是就想出了折中的办法，做成腰门，光线可以射进来，而女眷们也可以与外界保持一个沟通，看看熙熙攘攘的市井生活。当然腰门对家里饲养的猫狗也是一种关栏。”想不到这小小的腰门还大有文章，这真是不虚此行。

抗战中为避战火，中国同济大学、中国营造学社等文化机构相继迁来李庄落户，一待就是六年。我想他们也许正是看中了李庄深厚的文化积淀，来给人文荟萃的李庄锦上添花，使李庄在全国名镇中又留下了独一无二的抗战文化。至今，那些大学使用过的建筑还完好地保留着，只不过人去楼空，让人顿觉沧海桑田之感。

其实这样的情形在李庄还不少，那些大户人家的院落也是这样，都有近两百年的高龄。墙壁虽然斑驳不堪，然而那种大家气度、历史的厚重却扑面而来，只不过室内都空空如也，甚至积满了蜘蛛网和灰尘。这就是李庄开发上的滞后了，游客来了看什么，他们定是不愿意带着遗憾回去的。但也许李庄是栽好了梧桐树，专等金凤凰吧！

梓潼片粉

梓潼是个丘陵山区县，位于川西北绵阳市境内，是川陕公路 108 国道上的一个重要节点。这条路自古就是出川入陕的通道，蜀地要想和中原王朝联系，非走这条路不可，因此这条路也具有非常重要的政治、军事价值。梓潼境内川陕公路两侧多为历朝历代种植的柏树，一人合抱的大树比比皆是。柏树生长缓慢，能长到这般大小，还能躲过人类的砍伐，可见当地人保护树木的意识极强。

柏树树龄很长，最老的柏树甚至可以追溯到秦始皇时期。这就是驰名中外的翠云廊，读孝泉师范时，美术老师罗开富就曾经用水墨山水的形式表现过翠云廊，可惜那时年幼，连翠云廊在哪个方向也搞不清楚。夏日中午，如果开车在翠云廊经过，虽然也是蜿蜒盘旋的山路，但是两侧的柏树浓荫蔽日，柏枝苍翠，还散发出馥郁的芳香，真是别有洞天。

七曲山大庙就位于翠云廊路边。这是道教之中的文神文昌帝君的祖庙，始建于晋，为蜀地百姓祭祀张亚子而建。元初，张亚子被封为“文昌帝君”后，在此建的道教宫观“文昌宫”。后经元、明、清三代多次扩建，逐步形成了由三条轴线组成的道教文化建筑群。庙占地 1.2 万平方米，建筑面积6000平方米。主要建筑有元代盘陀石殿，明代桂香殿、天尊殿、清代百尺楼等，在建筑手法上保留了一些宋式做法。大庙较完整地展现了由元到清各个时期的建筑风格，是研究古代建筑史的重要实例。

文昌帝君可不得了，他就是文曲星。古代参加科举考试的读书人，现代参加高考的学生，只要有那个经济条件的，都愿意亲自到梓潼七曲山大庙（这里是文昌帝君的祖庭）来烧高香许愿，以保佑自己在考试中金榜题名。如果考场发挥好中举了或者考上大学，学子们还得到大庙来还愿，因此大庙的香火特别旺盛。如果嫌路途遥远的，也可在本地的文昌宫上香，再不济的父母，也要在堂屋里的神龛前，给文昌帝君通白下，让他保佑自己的子弟。

在蜀地，文昌宫遍地都是，一个县境之内，十来座应是有的。至于神龛，凡是家里有老人的，特别是乡村，哪家哪户没有啊？在他们的堂屋里都有神龛，讲究点的是请木匠特意打造的神龛，显得特别精致。普通人家，就在场镇上，请那些摆写字摊的写一道家神牌位，在堂屋正对大门的墙壁上挂起来，初一、十五祭拜。中间是“天地君亲师位”，两边有数行小字，写着各行各业保护神的名号，譬如鲁班仙师、真武祖师、镇江王爷等，其中就有“文昌帝君”，是专门庇佑读书人的。文昌帝君并不是孔子，这是我们不能混淆的。

梓潼县能够拥有文昌帝君的祖庭，成为普天下读书人心目中的圣地，这真是它的莫大幸运。除了翠云廊和七曲山大庙外，梓潼片粉也是梓潼县的一张名片。梓潼属于丘陵山区县，盛产水稻、小麦、红苕和豆类，这给梓潼片粉的生产提供了条件。“片”，跟形状有关，一片一片的，大约有成人大拇指那么宽，最宽的可达一寸。“粉”，则是跟原料有关，米粉、凉粉、粉皮、苕粉、荞面等小吃，都需要通过某种工艺将食材中的淀粉提取出来，梓潼片粉也不例外。

它采用优质绿豆、豌豆和红苕淀粉为主料，其中以绿豆为最佳。按照民间传统工艺，配以清甜井水，精细操作。首先将青菜汁、韭菜汁中的自然色素与淀粉稀释成浆，舀入平底圆形金属锅内荡平，放入沸水锅中摆动数下，待粉浆凝结成薄膜状，将平锅提出，放入清水冷却，然后起出，平铺在桌上，照此分法码至约 1 ～ 3 寸高，用刀切成宽约一寸的长条，吃时一片一片撕开，薄滑透明，故称片粉。

在梓潼县城，我是第一次吃到了传说中的片粉。一大团片粉摆在摊主的不锈钢摆盘上，一根片粉就有十多厘米长，黄亮亮的，闪着诱人的光泽。如果再窄一点，就和粉皮差不多了。从制作工艺可以看出，如果不怕麻烦，梓潼片粉的颜色也可以变出很多种，淀粉中如果兑入了韭菜汁则片粉颜色偏绿，如果兑入苋菜（蜀地端午节餐桌上的必备蔬菜，炝炒后菜汁呈红色）汁，片粉颜色不就偏红了吗？

“老板，来碗梓潼片粉！”片粉摊由火三轮改建而成，摊主是位大婶。

她一边麻利地抓片粉、放作料，一边自豪地说“梓潼片粉”是这里的招牌小吃，外地人过梓潼，不吃一碗片粉那就算白来了。

梓潼片粉折叠在白净的瓷碗里端过来，层次分明，隐约可见打底的豆芽菜，片粉上撒着葱花、蒜粒、花椒粉和熟油辣子，这些颜色搭配起来真是养眼。

用筷子慢悠悠地搅拌均匀了，夹起一段片粉送进嘴里，柔韧耐嚼，味香爽口，似乎一股凉意在全身血管游走，顿觉暑热全消，这是品尝其他小吃从来没有过的感受。

如果在梓潼片粉里再加上少许芥末油，我想食客尝后更会叫绝。过春节时，春卷蘸料中通常放有芥末油。过去我吃不来，不敢吃，尝过蘸有芥末油的春卷后，总觉得像怒发冲冠似的，一股冲劲从口腔直冲天灵盖，似乎要把我的头骨掀开，然而冲劲过后，全身舒坦。同是凉拌小吃，片粉本来就入口凉爽，如果再加上芥末油的冲劲儿，那味道不就更绝了吗？

梓潼片粉是“梓潼三绝”之一，三绝都是美食。另两绝是梓潼酥饼和梓潼镶碗，各有特色。

梓潼酥饼俗称薄脆子，又叫贡饼。唐天宝年间安史之乱，玄宗避难入蜀，途经梓潼上亭铺，有人以该饼进贡，玄宗尝后大加赞赏，于是梓潼酥饼在长安渐为人知，时有谈及，并称之为贡饼。

梓潼镶碗最早是宫廷御膳，以蛋清、蛋黄、精瘦肉末为主料，分层镶嵌清蒸后，辅以清淡羹汤而成。看上去上黄中白下肉色，层次分明，吃起来真是清香、酥软、味鲜。

剑门豆腐

“蜀道之难，难于上青天。”这是李白诗中的名句，竟成为千百年来蜀道的一张文化标签。这就不难理解，三国时蜀国何以能够与曹魏以及东吴周旋近百年而三分天下，这就是秦岭对蜀地的眷顾了。

川陕之间，至今仍留下了一段贯穿古今的剑门蜀道，从蜀地的梓潼越过崇山峻岭，一直延伸到汉中平原。孔明的木牛流马已经绝迹，纷纷扰扰的争斗已然偃旗息鼓，然而那些蜀道上的驿站名却沿用至今，那些蜀道上的古柏树却依然郁郁苍苍。

古柏据说是当年张飞所植。在剑门蜀道的翠云廊上，我目睹了这些生机勃勃的柏树。翠云廊以剑阁县城为中心，东至阆中，西至梓潼，北至昭化，绵延三百余里，虽历经千年沧桑，仍然保留了原来驿道的旧貌，古风盎然，更显雄浑苍凉。翠云廊浓荫蔽日，繁茂苍翠，远远望去，蔚然如云。

夏日正午，我们走得累了，索性坐在树荫下歇息，空气中弥漫着一股柏树特有的芳香，让人神清气爽。在翠云廊的近万株古柏中，有一株树高十丈，冠阔二十米，胸径二米三的古柏尤其惹眼，要七个成年人伸直双臂才能将其合围。为此，朱德元帅到此游览时，特别赐名“大帅树”，誉为“树中元帅”。

以柏树作为行道树，而且能够保留上千年，也许只有剑门蜀道了。一段剑门蜀道，半部三国历史，在剑门蜀道的沿途，三国遗迹比比皆是，其中剑门关最为著名。

剑门关两侧是笔直的山崖，关楼修建在大剑山中断处，为东峰营盘嘴、西峰金城山断崖之间的天然峡谷隘口。东西两崖石壁如刀砍斧劈，平地拔高一百五十米，关口两崖的峭壁全部由表面光滑、硬度特强的卵石构成，这些卵石大小不一，卵石里还夹有白色的小贝壳。

剑门关关楼始为三国蜀汉诸葛亮修筑，历经战火焚毁，现在关楼是复制品。关楼与周围的险山幽壑浑然一体。整个关楼两层一底，上筑堞垛，居高临下，供瞭望射击。顶楼阁檐正中，悬有“眼底长安”匾额。关楼东侧高处，筑有高高的烽火台，四周有堞垛射孔，烽火台又以城墙与关楼相连，中间铺以石级踏道，上通下达。楼下依崖傍山修有一段栈道，形成一处关楼、城堡、栈道的仿古建筑群。

关楼的东西两面俱是绝壁，关楼的前面即北面是山势呈六十度的陡坡，杂以乱石荒草。穿关楼向北流出的大剑溪水直泻而下发出阵阵轰鸣。“一夫当关，万夫莫开”。自秦汉以来，在这里经过的上百次战争，无一战例是从正面强攻奏效的。细细品味，不得不佩服诸葛亮在此修筑关楼建立军事要塞时选址的智慧和精细。

从剑门雄关下来，我们乘兴在剑门关镇午餐，吃了剑门关豆腐宴。剑门做豆腐，那都是用石磨推、拐磨拐，因此磨出的豆渣少，点出的豆腐不仅量多，而且柔滑水嫩，吃起来上口。随便走进一家饭馆，菜单上全是豆腐菜品，看得人眼花缭乱，没饱口福先饱眼福。

据史料记载，豆腐源于西汉，先在安徽、湖北一些州郡的豪门贵族、达官显贵府第中制作享用，后流传到汉水、淮河一带。剑门关镇的豆腐制作技术起源于三国时期，至今已有上千年历史。相传三国时期，蜀汉大将军姜维在汉中被魏将钟会以及邓艾打败后，退到险隘剑门关。当时姜维营中兵疲不能战，马乏不能骑，眼看蜀北屏障剑门危在旦夕。剑门一地方官忙向姜维献计：闭关三日不战，号令百姓家家磨豆浆，以豆腐犒赏士兵，以豆渣喂战马，待兵马体力恢复再战。此计确实很灵。使士兵和战马体力迅速得到恢复。三日之后，姜维仅引五千兵将杀下关去，大败钟会，使魏兵倒退数十里下寨，以此解了剑门危急。

又传当年唐玄宗入蜀途经剑门，因身体疲劳，又思贵妃，寝不安，食无味。

乡民用豆腐宴接驾，唐玄宗顿时胃口大开，乃问："此乃何物做成？"

答曰："金豆豆。"玄宗便赐名为"皇豆"。后来，老百姓怕犯禁忌，就改称"黄豆"。

郭沫若等名人尝过剑门豆腐后，都赞不绝口，故有"不吃剑门豆腐，枉游剑门关"之说。

剑门豆腐大致分三类：一是传统家常菜，如麻辣豆腐、鸡扒豆腐、熊掌豆腐等；二是做法与三国典故有关的，如桃园三仁豆腐（花生仁、核桃仁、杏仁）、周瑜水师（豆腐烧鱼）、火烧赤壁（锅巴豆腐）等；

三是现在很多店面的创新豆腐菜，用传统的豆腐和新式手法结合做的菜品，比较受年轻人所喜爱。

“剑门豆腐”的最大特点是：白、细、韧、香，离剑门关仅 30 里的剑阁县城做的豆腐就比剑门逊色多了。县城和其他地方有人把剑门关制作、烹调豆腐的好手请去，但做出的豆腐色、香、味仍无法与剑门豆腐比。究其原因，除了制作工艺精细独特之外，还有如下两方面的原因也尤为重要：一是制作剑门豆腐的水是来自剑门七十二峰的山泉水；二是高蛋白质含量的特产豆子，产自剑门七十二峰的石沙地。剑门豆腐已有两千多年历史，色香味俱佳，已衍生出一百八十多个菜式，且文化含量很高，早已闻名遐迩。

走马剑门蜀道，我们其实是开车去的，一路风驰电掣，犹如古蜀道上纵马飞奔的驿卒。马蹄嘚嘚，鞭声阵阵，那可是孔明在向成都传递捷报的使者吗？

PART 6
×
茶酒风流

且邀明月醉泸州

贵州毕节绵延千里的杜鹃花海美不胜收。我们从毕节赏花回来，途经泸州时，住在泸州的表哥让我们无论如何也要在泸州停留一天，他要款待我们，尽尽地主之谊。表哥大学毕业后，在机关工作了一段时间，后来辞职做起了建材生意。不到十年，就积累了丰厚的家产，也算我们这个家族中最成功的角色了。

到了泸州酒城，肯定得喝酒。我这人虽然酒量不好，喝酒又爱上脸，但只要兴之所至，还是喜欢喝点酒。个中原委，在社会上行走的男女应该都知道，若不喝酒，酒桌上就没有气氛啦。如果一个人不喝酒、不打牌，又没有其他的爱好，那么这个人的日子是很无趣的。三杯两盏淡酒，管它冬夏春秋，能喝你就多喝点，这也是上天赐给你的衣禄。更何况，不喝酒攒不到酒钱，不抽烟攒不到烟钱，我们不外乎尽量选择健康的生活方式罢了。

前些年时兴自酿葡萄酒，我也没有免俗，做了两三次。每年进入七月，葡萄就上市了。水果摊上堆满了一串串的紫葡萄，水灵灵的，泛着莹莹的光泽，衬着手掌般的葡萄叶子，特别养眼。有些小贩把葡萄散装在三轮车上，倒推着车沿街叫卖，精明的主妇们马上就会围过去，几十斤地买回家酿酒喝。如果你嫌街上的葡萄不新鲜，也可以赶车去郊区的葡萄园买。在县城去龙门山的路两边，到处都是葡萄园。很多城里人拿着农家的剪刀走进葡萄园，亲自把一串串的葡萄从架上剪下来，享受那份收获的喜悦，这也是当地农家乐的特色之一。

买回葡萄之后，首先要浸泡和清洗，这是去掉农药残留和杂质的必要手段。接着把葡萄一粒粒地剪下来，晾晒在筲箕里沥干水分，剪的同时就得进行选择，把那些烂葡萄清理掉。然后用手把葡萄捏碎，这样便于葡萄发酵。挤好的葡萄放在陶瓷坛里，放一层葡萄撒一些白糖。坛子装得不能过满，因为发酵的葡萄要排气。最后就把坛口密封起来，但也不要密封太严实，否则会引起爆炸，然后放在阴凉通风处，让其自然发酵。

葡萄酒坛放在杂物室里，一星期左右居然就有酒香了。我们的房间里到处都充盈着这种浓郁的香味，简直像个酿酒作坊。以前家里用糯米做过醪糟，但是必须得放点酒曲的。酒曲似乎是个引子，没有酒曲，再高明的主妇也是做不出醪糟的。可是没想到，自酿葡萄酒居然比做醪糟还简单，真是得来全不费功夫。约莫一个月左右，葡萄酒就可以开坛了。葡萄渣都沉在坛底，上面就是可以直接饮用的葡萄酒。如果讲究一点，也可以用纱布把陶坛里的葡萄酒过滤几次，这样饮用的时候，酒质会更加纯净。

每天临睡前，喝点葡萄酒，据说可以帮助睡眠。但是在泸州这座以“泸州老窖”出名的城市，我们自然不可能喝红酒了。于表哥来说，他储存的好酒很多，譬如国窖1573这些名酒，已经算很平常了。表哥带我们去参观了泸州老窖酒厂旅游区，例如 1573 国宝窖池群、独特洞藏文化的天然储酒洞纯阳洞等，又在长江边的游船上请我们吃河鲜。长江边的城市，很多酒店都会开在船上，这是一种特色。外地人来了，也会觉得很新奇，泸州自然也不例外。

“城下人家水上城，酒楼红处一江明。衔杯却爱泸州好，十指寒香给客橙。”清代诗人张船山在《咏泸州》中，寥寥数笔给我们勾勒了一幅泸州风俗画：夜幕下的江面上灯火通明，达官贵人们在酒楼上一边品尝着美酒，一边欣赏着歌舞姬的低吟浅唱，一如既往地纵情于声色之中。宾主高谈阔论，把酒言欢，不觉已颇有醉意，旁边的侍女则为主人递上了橙子解酒。仅仅四句，“酒楼”和“衔杯”都点到了“酒”字，足见饮酒作乐是泸州人夜生活的主题，泸州酒城真不是浪得虚名。

泸州古称江阳，位于长江、沱江交汇处，可谓占尽天时地利。古人建城，均会选择依山傍水之处，因此大江大河沿岸遍布星星点点的城市。这样一可享舟楫之利，方便商贸流通；二可以山水为屏障，保境安民；三则有山水可渔猎或采集或满足薪炭之需；四则河道两岸会有冲积平原，方便百姓耕种。

过去蜀道之难难于上青天，泸州就是水路进出川的重要节点。唐宋以降，泸州地方长官，不乏军国重臣出任，众多诗人墨客，都曾沿着长江水道出入四川，在泸州和泸城内外的山山水水之间，留下了他们的锦绣诗篇，甚至在离开泸州以后，他们还在“忆过泸戎摘荔枝”，念念不忘“此州雄跨西南边，平安烽火夜夜传”。

“温家老窖三百年，泸州大曲天下传”，文人骚客们念兹在兹，不曾相忘的仍然是泸州酒。诗酒一家亲，没有酒助兴，诗人岂能文思如泉涌呢？泸州酒业，始于秦汉，兴于唐宋，盛于明清。夏、商时期，泸州为“梁州之域”，至周代则属“巴子之地”。正所谓“清酒之美，始于耒耜”，巴蜀出产“巴乡清”酒，曾是向周王朝交纳的贡品。

四川人喜欢饮酒，五粮液、剑南春、泸州老酒、郎酒等名酒，丰满着四川人的闲淡日子。“一壶浊酒喜相逢，古今多少事，都付笑谈中”，在觥筹交错间，日子就在我们的迷蒙醉眼中悄悄地溜走了。有时候很奇怪，我就在想：为什么四川人在酒桌上要喝酒呢？我们就不能以茶代酒吗？可是当你真正遇到这样的饭局时，你会发现不会喝酒的应酬一点意思也没有。

但是在酒桌上就不一样了，你会发现你得重新认识你的这些朋友，他们变得开朗了、体贴了、幽默了，甚至具有大家风范了，更有亲和力了。这都是酒精的作用，话是酒撵出来的，不该说的话也说了，平时推三阻四的事情，现在也能定夺了。

徜徉在泸州的街头巷尾，我发现泸州人真是喜欢喝酒的族群。他们早上吃点蘸水豆花米饭，也要喝点白酒。吃豆花喝早酒在泸州延续了数百年，都说“早酒晚茶五更色”对身体不好，可是泸州人没有管这么多。因为这已经成了他们的生活方式，如果遇上三朋四友在一起，还会划点酒拳助兴。酒拳就是酒令，两个人嘴里说酒令，手上比动作。酒令和动作表达内容要统一，输者则会按约定多饮一些。

泸州酒拳跟绵竹不一样，我们动辄就是：“哥俩好啊，五魁首啊……”争得面红耳赤，颇有互不相让之势。泸州人却是这样说的：“三国有个猛张飞，身穿甲头戴盔，络耳胡拿威威，四季四季拿威威呀。八字八仙哪该你喝呀，我拿威威呀……”这样的酒令让人耳目一新，可见三国文化在民间影响力之深，连贩夫走卒之流划酒拳也是爱拿张飞说事。

喜欢喝早酒的泸州人多是当地的船帮和马帮，他们从事着较为繁重的体力活，而喝酒可以解乏，让他们从早上开始就精神抖擞。泸州名小吃黄粑也跟泸州酒有关，黄粑实则为黄糖糯米糍粑，外面裹以软桨叶，可切片加热，也可油炸。据说饮酒前吃点黄粑可以养胃，酒量不减反增，因此成为男人们的最爱。黄粑是泸州人走亲访友的馈赠佳品，大家除了送酒，一定得再加上一些黄粑，两者之间成为绝配。

泸州属于川黔滇渝接合部区域中心城市，上次我们去贵州遵义，就一路从泸州古蔺县经过。古蔺属于酱香型白酒郎酒原产地，而赤水河则是闻名世界的一条美酒河。两岸名酒犹如群星闪烁，例如茅台、郎酒、习酒、潭酒、董酒等，不出百里必有好酒。

可惜天公不作美，上游刚下过雨，赤水河浑浊不堪，虽水势汹涌却没有一点美感，唯独两岸山势陡峭，刀砍斧削一般，给赤水河增加了些凌厉之气。

据老乡介绍，如果上游不是普降暴雨，赤水河必定是清澈见底，甚至可以直接饮用。老乡的话有些许夸张，但是两岸因为有酒厂，属于支柱产业，估计也不会发展化工这些污染行业。赤水河畔有个太平镇，过去叫太平渡，而“红军四渡赤水”是在这里，所以它也是个重要战场。

太平镇依山傍水，民居多顺河而建，形成了高低错落的山镇特色，规模较大。太平渡形势非常险要，因此成为国共双方争夺的焦点。成都军区在镇后山坡上援建了“中国工农红军四渡赤水太平渡纪念馆”，纪念馆前的广场上，散布着很多红军行军中的雕塑，一律的古铜色，塑像的高矮、年龄、姿态各不一样，但是他们的眼神都分外坚定，表现出坚强的革命乐观主义精神。

“佳酿飘香自蜀南，且邀明月醉花间。三杯未尽兴尤酣，夜露清凉挽乐去。青山微薄桂枝寒，凝眸迷恋玉壶间。”苏东坡也在《浣溪沙·夜饮》这首词里对泸州酒赞不绝口，可见泸州酒魅力非凡。古往今来，不知多少文人墨客在微醺的状态下，将绝佳的词句献给了泸州和泸州酒。

现在，如果泸州没有泸州老窖或郎酒，我想“中国酒城”的名号定会大打折扣，而泸州不知会变成什么样，至少泸州人不会吃豆花米饭喝早酒了，也不会吃黄粑解酒了，而赤水河将会成为一条极其普通的河流。但如果这些都只是假设，走在泸州，扑面而来的就是浓浓酒香。我们不妨像杜甫、苏东坡和张船山等人样，“今朝有酒今朝醉，且邀明月醉泸州”！

壶中岁月

“杯里杜康乾坤大，壶中绵竹岁月长。”杯壶瓶坛碗，都是盛酒的器皿。抱着坛子喝酒，也只有梁山好汉中的鲁达之流嗜好，粗犷豪放，尽显英雄本色。大碗喝酒，大块吃肉，今朝有酒今朝醉，管他明日各西东。好汉们本来就是把脑壳提在裤腰上耍，在意的不外乎及时行乐罢了。

同是好汉，我反倒比较欣赏林冲落魄时，把酒葫芦挂在花枪杆上，走得累了就打开壶嘴畅饮几口解乏的画面，这样显得斯文点。这倒并不是我有多斯文，只是我觉得喝酒还是应该品品味道，浅斟慢饮，不要一个劲儿地猛灌，那真成了酒囊饭袋之徒了。

男人不喝酒，枉在世上走。作为一个在世上讨生活的绵竹男人，我曾经一度想通过锻炼把自己酒量提高，免得自己在酒桌上成为弱势群体。可是锻炼来锻炼去，我的酒量还是原地踏步。我一喝酒就脸红，脸红就心跳加快，头脑发热，根本就不敢硬着头皮喝下去，再喝就只有失态了。

看酒识人，在绵竹历来就有这个传统，老辈人就有“酒桌上选女婿”的说法。烟是和气草，街头巷尾见面，男人们寒暄两句都要递上一支纸烟抽抽，拉拉家常。如果关系铁或是至亲，是哥们儿，则无论如何都要到家或者在酒馆里醉一场，说些体己话。

自打会喝酒起，父亲就再三告诫我们：“喝酒伤身，能喝三两喝二两，留些余地最好。”父亲的教诲我是谨记在心，因此在外喝醉的次数很少。喝醉之前，不管别人怎么劝酒，我都不会中招，所以这点自制力我还是有的。

这些年来，经历了大大小小的酒局数百次，也看惯了太多的人醉酒，我对喝酒、劝酒真的是了无兴趣，因为那也只不过是假意逢迎罢了。可有时候控制不住自己，还是醉了那么两三次。最难忘的是那一次在女友梅家醉酒，她的父亲、哥哥都是喝酒高手，我那点酒量对于他们来说也不足为奇。

那年中秋节，我在梅家过节，酒过三巡，梅的哥哥耀阴阳怪气地说：“有些人喝酒不得行，打牌不得行，跟瓜娃子有啥区别。”说完之后，耀还故意睁着满是血丝的眼睛看我有什么回应。

我看他醉醺醺的样子，心里五味杂陈。一个人有无出息，难道就是用酒和赌来衡量的吗？迫于梅的情面，我没有发作，硬着头皮端起酒杯一个个挨着敬酒。那天晚上，我喝酒严重超量，端把竹椅坐在院坝里醒酒，一直坐到天快亮，期间不断地发干呕，最后吐得一塌糊涂。

梅说我傻，意气用事。

我回答说：“我无怨无悔，是个男人都得争这口气。”

现在想来，当时真是不应该。干吗跟醉酒之人一般见识，倒显得自己也成了一个庸俗之人。

我第一次醉酒是九岁，那不是白酒，叫米酒，即醪糟儿。那是夏天，屋外的日头明晃晃的耀人眼，母亲去曹家庵赶场卖鸭子，我在家里守门。我在院子里看了一会儿书，蝉儿叫得人心烦气躁，我心想母亲走了，这可是吃醪糟儿的好机会。

这坛醪糟儿母亲刚做了七天，我解开缠在坛口的绳子，揭开胶布，一股香味就扑鼻而来。我用瓷盅向下一压，盛了一碗醪糟儿水，连米糊子也没要，两三口就喝完了。净醪糟儿水竟比醪糟儿还好吃，我又盛了一碗。喝着喝着，我觉得自己的小脸热乎乎的，额颅好烫哟，就躺在马扎子上迷迷糊糊地睡着了。

母亲赶场回来后看见我睡在马扎子上，她还以为我生病了。可是我满嘴酒气，装醪糟儿的坛子口也没有密封，她一下就明白了。

母亲严厉地说："你又偷吃醪糟儿啦？你这娃儿咋个听不进去哟！"

我慌慌张张地说："没有呀，我瞌睡来了，就在马扎子上睡着了。"

母亲生气地说："大白天你打瞌睡，你骗哪个！"

母亲拿来一面镜子让我照。我极不情愿地拿过来一看，自己都笑了：我的脸红扑扑的，连耳朵都是红的，嘴角还残留着几粒醪糟儿米糊子。

我讨好地说："妈，你莫打我，都怪你的醪糟儿做得太好吃了，我就偷偷地吃了两碗。"母亲慈爱地笑了，她最喜欢别人说她醪糟儿做得好。

不过父亲知道后，却是一声叹息："唉！这娃儿跟我一样，喝点醪糟儿就上脸，将来长大了，在酒桌上咋个混哦！"

父亲做了十来年的生产队长，烟米米大个小干部，可是逢上大队开会聚餐，领导敬酒，也得应酬啊！没有酒量就只能看着别人在酒桌上谈笑风生，而自己只有草草扒几口米饭走人，酒桌上待不住啊！

没想到我正如父亲所说，在酒桌上真的只能沉默是金，以至于一些酒桌高手看不过意，主动会保护我，提醒别人：“这娃喝酒不得行，放他一马吧！”或者就教我一些耍水的手段，比如一边喝酒一边用纸巾揩嘴啊，喝酒之后赶紧喝茶啊。唉，酒量不好，在酒桌上那滋味确实太难受了。

无酒不成席，此话不假。绵竹人是离不开酒的，这也是绵竹餐饮业在汶川地震后特别火爆的原因。活着就是胜利，活着就要享受生活，享受生活能离开酒吗？哪怕一个人吃点小菜也要咂两口白酒，这就是绵竹人的生活状态。

满月酒、抓岁酒、生日酒、状元酒、结婚酒、上梁乔迁酒、升迁酒等，婚丧嫁娶，喝酒贯穿了人的一生。更不用说，一年还有那么多农历、阳历节日，每一个节日都可以成为喝酒的理由。特别是春节，亲朋好友讲究吃点转转会，每家每户轮流请客，可是从初一到十五只有十五天，一个人当两个人用也走不过来。没办法，一些人请客就只有延期了，哪怕排到六月间也无所谓。

过去条件差，每周能吃一回猪肉都算小康之家，因此肉贩大多允许主顾赊肉回家，一月、半年甚至大年三十前付账都可以。猪肉整块煮熟后，就会切下四四方方的一块肉来，放在神龛前祭奠祖先。母亲通常还会摆上一杯水酒通白一番，不外乎让祖先保佑后人清洁平安之类。清明上坟、七月半拜鬼也是这样，可见酒水在祭祀中也是重要道具。祭奠完毕，父亲通常就把祭祀酒喝掉了。

酒是农人解乏的良药，一杯白酒下去可以让他们睡个好觉，忘却暂时的烦恼。尽管白酒在代销店中中随时都能买到，但是要想一天喝两顿酒，还是比较困难的。因此有时吃饭时，谁不小心把酒杯碰翻了，父亲马上就拉下脸来，“酒是粮食烤出来的，咋能这样浪费呢。”说完就急忙用手在酒上一拂一扫，然后在膝盖或肘关节处擦一擦，说是能舒筋活血。父亲那一本正经的样子让我们忍俊不禁，但同时也让我们意识到一粥一饭都来之不易，更不用说白酒这样的奢侈品了。

天天“酒精”考验，想起这么多应酬，酒量浅的人头都大了，特别是我这种喝酒就上脸的。我还是怀念母亲做的米酒，酒精度数低，自然发酵，纯粮食酿制，绿色无公害食品，喝下去对身体还有保健作用。

中国酿酒历史源远流长，然而占主流的仍然是米酒、黄酒和果酒这些低度酒，至于现在流行的白酒，则已经是元明以后的事情了。比如武松景阳冈打虎，喝的应该就是米酒，你让他喝下十八碗高度白酒试试，早就酒精中毒而死了，还打什么老虎呢。

因为尽享都江堰的灌溉之利，绵竹早就成了天府之国的鱼米之乡，成了人人向往的洞天福地。这里泉堰密布，沟渠纵横，农产品丰富，气候温和，湿度适中，因而自古以来酿酒业就非常发达，让人民饱尝美酒的甘醇。

北宋元丰五年（1082 年）五月，绵竹武都山严仙观道士杨世昌，去湖北黄州苏轼处做客，居留数月，将其悉心掌握的酿制“蜜酒”配方及其生产工艺，传赠给东坡居士。

为了答谢杨世昌的馈赠，苏轼特地作了一首古诗，名曰《蜜酒歌》，赞扬此酒的高位品质，并在诗前的小序做了说明，其词是：“西蜀道人杨世昌，善作蜜酒，绝醇酽。余既得其方，作此歌遗之。”诗中形容蜜酒是“真珠为浆玉为醴”“三日开瓮香满城”，极尽赞美之能事，算是无形中给“鹅黄蜜酒”打了广告。

时至今日，绵竹仍有“鹅黄蜜酒”的遗存。醪糟米酒，上点岁数的老辈人都会做。首先把糯米洗净，在盆子里泡半天，接着将泡涨的糯米蒸熟，倒入筲箕，用凉开水把米粒冲散冲凉，沥干水分，然后将米饭加入碾细的甜酒药拌均匀，倒入一只敞口的坛子里，把米饭压平实，中间用筷子插很多小洞来通气，最后在坛口上盖上一块胶布，用细绳子沿着坛口牢牢地把胶布缠紧，再用一块红砖压在上面，七天之后就可以开坛尝酒了。

绵竹城里也有卖醪糟的，以“梁醪糟”最为出名。每天下午四点过，梁师傅就骑辆三轮车在城里转悠，人未到就可以听见车上音响播放着邓丽君的歌曲。直至走拢居民区，则会停下来吼一嗓子：“醪糟，粉子啊……”余音袅袅，不用电喇叭助力，也算是比较地道的吆喝了。

三轮车上以醪糟为主，也有汤圆粉子这些东西，不过因为超市里也有外地的醪糟卖，梁醪糟的生意是大不如前了。另外一种是老酒，跟“鹅黄蜜酒”也有关系，酿制方法差不多。老板也是走街串巷叫卖，但是因为度数低，在酒桌上拿不出手，只有一些老人照顾他的生意了。

绵竹号称酒乡画城，真正撑起绵竹酒城名号的可不是米酒，而是以“剑南春”“绵竹大曲”等为代表的浓香型系列白酒。“绵竹大曲”的名声肯定比“绵竹市”本身更有知名度，国内不少人都是因为喝过绵竹大曲才知道川西还有个绵竹市的。

绵竹大曲清代康熙年间就问世了，清人李调元在《过妙香院饮》一诗中，这样描述自己酒后狂喜的神态和情景：“不复序齿竟就座，转瞬瓶罄空壶觞。枯肠得酒高兴发，亦自起舞如巫娘。群儿拍手父老笑，此翁无奈今之狂。”你看这李调元应该是见多识广吧，看见桌上有绵竹大曲，连基本礼让也不管不顾，即刻开怀畅饮，喝得酣畅淋漓，手舞足蹈，以至于连小孩子都觉得很有趣。这就是绵竹大曲的魅力了。

剑南春意浓，绵竹处处香。走进酒乡绵竹，走进天益老号，你可以发现，数百年前的窖池现在仍在使用，这就是一种历史的传承了。剑南春醉了，绵竹人却醒着，他们在微醺中舞蹈，在宿醉中歌唱，享受着生活的惬意，享受着来自于这片土地的恩赐。

青羊宫吃茶

今年八月，在成都省委党校青羊校区培训。中午得闲，顺便去青羊宫游玩。青羊宫号称川西第一道观，坐落在成都西南隅，南面百花潭、武侯祠，西望杜甫草堂，东邻二仙庵。相传宫观始于周，初名“青羊肆”。汉扬雄《蜀王本记》载：“老子为关令尹喜著《道德经》，临别曰：‘子行道千日后，于成都青羊肆寻吾。’时隔三年，老君降临此地，尹喜如约前来，老君显现法相，端坐莲台，尹喜敷演道法。”这里的“青羊肆”就是青羊宫，老子、尹喜在道教中名声显赫，有此二人加持，青羊宫自然声名日隆。

青羊宫，顾名思义，自然跟“青羊”有关。这似乎是道观的通例，譬如都江堰的二王庙，跟李冰父子有关；绵竹武都山的严仙观，跟严君平相关。只不过二王庙、严仙观都是因人而名，而青羊宫却跟动物关联。可见，这里的青羊注定不是凡品，否则怎能堂而皇之地受人顶礼膜拜呢。

在青羊宫主殿三清殿殿门的两侧，赫然蹲坐着传说中的两只铜质青羊。左侧独角铜羊十分奇特，羊胡、牛身、鸡眼、鼠耳、龙角、猴头、兔背、蛇尾、猪臀、狗肚、虎爪、马嘴，堪称十二生肖的集大成者。这样的青羊现实生活中应该是没有的，正如我们的图腾龙一样，它也成了神兽的化身。

俗传摸青羊可求福祛灾，妇女摸青羊可生男孩。民国时文人刘师亮在《成都青羊宫花市竹枝词》中云：“闻说铜羊独出奇，摸能治病祛巫医。求男更有新方法，热手摸它冷肚皮。”刘师亮所说不假，青羊胡子、眼睛、耳朵、肚子，凡是能被人手触摸的地方，都变得油光铮亮，露出了黄铜的本色。

一位虔诚的老太太先是对着青羊作揖行礼，然后一边摸青羊的身体，一边口中念念有词，大致是：“摸眼睛，眼睛亮；摸脚杆，腿不痛。”我看着她的样子，禁不住哑然失笑。

老太正色道：“年轻人，这青羊很灵验的，不信你摸摸试试看！”

我当然知道这只是信徒们的美好愿景，但入乡随俗，便也照着老太太的样子在青羊周身摸了一遍。这种跟神灵对话的姿态很有仪式感，心诚则灵，这也算是体验式旅游吧！

蜀地道教宫观，其实建筑格局都差不多，不外乎山门、三清殿、斗姆殿、混元殿、玉皇殿等，但因为所处地域不同、文人墨客介入的程度各异，又呈现出千姿百态的区别来。譬如绵竹的严仙观，除了道教的常见神灵，还特意供奉了严君平。

严君平是西汉早期道教学者，思想家，在武都仙镇拔宅飞升，一人得道鸡犬升天，至今仍让人津津乐道。严君平曾隐居成都市井中卜筮为业，宣扬忠孝信义和老子道德经，以惠众人，现在的支矶石街、君平街就是纪念严君平的。

而青羊宫则因为唐玄宗、唐僖宗两任皇帝前后避乱于此，备受皇家恩宠。众所周知，因为老子姓李，唐皇室也姓李，于是两者之间自然产生了某种神秘联系。道教在唐代繁荣昌盛，青羊宫也不例外，因为唐僖宗的格外关照，一时间这里大兴土木，气象万千。

唐乐朋龟在《西川青羊宫碑记》中吟道："冈阜崔嵬，楼台显敞，齐东溟圆峤之殿；抗西极化人之宫，牵剑阁之灵威，尽归行在；簇峨眉之秀气，半入都城。烟粘碧坛，风行清磬。"青羊宫的繁华兴盛，由此可见一斑。

以三清殿为例，始建于初唐，重建于清康熙八年，总面积约为一千六百平方米。大殿正中供奉道教最高尊神"三清"圣像，中为玉清元始天尊，左为上清灵宝天尊，右为太清道德天尊，背面供奉纯阳演正天尊、太乙救苦天尊、钟离祖师神像，两侧供奉十二金仙神像。这些神灵的名字，在《封神榜》《西游记》中经常出现，其中就有我们熟悉的吕洞宾、汉钟离、太上老君等，加了尊号，反而让人有些不明就里了。

自张天师东汉开宗立派以来，蜀地道教一直繁盛不衰，余秋雨就曾赞过"问道青城山，拜水都江堰"。青城山属于道教宫观的集散地，历代道士们薪火相传，在此修建了不少道观，形成了规模宏大、绵延数里的道观建筑群。但如果要论单个宫观的名声，还是要数"青羊宫"，否则它也不会配享"川西第一道观"的殊荣。

如果是清晨过来，我们还可以观摩青羊宫道士们的早课，道士们身着道袍，面对神像，随着打击乐的引导齐声高诵道教经典，一时间仙乐飘飘，颇有恍如隔世之感。这样的吟诵，跟那些喧嚣嘈杂的流行音乐相比，完全就是不食人间烟火的做派，让人禁不住内心顿时变得澄澈而安详。

跟佛教一样，道教也是要分派的。像青羊宫就属于全真教龙门派，是全真七派中发展最快影响最大的主流教派，为丘处机所传。一般人可能不了解全真道的具体情况，但全真七子我们是知道的，在《射雕英雄传》中，他们经常出现，最擅长的就是剑术和天罡北斗阵，也算武林正道。

全真七子均为王重阳门下弟子，花开七枝，各创一派，只有丘处机的龙门派发展最好，这应该是天意了。

丘处机道行高深，在中亚以七十四岁高龄拜谒成吉思汗，“一言而止杀”，被誉为“神仙”，拜之以“国师”，掌管天下道教，这自然让龙门派占尽了发展先机。不管何种宗教，凡是能得到当政者支持的，必能繁荣，道教之于唐皇室以及丘处机之于成吉思汗，都充分地说明了这一点。

青羊宫到处转个遍，也不过个把小时。这里不仅是处道观，也是休闲会友的好地方，道观建筑群后面的茶馆就颇让人留恋。露天坝，遮阳伞，长条桌，竹椅子，盖碗茶，堂倌提着大茶壶穿行其间，一副老茶铺的模样。盖碗茶，是成都最先发明并独具特色。所谓盖碗茶，包括茶盖、茶碗、茶船子三部分，故称盖碗或三炮台。盖碗茶又称“三才碗”，盖为天、托为地、碗为人。茶船子，又叫茶舟，即承受茶碗的茶托子。相传是唐代德宗建中年间（780～783年）由西川节度使崔宁之女在成都发明的。因为原来的茶杯没有衬底，常常烫着手指，于是崔宁之女就巧思发明了木盘子来承托茶杯。为了防止喝茶时杯易倾倒，她又设法用蜡将木盘中央环上一圈，使杯子便于固定。这便是最早的茶船。后来茶船改用漆环来代替蜡环，人人称便。到后世环底做得越来越新颖，形状百态，有如环底杯。一种独特的茶船文化，也叫盖碗茶文化，就在成都地区诞生了。这种特有的饮茶方式逐步由巴蜀向四周地区浸润发展，后世就遍及于整个南方。

川人使用茶盖还有其特殊的讲究：品茶之时，茶盖置于桌面，表示茶杯已空，茶博士会很快过来将水续满；茶客临时离去，将茶盖扣置于竹椅之上，表示人未走远，少时即归，自然不会有人侵占座位，跑堂也会将茶具、小吃代为看管。这盖碗茶既有四川特产花茶的持久香味，又有茶碗、茶盖和茶船三件套的派头。左手端起盖碗茶，右手揭开茶盖，用茶盖边缘轻轻地撇去茶碗里的泡沫，细细地抿上一口茶汤，含在嘴里打两个转再缓缓地咽下去。那派头，就跟民国的遗老遗少似的，这也算是茶文化的遗存吧。

来青羊宫茶铺闲坐的多为中老年人，他们退休了，有大把的时间可以挥霍，而老茶铺也完全有让时光慢流的氛围。他们有的看报，有的玩纸牌，有的拉家常，有的在跟道长讨教吉凶祸福，一片安宁祥和之态，更有世外桃源之感。川人挚爱茶馆，茶馆里那一碗一碗的盖碗茶，也滋养着川人的悠闲生活。

爱泡茶馆的老茶客，一大清早就直奔茶馆，一直泡到太阳落山茶馆打烊，才肯心满意足地回家。你如果叫他在家里喝茶，他肯定不答应，因为家里再热闹，也营造不出茶馆那种氛围。那是一种质朴的市井味道，一直浸润进你的血液里，让你流连忘返。

人生不过是一场修行，所谓功名富贵不外乎都是浮云。能让我们内心安静下来，偷得浮生半日闲，成都青羊宫是不二选择。在寸土寸金的成都市中心，能够保留下来这样一座与内心对话的地方，这真是成都人的福气。

采茶歌里春光老

扬子江中水，蒙顶山上茶。蒙顶茶品质优异，尽人皆知。蒙顶茶产于四川蒙山，这里气候温和，雨量充沛，上面有云雾覆盖，下面有沃土滋养，正是茶树生长的好地方。因为蒙顶茶的声名，带动了方圆数百里的茶叶生产和经营，也使蒙顶山成为茶人心中的圣地。

古时采制蒙顶茶极为隆重而神秘。每逢春至茶芽萌发，地方官即选择吉日，一般在清明节之前，焚香沐浴，穿起朝服，鸣锣击鼓，燃放鞭炮，率领僚属并全县寺院和尚，朝拜"仙茶"。礼拜后，"官亲督而摘之"。贡茶采摘由于只限于七株，数量甚微，最初采六百叶，后为三百叶、三百五十叶，最后以农历一年三百六十日定数，每年采三百六十叶。因为稀少，蒙山贡茶自然就显得弥足珍贵。

那年从康定回成都，路过蒙顶山脚下，只见公路边全是碧绿的茶园。一棵棵茶树顺着地势起伏整整齐齐地站立在那里，或成行，或成列，一直蔓延到天际，蔚为壮观。至于我们常见的稻子、麦苗或玉米等庄稼，在这里反而难觅影踪。可见蒙山人已经成为地地道道的茶农，他们已经不再需要种粮食了。

采茶、炒茶、卖茶，这就是他们桃花源般的惬意生活。你看那层层叠叠的茶园中间，那些穿红戴绿的姑娘媳妇们正在忙忙碌碌地采茶，这可是万亩茶园中最好的点缀呢！当然也有男人采茶的，光着紫铜色的上身，露出结实的肌肉，这可比我们想象中的采茶场面粗犷多了。

蒙山茶虽好，但毕竟只是分布在蒙顶山周边，产量有限。我们也不可能只消费蒙顶茶，正如我们办酒席，不可能只喝五粮液一样。其实四川名茶很多，譬如川西绵竹也产好茶，据《绵竹县志》载："黄茶即老茶，行销松茂等处，邑商采配做边引，县北马跪寺青龙白虎二山茶产甚佳，其汉王场及西山所产亦多。"由上可知，绵竹沿山都可种植茶树，而犹以遵道马跪寺茶山所产茶叶为最佳。

县志的记载跟现在绵竹沿山茶园分布状况差不多，绵竹"三溪香茗"就是在川内颇有名声的茶品。提起三溪香茗，我们一下子就想到三溪寺，三箭水，射水河，就会认为三溪香茗产自绵竹土门镇。其实这也不完全正确，三溪香茗茶叶基地除了土门困牛湖周边外，遵道马跪山茶园也是，三溪香茗茶厂老板范锐就是两地茶叶种植生产合作社的理事长。

三溪香茗虽然不如西湖龙井、碧螺春那么有名，但是只采清明前海拔 1200 米左右茶园的鲜嫩茶芽，再用当地的山泉水沏出来，有一种明媚的鲜绿沁人心脾。

"平原地带不适合种茶树，最好是海拔 500 ～ 1300 米的地方；要种在深土上，PH 值在 4.5 ～ 5.8 之间最好。"范锐觉得孕育茶与酒的自然地貌有说不清楚的天然联系，"茶树喜光又不喜欢曝晒，最好就是有点云雾的天气，感觉就像是微微喝醉的模样。"

说这话的时候，抬眼望去，山顶雾气环绕，山下是朗朗乾坤。此情此景，跟我踏访蒙顶山时所见景致极其相似。做茶就是做文化，三溪香茗一干人等深谙其中之道。每年清明前后，他们都会邀请文朋诗友、茶道人士在土门三溪寺周边茶山上开展寻茶之旅，大家深入茶园之中采茶，看师傅手工炒茶，现场欣赏茶艺表演等。茶厂采茶时，还会邀请三溪寺的僧人们诵经祈福，名曰禅茶，真是好不热闹。

马跪寺两山用青龙、白虎命名，足见此地风水不同凡响。山不在高，有仙则名，马跪寺的得名就很不一般。县志载："隆平寺有僧法净，蜀王秀闻其名而召之，托疾不往。王怒欲加罪，马至此跪不行。后因以名寺。"想那法净和尚必是得道高僧，闲云野鹤一般自由，岂能受你蜀王约束，召之即来挥之即去，那不成了弄臣？蜀王领兵加罪，所行反而全部给法净跪下，冥冥之中似乎告诉我们，王权在神权面前，也是不堪一提的，何况蜀王只是割据一方的诸侯，却又不是什么真命天子。

朋友老王就在马跪山下住，家里也有数十亩茶园。因为这个缘故，我也得以走近马跪山的茶农，了解下他们与茶相伴的生活。立春过后万物勃发，只要连续几个日头，蛰伏了一冬的茶树就开始发芽。好茶贵在及时采，采早了恐香气不足，采迟了又恐香气亦差，因此必须把握好时机。

老王是种茶的行家，到茶山上转一转，就知道该不该采茶了。采茶或许算不上什么精深手艺，但和剪刀剪茶、机械采茶相比，不少高级茶还是得依赖手工摘制。数十亩的茶园，单靠自己根本无法完成，因此老王还得雇佣一些帮手，这在茶乡也是惯例。采茶者多为女性，小则不过十二三岁，老则年逾古稀。也有一些外地人，他们瞅准了这段时间到茶乡揽活干，这就跟那些麦收时节帮人收割的麦客差不多。

现在采茶，当然就没有那么讲究了，但采茶技术还是老样子。清明前的茶青，一叶捧一芽便可采摘，形似麻雀的小嘴微微张开。而待到谷雨时分，则以两叶捧一芽为最佳。姑娘们戴着草帽、腰间系着布袋在茶树之间穿梭着，一手拉住茶树的枝丫，另一手飞快地择下树上新发的嫩苗和细叶，摘下后迅速地放入挂在腰间的布袋中，不到一会儿便装满了，再倒入一旁阴凉处的茶篓。

她们双手在茶树上飞舞着，嫩绿的茶叶就这样被采摘下来，茶园里欢声笑语不断。有人还会乘兴哼起流传数百年的采茶调："三月采茶茶发芽哟，姐妹双双摘细茶。姐一把，妹一把哟，采满茶篓哟就回家……"一人唱，数人和，这便是原生态的无伴奏合唱，整座茶山顿时沸腾起来。

其实采茶也挺辛苦的，根本没有《采茶舞曲》里那样的闲情逸致。采茶必须站着采，双脚站一天后腿便肿得厉害，身体羸弱者根本受不了。青芽中有茶碱，采多了手指就被茶碱染黑，严重时还会开裂，裂口碰到青芽汁很痛。采茶妹每天六点左右上山，待到日暮时，可摘七到十斤茶青，卖给定时前来收茶的茶贩，卖得的钱和茶园主人对半分，一般有一百多块。

从清明节前开始，到四月底结束，整座茶山上都是采茶姑娘们忙碌的身影。采茶歌里春光老，当我们在春日的暖阳下一边聊天，一边品尝三溪香茗，哼着采茶调的时候，有谁想过那些像蜜蜂一样辛苦的采茶妹们呢？